マインクラフト

MINECRAFT™
はじまりの島

マックス・ブルックス／作

北川由子／訳

TAKESHOBO

MINECRAFT™ : THE ISLAND

by

Max Brooks

This translation is published by arrangement with Del Rey,
an imprint of Random House, a division of Penguin Random House LLC
through Japan UNI Agency, Inc., Tokyo

日本語出版権独占
竹書房

わたしをひとりぼっちにしないでいてくれる、
ミシェルとヘンリーへ捧《ささ》げる

マインクラフト　はじまりの島　もくじ

これから語る話は本当にあったことだ。

はじめに

これからぼくが描《えが》く世界をきみは信じられないかもしれない。けれど、これを読んでいるということは、きみはすでにこの島にいるってことだ。ひょっとすると、きみはしばらくこの世界にいて、ここを見つけたばかりなんだろうか。それともぼくとおんなじで、この世界に来て初めてたどりついた場所なのかもしれない。もしもきみがひとりぼっちで、右も左もわからずにびくびくしているのなら、ここでの第一日目のぼくと同じだ。この世界は迷路《めいろ》みたいで、ときどきほんとにいやになる。でも実際《じっさい》は試練《しれん》を通じて、ぼくたちにかけがえのない学びを与《あた》えてくれているんだ。

だからぼくはこの本を残していこう。ぼくの旅がきみの役に立つように。

第1章　絶対《ぜったい》にあきらめるな

おぼれる！

目覚めたとき、ぼくは水の中にいた。深い水の中だ。冷たい。暗い。最初に頭に浮《う》かんだのはそのふたつだ。どっちが水面だ？　とにかく手足をばたつかせて、水の上に出ようとした。

体をひねって向きを変えると、見えた。光だ。遠くにぼんやりと光が見える。

ぼくは反射的《はんしゃてき》に光のほうへ水をかいた。まわりが徐々《じょじょ》に明るくなっていく。やっぱりあっちが水面だ。光っているのは太陽だ。

でも、あの太陽……どうして四角いんだ？　いや、きっと目の錯覚《さっかく》だ。それか水の屈折《くっせつ》でそう見えているんだろう。

そんなことよりも、あとどれくらい息が持つ？　早く水の上に出なければ。泳ぐんだ！

肺《はい》が風船みたいにふくらみ、唇《くちびる》のすきまからぶくぶくと空気がもれる。遠くに見える光を目指し、ぼくは閉《と》じ込《こ》められた獣《けもの》みたいに手足をばたばたさせた。見えてきたぞ。必死で水をかくたびに、揺《ゆ》れる水面が近づいてくる。あと少しなのに、まだ届《とど》かない。体が痛《いた》くて肺《はい》が焼けそうだ。

泳げ！　泳ぐんだ！

パシッ！

突然《とつぜん》、痛《いた》みがつま先から眼球《がんきゅう》へと突《つ》き抜《ぬ》け、ぼくは身をよじった。開いた口から声にならない叫《さけ》び声がほとばしる。ぼくは空気を求めて光のほうへ必死で手を伸《の》ばした。

水面を割《わ》って、ひんやりとしたきれいな空気の中へ顔を突《つ》き入れる。

ぼくは激《はげ》しく咳《せ》き込《こ》み、ぜーぜー息を切らし、それから笑い声をあげた。

息ができるぞ。

しばらくこのひとときを楽しみ、目をつぶって太陽のぬくもりを顔に浴びた。だが、目を開けたとき、ぼくは自分の目を疑《うたが》った。やっぱり太陽が四角だ！　ぼくは強くまばたきした。それに雲もだぞ？　綿菓子《わたがし》みたいにふかふかした雲ではなく、空に浮《う》かんでいるのは長方形の発《はっ》泡《ぼう》スチロールみたいな形をしたものだ。

自分の目がおかしいんだとぼくは思った。ボートから落ちたときに頭をぶつけて、まだ意識《いしき》がもうろうとしているんだ。

いや、そもそもボートから落ちたりしたか？　そんな覚えはない。それどころか何ひとつ覚えていない。どうやってここへ来たのか、〝ここ〟がどこなのかさえだ。

「助けてくれ！」ぼくは叫《さけ》んだ。船か飛行機、それかせめてわずかでも陸地が見えないかと首をめぐらせた。「誰《だれ》か！　誰《だれ》だっていい！　助けてくれ！」返ってくるのは沈黙《ちんもく》だけだ。見えるのは海と空だけだった。

ここにはぼくしかいない。

というわけでもなかった。

顔の先で何かがぱしゃっと水を叩《たた》いたかと思うと、墨色《すみいろ》の頭が出現《しゅつげん》した。うわっ、と声をあげ、ぼくは足で水を蹴《け》ってうしろへさがった。それはイカのように見えるけれど、この奇妙《きみょう》な場所のその他すべてと同じく角張《かくば》っている。八本ある触手《しょくしゅ》がぼくのほうを向いてぱっと開いた。奥《おく》には巨大《きょだい》な赤い口があり、尖《とが》った白い歯がぐるりとそれを囲んでいる。

「あっちへ行け！」ぼくは叫《さけ》んだ。口の中は干上《ひあ》がり、心臓《しんぞう》はバクバクいっている。ぼくはもがくように水をかいてその生き物から離《はな》れた。しかし、その必要はなかった。イカは触手《しょくしゅ》を閉《と》じると反対方向へすーっと去っていった。

その姿《すがた》が水中へ消えるまで、ぼくはその場に固まって立ち泳ぎをし、それからようやく〝うわーっ〟と叫《さけ》び、緊張感《きんちょうかん》を吐《は》きだした。

大きな深呼吸《しんこきゅう》をひとつして、それからもうひとつ、追加でさらにもうひとつした。ようやく心臓《しんぞう》は落ち着きを取り戻《もど》し、手脚《てあし》はがたがた震《ふる》えるのをやめた。そして目覚めてから初めて、頭のスイッチが入った。

「いいか」ぼくは声に出して言った。「おまえは湖だか海だかの、まっただ中にいる。おまえを助けに来る者は誰《だれ》もいないし、いつまでも立ち泳ぎできるわけじゃないぞ」

ゆっくり三六〇度を見まわした。さっきは見落としただけで、海岸線がちらりとでも見えるかもしれない。でもだめ。ぼくは藁《わら》にもすがる思いでもう一度空を見あげた。なにも飛んじゃいないし、そのなごりさえない。四角い太陽と、長方形の雲が漂《ただよ》っているばかりだ。雲。

ぼくはすべての雲がひとつの方向へゆっくりと流れているのに気がついた。太陽がのぼってくるのとは逆方向《ぎゃくほうこう》。西だ。

「とにかく行ってみよう」大きなため息をついて、ぼくは西へ向かってのろのろと泳ぎはじめた。

西を目指す理由は特になかったが、追い風を受ければ少しは楽だろうし、少なくとも向かい風よりはましだ。それに、北や南を目指したら、風のせいで同じところをぐるぐるまわってしまうかもしれない。実際《じっさい》にそうなるかはわからなかったし、いまでもわからない。だって、いいかい、ぼくは海の中で目覚めたばかりだったのだ。おそらく頭を強打していたし、また海中深くに沈《しず》まないよう本当に必死だった。

進み続けろ。ぼくは自分に言い聞かせた。目の前のことに集中するんだ。

そのうちぼくは自分の〝泳ぎ方〟がずいぶん奇妙《きみょう》なことに気がついた。両腕《りょううで》で水をかいて進むのではなく、水面を滑《すべ》っているみたいなんだ。

頭を強打したせいかな。だとしたら、どれほど深刻《しんこく》なけがを負《お》ったのか——考えたくもない。いいことがひとつあった。疲《つか》れを感じないのだ。泳ぎは体力を消耗《しょうもう》するものじゃなかったか？　しばらく泳いだら普通《ふつう》は筋肉《きんにく》が痛《いた》くなりそうなものなのに。　きっとアドレナリンのおかげだ。緊急時《きんきゅうじ》に湧《わ》きあがるこのエネルギーが枯渇《こかつ》するところは、想像《そうぞう》しないようにしよう。けれど、遅《おそ》かれ早かれ体力は尽《つ》きるだろうし、足がつるかもしれない。いずれ立ち泳ぎになり、最後は水に浮《う》かぶだけになるかもしれない。もちろん、体力を節約するためにぷかぷかと水に浮《う》かび、休息を取ることも必要だ。でも、そんなことをいつまで続けられる？　冷たい水にいつまであらがえる？　歯をがちがち鳴らして体を震《ふる》わせ、暗い海中にふたたび沈《しず》むまで、あとどれほど時間が残されている？

「まだだ！」ぼくは叫《さけ》んだ。「まだあきらめるものか！」

大声をあげると元気が湧《わ》いた。「集中しろ！　進み続けるんだ！」

ぼくは前へと全力で泳ぎ続けた。そうしながらまわりをじっくりと観察した。船の帆《ほ》やヘリコプターの機影《きえい》が見えるかもしれない。少なくとも、そうしていれば自分が大海原《おおうなばら》を漂流《ひょうりゅう》している事実から気を紛《まぎ》らわせられる！

水面は穏《おだ》やかで、それには安堵《あんど》した。波がなければ流されないし、泳ぐスピードがあがるだろう？　それに水は澄《す》んでいて、しょっぱくなかった。つまり、ここは大海原《おおうなばら》ではなくて湖なんだ。湖なら、海より狭《せま》い。いやまあ、大きな湖は海と同じくらい危険《きけん》だけれど、ものごとは明るい側面を見なけりゃ。

ほかにももうひとつ気づいたことがあった。水底が見えるんだ。そうは言っても、立派《りっぱ》なオフィスビルを丸ごと沈《しず》められるほど深いけれど、海のように底なしってわけじゃない。それに、水底は平らじゃなかった。小さな谷や丘《おか》が無数にあるんだ。

右の方向にある水底の丘《おか》がどんどん高くなり、水平線のかなたへ消えているのに気づいたのはそのときだ。あれは、どこかで陸になっているんじゃないか？ ぼくは向きを変えた。北か、おそらく北西だ。そして水の下の丘《おか》に添《そ》ってまっすぐ泳いだ。

いつの間にか丘《おか》が山のような急斜面《きゅうしゃめん》になり、数秒後にははるか前方で水上に突《つ》きでているのが見えた。

あれは陸だろうか。ぼくは期待で胸《むね》がふくらみすぎるのを抑《おさ》え込《こ》もうとした。蜃気楼《しんきろう》かもしれないし、光と靄《もや》のいたずらかもしれないんだ……。

木が見えたのはそのときだ。少なくとも、ぼくは木だと思った。遠くからでは、茶色い線上に深緑色の角張《かくば》った塊《かたまり》があるのがわかるだけだ。

興奮《こうふん》のあまり、ぼくは魚雷《ぎょらい》のように突《つ》き進んだ。前方に視線《しせん》を据《す》えていると、黄褐色《おうかっしょく》のビーチにほかにも木がポツポツと見えてくる。それから唐突《とうとつ》に、緑がかった茶色い丘《おか》が出現《しゅつげん》した。

「陸だ！」ぼくは叫《さけ》んだ。「陸だああー！」

やったぞ！　あたたかな大地、しっかりと踏《ふ》みしめることができる大地だ！　あと水を二、三かきもすれば陸上にあがれる。喜びの波が胸《むね》に押《お》し寄《よ》せた……かと思うと、本物の波のようにすーっと引いていった。

島に近寄《ちかよ》るにつれてはしゃいだ気分はおさまり、岸にたどり着いたときには、目覚めた瞬間《しゅんかん》と同じくらいぼくは困惑《こんわく》していた。

島は四角だった。というか、四角形で作られていた。砂《すな》に土、岩、最初に木だと思ったものさえ、何もかも。すべてが立方体の組み合わせだったんだ。「大丈夫《だいじょうぶ》」ぼくは目に映《うつ》るものを拒絶《きょぜつ》して、自分に言い聞かせた。「少しばかり時間が必要なだけだ。ちょっと落ち着こう」

腰《こし》まで水に浸《つか》って立ち、ぼくは息を整えて目をぱちぱちさせ、視界《しかい》がはっきりするのを待った。ものの角張《かくば》りは消えて、すぐに通常《つうじょう》のなめらかな輪郭《りんかく》に戻《もど》るはずだ。

けれど、そうはならなかった。

「頭をぶつけたせいだな」ぼくは水をかき分けて岸へ向かった。「心配ないさ。血が出てないといいけど――」

反射的《はんしゃてき》に、頭にあるはずの傷《きず》へ手をやろうとして、ぼくはぎょっとした。

「えっ……?」長方形の腕《うで》の先に、肌色《はだいろ》の立方体がくっついている。どんなに頑張《がんば》っても、肌色の立方体は開こうとしない。「ぼくの手はどこだ?」パニックにおちいり、声が高くなった。

頭がくらくらして喉《のど》が詰《つ》まり、ぼくは自分の体をおそるおそる見おろした。

両脚《りょうあし》は長方形がふたつ並《なら》び、先のほうだけ色が違《ちが》う。胴体《どうたい》は靴《くつ》の空き箱みたいな形で、服はボディペイントされているかのようだ。

「なんだよこれ!?」無人のビーチに向かって叫《さけ》んだ。

「こんなのありえない!」わめきながらぐるぐると走りまわり、体にペイントされた服を引きはがそうとした。

ぜいぜい息を切らして水辺へ戻《もど》り、自分の顔を見れば落ち着くはずだと水面をのぞき込《こ》んだ。けれども水には何も映《うつ》っていない。「ぼくはどこにいるんだ?」きらきらと輝《かがや》く水に向かって怒鳴《どな》った。「この場所はいったいなんなんだ?」

深い水底を、そこで目覚めたことをぼくは思い返した……だけど、あれは現実《げんじつ》なのか？「これは夢《ゆめ》だ！」パニックを無理やり抑《おさ》えつけた声をあげ、ぼくは考えられる唯一《ゆいいつ》の結論《けつろん》に飛びついた。「そうだ、そうに決まってる！」つかの間、ぼくは冷静さを取り戻《もど》しかけた。「ただのおかしな夢《ゆめ》だよ、すぐに目が覚めて……」

目が覚めて、そのあとは？　いつものようにわが家で目覚めるところを想像《そうぞう》しようとしたのに、何ひとつ頭に浮《う》かばない。もとの世界のことは思い出せる、丸みを帯びた形に、やわらかな手触《てざわ》り、たくさんの人や家、車、暮《く》らしからできている本物の世界。ただ、そこにいる自分の姿《すがた》が思い出せないのだ。

見えない拳《こぶし》に肺《はい》を締《し》めつけられ、視界《しかい》が狭《せば》まった。「ぼくは、だれだ？」喉《のど》の血管がどくどくと脈を打つ。自分の顔の皮膚《ひふ》や、歯の根っこの感覚はある。めまいと吐《は》き気がして、ぼくは丘《おか》のほうへあとずさりした。ぼくの名前はなんだ？　どんな顔をしている？　年寄《としよ》りなのか？　若《わか》いのか？

箱をつなげたような体を見おろしても、何ひとつわからなかった。ぼくは本当に男なのか？　それとも実は女なのか？　そもそも人間か？

「ぼくはなんなんだ？」

張《は》り詰《つ》めていた心の糸がぷつりと切れた。

どこなんだ？　誰《だれ》なんだ？　なんなんだ？　そして最後の疑問《ぎもん》はこれだ。

「どうしてだ!?」ぼくはまぶしく輝《かがや》く四角い太陽に向かって絶叫《ぜっきょう》した。「どうして思い出せない？　どうしてこんな姿《すがた》になってる？　どうしてここにいる？　どうしてこんな目に遭《あ》わなきゃならない？　どうしてだ!?」

あたりはしんと静まりかえっている。鳥のさえずりも、波の音も、角張《かくば》った木らしきもののあいだを吹《ふ》き渡《わた》る風音すらない。圧倒的《あっとうてき》な静寂《せいじゃく》が重くのしかかるのみだ。

そのとき……。

ぐぎゅううう。

それはごくかすかな音で、ぼくは空耳かと思った。

ぐぎゅううう。

今度ははっきりと聞こえたし、感じもした。音はぼくの中から響《ひび》いている。お腹《なか》が鳴っているのだ。

腹《はら》ぺこだ。

うじうじした考えを終わらせるにはそれでじゅうぶんだった。ぼくに必要なのは行動することだ。単純《たんじゅん》で、集中する対象がわかりやすい行動。となれば、息をすることの次には、食べることをおいてほかにない。

ぐぐうー、とぼくのお腹《なか》は〝早くしてよ〟とせかすかのように鳴った。

ぶんと頭を激《はげ》しくひと振《ふ》りして、脳《のう》に血をめぐらせると、自分の体を見おろし、何か食べものを持っていないか確《たし》かめた。さっき見たときはあまりのショックに何か見落としたかもしれない。ポケットに防水仕様《ぼうすいしよう》の携帯電話《けいたいでんわ》とか、身分証明書《みぶんしょうめいしょ》の入った財布《さいふ》でも入ってないか。

そのどちらも持っていなかった。服にはポケットすらない。代わりに、腰《こし》に細いベルトを締《し》めているのがわかった。それはズボンとおんなじ色で——最初に見たときに気づかなかったわけだ——両脇《りょうわき》に平たいポーチが、四つついている。どれもからっぽだったけれど、中を調べていたとき、自分が背中《せなか》にも何か軽いものを担《かつ》いでいることに気がついた。

とりあえず〝バックパック〟と呼《よ》ぶことにしたそれには、ストラップやバックルという、体に固定するための部品はいっさいついていない。それはただ背中《せなか》にくっついていて、腰《こし》のベルトやボディペイントみたいな服と同じく、外すことはできなかった。うしろへ手を伸《の》ばし、前にぐるりとまわせるだけだ。

「おかしな夢《ゆめ》だよな」ぼくはそう口にし、これは夢《ゆめ》だという唯一《ゆいいつ》の心の支《ささ》えにふたたびしがみついた。バックパックの内側はベルトのポーチと同じように二十七個《にじゅうななこ》の小さなスペースに仕切られ、こちらもからっぽだ。

持ち物の点検《てんけん》は成果なしだった。空腹感《くうふくかん》はどんどん募《つの》り、食べ物を探《さが》す必要がある。ぼくはあたりを見まわした。なんでもいいから食べられそうなものはないか。最初のうちは、目に入るものと言えば長方形の草だけだった。草は一ブロックの高さがあり、ビーチの奥《おく》で緑色に覆《おお》われた土の上にちらほらと生えている。足もとで伸《の》びている草に手を伸《の》ばしたが、なぜかつかむことができない。ぼくの手はすばやくパンチを繰《く》りだすような動きでぎくしゃくと草をかすめるだけだ。

ぼくの中でふたたび焦《あせ》りが募《つの》った。不格好《ぶかっこう》な体になってしまったのも問題だが、その体が自分の思いどおりに動かないのは大問題だ！　ふたたびやっても手は草をかすめるだけで、何度か繰《く》り返《かえ》してようやく拳《こぶし》がぶつかったかと思うと、草は粉々になって消えた。本当に消えたのだ。倒《たお》れたり、ちぎれたりするのではなく、消滅《しょうめつ》した。砕《くだ》ける音が小さくしたあと、背《せ》の高い草はふっとなくなってしまった。

「おい、冗談《じょうだん》じゃないぞ！」ぼくは口を尖《とが》らせて、自分の四角い手をにらみつけた。「ちゃんとつかんでくれよ」自分の手に命じたところでどうにかなるものではないし、似《に》たような草に向かって手を突《つ》きだし続けても同じことだった。

狂気《きょうき》とは同じことを何度も繰《く》り返《かえ》しながら、違《ちが》う結果になるのを期待することであると、以前どこかで聞いたことがある。本当かはわからないけれど、ぼく自身はたしかに狂気《きょうき》におちいる寸前《すんぜん》まできていた。

「つかめ！」腹立《はらだ》たしくうなって、草と喧嘩《けんか》でもしているようにパンチを繰《く》りだす。「つかめ。つかめ。つかめよ！」その瞬間《しゅんかん》、ぼくの心は正気と狂気《きょうき》のはざまでふらふらと綱渡《つなわた》りをしていた。本当になんでもいいから、成功を勝ち取る必要があった。

成功したわけじゃないけれど、同じことの繰《く》り返《かえ》しから脱《だっ》することはできた。偶然《ぐうぜん》に地面を壊《こわ》したんだ。拳《こぶし》を叩《たた》きつけたとき、勢《いきお》いあまって、草を粉砕《ふんさい》しただけでなく、その下の地面まで打ち抜《ぬ》いていた。

「えっ……」言葉が詰《つ》まり、好奇心《こうきしん》がいらだたしさに取って代わった。

最初、ブロックは見えなかった。ぼくは地面に四角い穴《あな》が開いているのに気づいただけだ。穴《あな》をのぞくと、土色のブロックがふわふわと浮《う》いている。穴《あな》よりもブロックのサイズはかなり小さい。拾ってみようと手を伸《の》ばしたら、ブロックはぼくのほうへ飛んできた。

驚《おどろ》いて「わっ！」と声をあげてあとずさり、見おろすと手の中にブロックがあった。それは乾燥《かんそう》した土っぽい手触《てざわ》りで、ざらざらしており、小石が少し混《ま》ざっている。手で押《お》してみると、やわらかくて、崩《くず》れることはなかった。顔まで持ちあげてにおいをかいでみた。ごく普通《ふつう》の土のにおいがする。

ぼくはもう一度においをかぎ、ふと安心感を覚えた。それまでは何もかもが、ぼく自身を含《ふく》めて、異世界《いせかい》のものだった。でも、これは違《ちが》う。このにおいは知っていた。こわばっていた首の筋肉《きんにく》と、食いしばっていた顎《あご》がゆるむのを感じた。それからあと四、五回は土のブロックのにおいを胸《むね》いっぱいに吸《す》い込《こ》んだけれど、その話をするのを恥《はじ》だとは思わない。毎回吸《す》い込《こ》む前に背後《はいご》を見て、誰《だれ》にも見られていないか確《たし》かめたことを告白するのもだ。

その経験《けいけん》はすべてを好転させたとは言わないけれど、ぼくに自信を与《あた》えてくれた。ぼくはブロックを地面に落としてみようと指を開いた。すると、ブロックは手から落ち、これでますます気分がよくなった。

「よし」ぼくは息を吸《す》い込《こ》んだ。「少なくとも、ものを落とすことはできるぞ」たいしたことではないのはわかっている。でも、一歩前進だ。ささやかながら、自分でコントロールできることが見つかった。

足もとに浮遊する土のブロックをしばらく見つめたあと、ぼくはふたたびそれに手を伸《の》ばした。またブロックのほうから手の中へ飛び込《こ》んできても、今度は驚《おどろ》かなかった。

「つまり」慎重《しんちょう》に息を吸《す》った。「ブロックを落とすことができるなら……」ベルトのポーチのひとつへ持っていくと、ブロックはその中へすんなり落ちた。ぼくは深いため息をついた。

ベルトを見おろしてにっこりとした。「ものは――これは土だけど――小さく縮《ちぢ》んでポーチに入れて持ち運べるんだな。奇妙《きみょう》な原理だけど、このせか……この夢《ゆめ》の中では役に立つかもしれないぞ」〝この世界〟と口にすることはまだできなかった。ぼくの心はまだそこまで安定していないのだ。

ぐぎゅうう。ぼくの胃袋《いぶくろ》は空腹《くうふく》を再度《さいど》訴《うった》えた。

「そうだった」ベルトのポーチから土のブロックを取りだした。「食べられないものを持ち運ぶ意味はないか……」

穴《あな》が開いている地面へブロックを差しだした。するとブロックはぼくの手からぴょんと飛び、もとの大きさに戻《もど》って、なにごともなかったかのように穴《あな》をふさいだ。もっとも、表面の緑色が削《けず》られてそこだけ茶色い。

「ふうん」もう一度土を掘《ほ》ってみた。やはり、一、二度地面をパンチすると、ブロックが手の中へぴょんと入った。今度はそれを穴《あな》へ戻《もど》す代わりに、穴《あな》の横に置いてみる。ブロックはもとのサイズに戻《もど》って、地面の上にのった。

ふうん、ともう一度つぶやく。気持ちが落ち着いたおかげで頭が回転しはじめた。ブロックを置く動作が、埋《う》もれた記憶《きおく》を揺《ゆ》り起こしたのだろう。それはぼく個人《こじん》の記憶《きおく》ではなく、どこか別の世界にまつわる記憶《きおく》のようだった。子どもたちがブロックで遊び、ものを作り、何かを築《きず》いている光景だ。

「ここにあるものはすべてブロックでできていて」足もとのブロックに向かって話しかけた。「すべてのブロックは形を維持《いじ》するのだとしたら、それを積みあげて自分が作りたい形にできるのかな？」

　ぐぎゅううう、とりわけ激《はげ》しい抗議《こうぎ》の音がお腹《なか》から響《ひび》いた。

「わかった、わかった」ぼくは自分の胃袋《いぶくろ》へ向かって言い、ブロックを振《ふ》り返《かえ》った。「続きはあとだ。何か食べなきゃ」

　移動《いどう》する前に、もう一度だけ草を叩《たた》いてみた。そうしたのは正解《せいかい》だった。草が消えたあとに、種がいくつかふわふわと浮《う》いていたのだ。やったぞ。ぼくは種をつまもうとした。この夢《ゆめ》の少々困《こま》るところは、種をひと粒《つぶ》だけつまむことはできず、六粒《ろくつぶ》がいっぺんに手にのることだ。そして大いに困《こま》るところは、種を食べられないことだった。ぼくの手は口から少し離《はな》れたところで固まり、種を口へ運ぶことを拒《こば》んだ。

「嘘《うそ》だろ？」ぼくは顔のほうを手に近づけようと試みた。やはり見えない何かにさえぎられているかのようにうまくいかない。

「嘘《うそ》だろ」ぼくはうんざりとして繰《く》り返《かえ》した。腹立《はらだ》たしさと怒《いか》りがふたたび込《こ》みあげるのを感じる。「もういいよ！」種を投げ捨《す》てようと腕《うで》を振《ふ》りかぶった。

　そうしなかったのは、さっきの土のブロックが目に入ったからだ。置いたときは上部の緑色の部分はなくなっていた。それがいまは戻《もど》っている。芝生《しばふ》っぽい層《そう》がふたたび生えているのだ。

こんなに早く？　ぼくは手に持った種を見おろした。どの植物もこんなに早く成長するのか？　試しに種を植えてみようか。

もちろん、植えようとしたさ！　ぼくは思いつく限《かぎ》りのやり方でやってみた。地面に落とすと、種は浮遊するだけだった。地面に叩《たた》きつけると、土が割《わ》れてブロックになっただけだ。そのブロックを地面に置いて、横から種を押《お》し込《こ》もうとまでしたが、どうやっても種は植えられない。

「どうしてうまくいかないんだよ……」ぼくは歯を食いしばってうなり、それからはっとした。どうして、どうして、とまたうじうじ繰《く》り返《かえ》すつもりか。

「進み続けるぞ」ぼくはふんと息を吐《は》いた。「絶対《ぜったい》にあきらめるもんか」

種はベルトのポーチにしまい、ぼくはほかの選択肢《せんたくし》を必死になって探《さが》した。何か食べるもの、なんでもいいいから気持ちを晴らせるものは……。

木だ！

一番近くの木へ駆《か》け寄《よ》り、樹皮《じゅひ》をはがそうとした。木の皮は食べられるのか？　たぶん。けれどぼくは食べられなかった。ぼくの手は濃淡《のうたん》のある茶色い樹皮《じゅひ》をつかんでくれなかった。頭上には小さな立方体でできた葉っぱが生《お》い茂《しげ》っているが、ぼくの手は腰《こし》ぐらいの幅《はば》の幹《みき》をつかんでよじ登ることも拒絶《きょぜつ》した。

ぼくはあきらめなかった。あきらめるわけにはいかない。「これが夢《ゆめ》なら、跳《と》びあがって葉っぱをつかむぐらいできるはずだ！」

拳《こぶし》を突《つ》きあげて空をあおぎ、ぼくはジャンプしたが……すぐまた着地していた。けれども、中空にいたその一瞬《いっしゅん》に奇跡《きせき》が起きた。頭上の葉っぱにパンチを繰《く》りだすと、手は届《とど》いていないのに、拳《こぶし》にぶつかる感触《かんしょく》があったのだ。

ぼくはためらいながら頭上に手を突《つ》きあげてみた。「あんな位置にも当たるのか？」

思ったとおり、腕《うで》が伸《の》びたわけでもないし、まだ少し距離《きょり》があるのに、緑と焦《こ》げ茶《ちゃ》のまだら模様《もよう》の葉っぱに拳《こぶし》がぶつかった。「当たってる！」ぼくは叫《さけ》んで、葉っぱを連打しはじめた。力強くパンチを繰《く》りだすたびに、心に忍《しの》び寄《よ》る狂気《きょうき》が消えていく。葉っぱのブロックが消えると、丸みを帯びた赤い果実が手の中へ落下し、ぼくは歓喜《かんき》の声をあげた。「やったぞ！」

しかも、今度はそれを口へ運ぶことができたのだ。そういうことか。歯ごたえのある果実にかじりつき、甘《あま》い果汁《かじゅう》が喉《のど》を流れ落ちるのを感じながら、ぼくは理解《りかい》した。どうやらぼくの手は、食べられるものだけを口へ運ぶらしい。

それは、見た目は少し違《ちが》うものの、味はまさしくリンゴそのものだった。土のにおいに心が安らいだとしたら、この新たな感覚にはすっかり感動した。実際《じっさい》、涙《なみだ》が込《こ》みあげて目の端《はし》がちくちくするほどだった。

「進み続けろ」リンゴが胃の中にすっかり消えると、ぼくは声に出して言った。「絶対《ぜったい》にあきらめるな！」

知らず知らずのうちに、ぼくは大事なことを学んでいた。信念とも、人生訓とも呼《よ》べるその言葉は、ぼくの生きる指針《ししん》となり、この奇妙《きみょう》ですばらしい旅で学ぶことになる数々の教訓の、最初のひとつになったんだ。絶対《ぜったい》にあきらめるな。

第2章　パニックになると思考は停止する

新たに得た〝力〟を使い、ぼくは残りの葉っぱのブロックをすべて叩《たた》き壊《こわ》した。するとリンゴがさらにふたつ手に入っただけでなく、ベルトとポーチについて大きな発見があった。

最初のリンゴを手に入れたすぐあと、葉っぱを叩《たた》いていると、果実の代わりに小さな苗木《なえぎ》が落ちてきた。「叩《たた》くと苗木《なえぎ》も手に入るのか?」ぼくは苗木《なえぎ》をポーチへ入れた。そのあとすぐにふたつ目の苗木《なえぎ》が落下し、ぼくは何も考えずにそれを同じポーチへしまった。そのときだ、苗《なえ》木《ぎ》は縮《ちぢ》んだだけでなく、平たくなってカードゲームのカードのようにふたつが重なったのだ。

「ワオ」ぼくは微笑《びしょう》した。「便利だな」

便利なんてものではなかった。三本の木をすべて丸裸《まるはだか》にした頃《ころ》には、十二本の苗木《なえぎ》が圧縮《あっしゅく》されて、ひとつの仕切りに収《おさ》まっていた。しかも重さはゼロだ!

首をめぐらせてバックパックに目をやり、ぼくは思った。これなら倉庫ひとつ分の荷物だって楽々運べるぞ！　つまり……。

「つまり」顔をしかめてベルトを見おろす。ポーチに入っている苗木《なえぎ》のように、ぼくの気持ちはみるみるしぼんだ。「持ち運ぶ価値《かち》のあるものを見つけるまでは、ポーチとバックパックはただの飾《かざ》りってことだな」

リンゴの木がもっとあるはずだ。ぼくは丘《おか》を見あげて考えをめぐらせた。気が動転していたあいだは、とても越《こ》えられそうにない岸壁《がんぺき》のように見えたけれど、こうして気分が落ち着き、自信を取り戻《もど》し、お腹《なか》が満たされると、崖《がけ》というよりも、傾斜《けいしゃ》のきつい坂に見える。

上まであがれば、ほかにも何かあるかもしれないぞ。ブロックの段《だん》になった斜面《しゃめん》をのぼりながらぼくは思案した。最初から落ち着いて観察していたら、丘《おか》にさえぎられた狭《せま》いビーチではなく、ほかの場所に上陸していたのに。

いや、ここは島ですらないのかもしれない。このビーチは大陸の端《はし》っこという可能性《かのうせい》もある！　勘違《かんちが》いしないでほしいのだけれど、これはすべて夢《ゆめ》だという考えを捨《す》てたわけじゃなかった。それでも、丘《おか》のてっぺんに立てば、森林警備隊《しんりんけいびたい》の詰《つ》め所《しょ》とか、街とか、それか大都会が見えるかも、と心の一部で期待していた。

けれど、そんなものはなかった。

緑色の平らな頂上《ちょうじょう》から無人の島の全貌《ぜんぼう》を凝視《ぎょうし》して、ぼくは絶望《ぜつぼう》に押《お》しつぶされた。

島は三日月形で、木の生《お》い茂《しげ》るビーチが浅い入り江《ラグーン》を取り囲んでいる。島の大きさは判断《はんだん》しかねた。その時点では、まだブロックの数を目安にして、だいたいの広さを割《わ》りだすことができなかったのだ。けれど、それほど大きいはずはない、夕方の日射《ひざ》しのもとで島の端《はし》まではっきり見渡《みわた》せるのだから。オレンジ色の四角い太陽が沈《しず》むのを見つめて、ぼくの気持ちも沈《しず》んだ。

水の中にいたときのように、ここにはぼくしかいないのだと思った。

そしてあのときと同じく、それは間違《まちが》いだった。

「モー」その音にぼくは跳《と》びあがった。

「なんだ……？」胸《むね》をどきどきさせてあたりを見まわす。「誰《だれ》だ……誰《だれ》かいるのか？」

「モー」ふたたび聞こえた音がぼくの視線《しせん》を丘《おか》のふもとへ引き寄《よ》せる。そこには動物がいた。

白と黒で、まわりのものと同じく角張《かくば》った形をしている。

ぼくは西側の斜面《しゃめん》をおりていった。こっちのほうが東側より傾斜《けいしゃ》がなだらかで歩きやすい。

動物はぼくを怖《こわ》がる様子もなく、接近《せっきん》することができた。近くで見ると、灰色《はいいろ》の角があり、頭の側面にはピンク色の耳がついている。そして腹《はら》の下部にピンク色の袋《ふくろ》らしきものがぶらさがっていた……。

「きみはウシなんだね」〝モー〟という返事は、その日耳にした中で最高の音だった。「この出会いをぼくがどれほどうれしく思っているか、きみにはわからないだろうな」ぼくはため息をついた。「これが夢《ゆめ》だっていうのはわかってるよ、でもほっとするじゃないか――」言葉が喉《のど》に詰《つ》まり、鼻と目の奥《おく》がつんとした。「ひとりきりじゃないとわかって」

「メー」ウシが返事をした。

「ん？　なんだって？」ぼくはさらに歩み寄《よ》りながら問いかけた。「まさかきみはバイリンガルなの？」

「メー」と声が返ってくるが、それは目の前にいる動物からではなかった。顔をあげると、ウシよりさらに後方にその声の持ち主がいた。角張《かくば》っていて――これはもう言わなくてもわかるだろう――ウシよりも小さく、全身はほぼ真っ黒だ。

その姿《すがた》は薄暮《はくぼ》の中に紛《まぎ》れかけていた。暗くなりつつある森へ近づいていくと、黒い動物のうしろから、そっくり同じ形のものがとことこと出てきた。もっとも、こちらは空に浮《う》かぶ雲のように真っ白だ。どちらの体も直線と平面からできているものの、毛がもこもこしているのがかろうじて見て取れた。

「きみたちはヒツジだね」にっこりとして、ぼくは片方《かたほう》をなでようと手を伸《の》ばした。考えなしだった。パンチなんかするつもりはなかったのに。

ヒツジは驚《おどろ》いた声をあげた。全身を赤く光らせ、森の中へ逃《に》げていく。「ああ、ごめんよ！」ぼくはそのうしろ姿《すがた》に謝《あやま》った。「悪かった、ヒツジくん！」すまない気持ちでいっぱいになり、平然としているもう一匹《いっぴき》のヒツジに向かって弁明《べんめい》した。「叩《たた》くつもりはなかったんだ、本当さ。まだこの体の使い方がわからないんだよ」

「コケコッコー」今度は左側から返事が来た。二羽の小さな鳥が地面をつついている。大きさはそれぞれ一ブロック分ほどだ。細くて短い脚《あし》の上にぽっちゃりした体がのっており、全身を白い羽で覆《おお》われている。小さな頭の先には、オレンジ色の小箱のようなくちばしがついていた。

「きみたちをニワトリと呼《よ》んでもいいのかな」ぼくは二羽に向かって首をひねった。「見た目はアヒルだよね」二羽はぼくをじっと見あげたあと、〝コッコッ〟と鳴いた。「でも泣き声はニワトリのものだ。だからニワトリと呼《よ》ぶほうがいいね。ニワトリアヒルと呼《よ》ぶよりも」

ぼくは自分の言葉にぷっと吹《ふ》きだし、すぐにお腹《なか》を抱《かか》えて大笑いした。笑うと、その日一日張《は》り詰《つ》めていたものが発散されて、気分がすっきりした。

新たな音が聞こえたのはそのときだ。

「グルルル」

痰《たん》がからんだようなにごった声に、寒気が背筋《せすじ》を走った。ぼくは周囲を見まわし、その声の発生源《はっせいげん》を探《さが》そうとした。この島では、音が全方向から聞こえるように感じる。ぼくはその場に立《た》ち尽《つ》くして耳を澄《す》ました。ニワトリたちが黙《だま》ってくれればいいんだけど。

すると異臭《いしゅう》が鼻をついた。カビと腐敗《ふはい》のにおいだ。それは古い靴下《くつした》に入れられたネズミの死《し》骸《がい》のようなにおいだった。そいつがほんの十数歩ほどの距離《きょり》に近づいてくるまで、ぼくは気づかずにいた。最初、自分と同じ人間だと勘違《かんちが》いして、思わず足を踏《ふ》みだしさえしたんだ。だけど、本能的《ほんのうてき》に足を止めてあとずさりした。そいつの衣服はボロボロで汚《よご》れて、皮膚《ひふ》は緑色でまだらだ。その目は、それが目と呼《よ》べるのなら、無表情《むひょうじょう》の平らな顔に開いた、生気のない黒い穴《あな》でしかない。物語では知っているものの、実際《じっさい》に見たことはなかった怪物《クリーチャー》のイメージが突然《とつぜん》よみがえった。そしてそれはいま、両腕《りょううで》を伸《の》ばしてぼくに近づいている。

ゾンビだ！

ぼくは退避《たいひ》しようとして木にぶつかった。ゾンビはもう目の前だ。身をかわそうとしたが、腐乱《ふらん》した拳《こぶし》が胸《むね》に当たり、ぼくはうしろへ突《つ》き飛ばされた。痛《いた》みが全身に走る。ぼくは息を切らし、襲《おそ》ってくるゾンビから逃《に》げだした。

恐《おそ》ろしさのあまり、われを忘《わす》れて丘《おか》をのぼった。考えも、計画もなくただ恐怖《きょうふ》に駆《か》り立《た》てられて足を前に出し続ける。背後《はいご》の暗がりで〝カラカラ〟と物音がし、続いて空を切るような音がした。前方の木に何かが突《つ》き刺《さ》さって揺《ゆ》れる。後部に羽根のついた細い棒《ぼう》。矢だ！　あのゾンビは武装《ぶそう》していたのか？　さっきは気づかなかった。ぼくはただ走り続けた。

右側に赤いものがちらりと見えた。何かの目が光り、小さな鳴き声が続いた。ぼくは斜面《しゃめん》を走り、丘《おか》の頂上《ちょうじょう》にたどり着いたところでようやく振《ふ》り返《かえ》った。四角い月が放つほの明かりのもとで、ゾンビがまだ追ってくるのが見えた。すでに斜面《しゃめん》の真下にいて、ぼくに続いて丘《おか》をのぼってこようとしている。

恐怖《きょうふ》で喉《のど》が締《し》めつけられ、ぼくは東側の急斜面《きゅうしゃめん》を急いでおりた。足が滑《すべ》って下まで転がり落ち、いやな音が聞こえた。

「ううっ」激痛《げきつう》が足首を襲《おそ》う。

どこへ逃《に》げる？　どうやって逃《に》げる？　水に飛び込《こ》んで泳ぐか？　真っ黒な水辺でぼくは凍《こお》りついた。イカがまだいたらどうする？　今度はイカが腹《はら》をすかせていたら？

星が散らばる夜空に不気味なうなり声がこだました。うしろを見ると、丘《おか》のてっぺんからゾンビの頭が突《つ》きだしている。

ぼくは半狂乱《はんきょうらん》になり、どこか逃《に》げる場所を、隠《かく》れられる場所を探《さが》した。

きょろきょろと視線《しせん》をさまよわせていると、昼間に掘《ほ》り返《かえ》した土のブロックが目にとまった。そこから苦し紛《まぎ》れの策《さく》がひらめいた。穴を掘《ほ》るんだ！

ゾンビは斜面《しゃめん》をおりはじめ、ぼくは丘《おか》のふもとへ行って無我夢中《むがむちゅう》で土を叩《たた》いた。一度、二度、三度、そして四度目で最初のブロックが地面から離《はな》れた。一度、二度、三度、四度目でその奥《おく》のブロックが中空に浮《う》く。

ゾンビのうめき声がどんどん大きくなって、近づいてくるのがわかる。一度、二度、三度、四度と土を叩《たた》くのを二度繰《く》り返《かえ》し、丘《おか》の斜面《しゃめん》から土のブロックを上下ふたつずつどかした。これで体を押し込《おこ》むことができるだけのスペースができた。

もっと深く掘《ほ》れ。ぼくの心が絶叫《ぜっきょう》する。もっと深く潜《もぐ》り込《こ》むんだ！

運命の女神がそのときのぼくを見ていたら、〝おあいにくさま〟と冷笑していたことだろう。

ぼくの拳《こぶし》は冷たくて硬《かた》い何かに当たり、跳《は》ね返《かえ》った。岩壁《いわかべ》にぶち当たったのだ。何度かパンチを繰《く》りだし、無駄《むだ》だとわかった。ぼくは袋《ふくろ》のネズミで、すぐうしろにはモンスターが迫《せま》っていた。

くるりと振《ふ》り返《かえ》ると、そこにはもうゾンビがいる。ぼくはそいつとのあいだに土のブロックをひとつ置いたが、ゾンビは手を伸《の》ばして胸《むね》を突《つ》いてきた。うしろへ跳《は》ね飛《と》ばされ、背中《せなか》を岩にしたたかにぶつける。ずきずきする胸《むね》に、必死で息を吸《す》い込《こ》みながら、土のブロックの上にもうひとつブロックをのせた。

まっくらになった。ぼくは自分を生《い》き埋《う》めにしたのだ。

光はさえぎられても、音は聞こえる。ブロックをひとつ隔《へだ》てた向こう側でゾンビのうめき声があがった。あいつが土を掘《ほ》ることができたらどうする？　ぼくは自分の死を数秒先延《さきの》ばしにしただけなのか？

くれ！」

「あっちへ行け！」ぼくはなすすべもなくわめいた。「頼《たの》むから、ぼくのことは放っておいて

うがいをしているかのような声がそれに応《こた》えた。

「頼《たの》むよ！」ぼくは懇願《こんがん》した。

グルル……とうなる声には感情《かんじょう》も同情心《どうじょうしん》も、やめる気もなさそうだ。

「起きろ」ぼくは自分に向かってささやいた。「目を覚ませ。起きろ、起きろよ！」

捨《す》て鉢《ばち》になって天井《てんじょう》へ向かってジャンプし、岩に頭をぶつけて夢《ゆめ》から覚めようとした。

「起きろ起きろ起きろ起きろ！」

ぼくは岩壁《いわかべ》にぐったりと寄《よ》りかかった。頭はがんがんと痛《いた》み、目からは火花が散って、嗚咽《おえつ》が込《こ》みあげ、胸板《むないた》が小刻《こきざ》みに上下した。

「どうしてだよ」情《なさ》けない声でつぶやいた。「どうして目が覚めないんだよ？」

そのとき、ゾンビが凶暴《きょうぼう》な低い声を発した。〝これは夢《ゆめ》ではないからだ〟

もちろん、そいつはぼくに返事などしていない。ぼくはそいつの腐敗《ふはい》した口から出てくるうなり声に、自分が聞くべき言葉をしゃべらせたのだ。

〝これは夢《ゆめ》ではない〟ぼくは動く死体がそう話すのを想像《そうぞう》した。〝おまえは頭を打ってなどいないし、幻覚《げんかく》を見ているのでもない。これは現実《げんじつ》の場所、現実《げんじつ》の世界だ。生き抜《ぬ》くためにはそれを受け入れなければならない〟

「そうらしいね」ぼくはゾンビに同意した。自分ひとりで会話をしているのはわかっているけど、生ける屍《しかばね》に向かって会話をするほうがまだまともに思えた。「これは夢《ゆめ》の中で起きてることじゃない。これは実際《じっさい》に起きてるんだ」

歌詞《かし》の断片《だんぺん》が記憶《きおく》を失った脳裏《のうり》に浮《う》かんだ。ふと気づくと見知らぬ場所にいたとかいう歌だ。歌そのものはよく思い出せないが、ひとつのフレーズは頭の中で鮮明《せんめい》に浮《う》かびあがった。

♫きみは自分に尋《たず》ねるだろう。おいおい、どうしてここにいるんだ？　と。

「わからないよ」ぼくは認《みと》めた。「どうしてここにいるのかも、〝ここ〟がどこかさえもわからない。別の惑星《わくせい》か？　それとも異次元《いじげん》？　それはわからないけど、これ以上否定《ひてい》したところで無意味なのはわかる」

それを認《みと》めると、安堵感《あんどかん》が大きな波のように押《お》し寄《よ》せ、それとともに新たな教訓が頭に浮《う》かんだ。

「パニックになると思考は停止する」ぼくはゾンビに向かって言った。「だからパニックにおちいるのはもうやめだ。これからはどうやって生き抜《ぬ》くか考えるぞ」

第3章　思い込《こ》みは禁物《きんもつ》

「次はどうする?」ぼくは暗闇《くらやみ》に問いかけた。岩を背《せ》にして閉《と》じ込《こ》められ、土のブロックの向こう側にはうなり声をあげる屍《しかばね》がいるのだから、選択肢《せんたくし》はごく限《かぎ》られていた。

ぼくはしばらく自分の呼吸《こきゅう》のみに意識《いしき》を集中し、頭から雑念《ざつねん》を払《はら》いのけて、アイデアが湧《わ》くのを待った。皮肉にも真っ先に頭に浮《う》かんだのは、呼吸《こきゅう》をしていれば、いずれこの場所から酸《さん》素《そ》がなくなるかもしれないということだった。

酸素《さんそ》はあとどれぐらい残っている? もうすでに酸素不足《さんそぶそく》になっているのか? 酸素《さんそ》が足りなくなると何が起きるんだ? ぼくは自分の体に変化はないか調べてみた。けがの痛《いた》みが消えているのに気づいたのはそのときだ。頭も足首もよくなっている。その一方で、胃袋《いぶくろ》はすっかりからっぽだった。ぼくはリンゴをもうひとつかじり、何が起きているのかを理解《りかい》しようとした。

脳《のう》が酸欠状態《さんけつじょうたい》になっているのか？　それともぼくの体が驚異的《きょういてき》なスピードで回復《かいふく》しているのだろうか？　スーパーヒーローみたいに？　そう考えると、にわかに希望が出てきた。

ゾンビがうなった。

「そういうことなのか？」ぼくはゾンビに尋《たず》ねた。「この世界では、ぼくは特別な治癒力《ちゆりょく》を持っているのか？　そしてリンゴが、ほかの食べ物でもいいけど、その力に関わっているのか？」

イエスともノーともつかないうめき声がまたあがった。

「きみは答えなくていいよ」ぼくは言った。「ぼくが何もかも自分で解明《かいめい》する。それがここで生き抜《ぬ》く方法なんだろう？　ここはまったくの新世界で、まったく新しいルールがある。手は届《とど》かないのにパンチは届《とど》くとか、小さなポーチに山ほどものを詰《つ》め込《こ》めるとかね」

深く息を吸《す》うと気持ちが落ち着き、思考がよりはっきりとした。「まずは、何がどうなっているのかを見極めよう」ぼくは冷静に言った。「ここを出たら、真っ先に実行するぞ！」

待ってましたとばかりにゾンビがうなり返した。

「外ではきみが待ち構《かま》えているわけだから、ぼくには自分を守る武器《ぶき》が必要だな。棍棒《こんぼう》か槍《やり》があれば――」

ゾンビが甲高《かんだか》い叫《さけ》び声をあげた。それまで聞いたことのない声だ。

「おい」ぼくは土のブロックに耳を押《お》し当てた。「どうしたんだ？」

ぼくのひとりごとを聞いていたのか？　こいつは本当にぼくの話し相手をしていたのか？

鋭《するど》いうめき声はなおも続いた。痛《いた》みに苦しんでいるかのような響《ひび》きだ。

「なあ、大丈夫《だいじょうぶ》か？」ぼくは思わず尋《たず》ねた。「ぼくが武器《ぶき》の話をしたせいで傷《きず》ついたのなら悪かったけど、そっちがぼくを殺そうとしてるんだから仕方ないだろう……」弁解《べんかい》している途《と》中《ちゅう》で、外からの物音が途絶《とだ》えたのに気づいた。

「おーい」ぼくは静けさに向かって呼《よ》びかけた。

土から何か、焦《こ》げくさいにおいが沁《し》み込《こ》んでくる気がした。

ゾンビのやつ、外で火をおこして煙《けむり》でぼくをいぶりだす気か？　ゾンビにそんなことができるのか？

確認《かくにん》しなければ。ここでじっとしていても、煙《けむり》を吸《す》って死ぬかもしれないのだから、危険《きけん》を冒《おか》して外へ出るしかない。心臓《しんぞう》をバクバクいわせながら、ぼくは眼前《がんぜん》にあるブロックを叩《たた》き壊《こわ》した。四角い朝陽《あさひ》のまぶしさに、強くまばたきをする。

ゾンビの姿《すがた》は見えないが、まだ腐臭《ふしゅう》はするし、いまはさらに煙《けむり》の強いにおいがそれに混《ま》ざっていた。ぼくはブロックをもうひとつ壊《こわ》すと、おそるおそる足を踏《ふ》みだした。右を見て、左を見て、それから下を見て鼻にしわを寄《よ》せる。腐肉《ふにく》がぼくの足もとに浮《う》いていた。こわごわとそれをつまみあげ、気色の悪さに顔をしかめる。

はじっこがハンバーガーのパテが焦《こ》げたみたいに煤《すす》けている。あの煙《けむ》たいにおいの発生源《はっせいげん》はこれでわかった。

ぼくはすばやく砂浜《すなはま》を横切った。これは罠《わな》で、ゾンビは丘《おか》のすぐ上でぼくを狙《ねら》っているかもしれないと思ったからだ。だが、そんなことはなかった。周囲には人影《ひとかげ》ひとつない。

「おーい、死に損《ぞこ》ない！」腐《くさ》った肉を掲《かか》げてぼくは声を張《は》りあげる。「自分の肉を忘《わす》れてるぞ」

肉の持ち主が丘《おか》の上からよろよろと現《あらわ》れないよう祈《いの》りつつ、ぼくは体をこわばらせて一分間待った。ゾンビは出てこない。残っているのはこの焦《こ》げた肉片《にくへん》だけらしい。

でも、どうしてだ？

太陽のせいだろうか。いや、日光で死ぬのは吸血鬼《きゅうけつき》だろう？　もとの世界ではそうだった。

「だけど」ぼくは肉片《にくへん》に向かって言った。「ここはもといた世界とは違《ちが》うんだから、同じだと思い込《こ》むべきじゃないな」

自分が隠《かく》れていた狭《せま》い穴《あな》ぐらに目をやる。正確《せいかく》に言うと、幅《はば》一ブロック、縦《たて》および奥行《おくゆ》き二ブロックの穴《あな》だ。よく土砂崩《どしゃくず》れが起きなかったものだ。あれはどうやって形が保《たも》たれているのだろう？

穴《あな》に戻《もど》り、頭上の土のブロックをもうふたつ破壊《はかい》した。下敷《したじ》きにならないよう体をさっとどかせてから、ブロックをもとの場所に戻《もど》す。すると、ぴったりくっついたのだ！

「便利だな！」ぼくは顔をほころばせ、自信が込《こ》みあげるのを感じた。驚異的《きょういてき》な治癒力《ちゆりょく》もさることながら、土のブロック同士がくっつき合うのは、この世界における大きな利点になる。釘《くぎ》やセメントといった建築《けんちく》に必要な資材《しざい》がなくても、避難場所《ひなんばしょ》を作れるわけだ。

けれど、自然の避難所《ひなんじょ》がどこか近くでぼくを待っているのなら話は別だ。ぼくは丘《おか》のてっぺんまでのぼり、島全体を――念のために北側と南側の斜面《しゃめん》もだ――見渡《みわた》して、重いため息をついて落胆《らくたん》した。洞穴《ほらあな》や穴《あな》ぐら、すぐに逃《に》げ込《こ》めるような砦《とりで》はどこにもなかった。

西側の斜面《しゃめん》の下では二頭のウシが草をはみ、さも満足そうにモーと鳴いていた。「やあ」ぼくはウシたちに声をかけ、木々のあいだに視線《しせん》を据《す》えた。「やっぱり、太陽がモンスターたちを追《お》い払《はら》ったって考えは当たってるようだ」

ゆうべ木立の中をうろついていたものがなんだったのであれ、太陽の明かりが撃退《げきたい》してくれたのは見ればわかった。だけど、どこへ消えたのだろう？　というか、あいつらはどこから来たんだ？　日が暮《く》れると海からやって来るのか？　それともB級ホラー映画《えいが》でよくあるように、地面から這《は》いだしてくるとか？

その答えはいやでもすぐにわかりそうだった。つい数分前に夜が明けたばかりだというのに、すでに太陽は中天に近づきつつあったんだ。

「ここではどれだけ一日が短いんだ？」ぼくは満足げなウシたちに問いかけた。もしもウシたちがしゃべれたら、こう返したことだろう。〝短すぎて無駄《むだ》にする時間がないほどだよ〟

「そりゃあ、どうも」ぼくは皮肉を込《こ》めて礼を言い、〝絶望《ぜつぼう》の丘《おか》〟と命名した斜面《しゃめん》をのぼるべく振《ふ》り返《かえ》った。そこでつかの間ためらい、のろしをあげるべきか思案した。無人島に漂着《ひょうちゃく》したらそうするものだろう？　そうだとしても、のろしをあげる方法は見当もつかない。

だけど、土の掘《ほ》り方ならわかっている。ぼくは土を叩《たた》いてブロックを掘《ほ》りだし、丘《おか》の上に並《なら》べて〝HELP《ヘルプ》！〟と記した。低空を飛んでいる飛行機か、宇宙《うちゅう》をまわっている人工衛星《じんこうえいせい》がこれを見るかもしれない。きっと誰《だれ》か来てくれるさ。

ぼくはまだ、誰《だれ》かが突然《とつぜん》現《あらわ》れて救出してくれる望みにしがみつき、救助されるまで、あとひと晩《ばん》かふた晩《ばん》頑張《がんば》ればいいだけだと信じていた。ここがまったくの新世界だというのは認《みと》めるにしても、それが実際《じっさい》に何を意味するのかを、ぼくは立ち止まって考えようとしなかったんだ。もっとも、のちのちふたたび海で遭難《そうなん》したときに考えることになるのだけれど……。

でも、それは先の話だ。

太陽の位置に気をつけて、丘《おか》の東側をくだって引き返した。土を掘《ほ》りだして、土の家を作ろうかとも考えたが、夜に隠《かく》れていた狭《せま》い穴《あな》を見てみると、さらに奥深《おくふか》くまで掘《ほ》り進むほうがより安全に思えた。そうすれば少なくとも入り口以外は、もろい土壁《つちかべ》の代わりに丘《おか》全体で守られる。でも、どうやってやろう？

素手で岩を砕《くだ》くことはできない。ん？　できないか？　思い込《こ》みは禁物《きんもつ》だぞ。

ぼくは自分に言い聞かせると、灰色《はいいろ》のなめらかな岩壁《いわかべ》に向けて拳《こぶし》を振《ふ》りあげた。〝遠くまで届《とど》くパンチ〟というスーパーパワーがあるんだから、岩だって砕《くだ》けるかもしれない。

でもすぐに無理だと思い知らされた。

「痛《い》たたたた」パンチを繰《く》りだすたびにぼくは悲鳴をあげた。たしかに、この世界では素手でも硬《かた》い岩にダメージを与《あた》えることができた。それにいちおうは、何度も叩《たた》くと進展《しんてん》があったかに見えたんだ。けれど、灰色《はいいろ》のブロックは、もとの世界のようには砕《くだ》けることはなかった。叩《たた》いた箇所《かしょ》から、小さなブロックが散らばるのはわずかに見えるのだが、ずきずきとうずく手を休めたとたん、岩はもとどおりに復元《ふくげん》されてしまう。

「どういうことだよ！」ぼくはわめき声をあげ、怒《いか》りにまかせてもう一度岩を叩《たた》き、悲鳴をあげた。「痛《い》たたたた！」

どうやらこの世界で驚異的《きょういてき》な治癒力《ちゆりょく》があるのはぼくだけではないらしい。

「どうやったら掘《ほ》りだせるんだ？」沈黙《ちんもく》してあざ笑う岩に向かって問いかけた。

なんらかの道具が要《い》るのは明白だ。無人島に流れ着く話では道具があるのがお決まりで、普《ふ》通《つう》は難破船《なんぱせん》に積まれていた物資《ぶっし》とか斧《おの》とかが、浜辺《はまべ》に打ちあげられているものなんだけど。

ぼくには何がある？　あいまいな記憶《きおく》と役に立たないものばかり入ったバックパックだけ。

いや、役に立たないと決まったわけじゃないぞ。

試しに、これまで集めたもので岩を叩《たた》いてみた。苗木《なえぎ》に、土ブロック、ゾンビの肉でもやってみた。この世界でなら、どれに削岩《さくがん》ドリル並《なみ》の破壊力《はかいりょく》があってもおかしくない。どれもうまくいかなかったものの、苗木《なえぎ》がヒントとなり、素手で木そのものを叩《たた》いてみることを思いついた。

手近な幹《みき》へ近づきパンチを浴びせる。

「木だー！」木の幹《みき》から茶色い原木のブロックが飛びだし、ぼくは歓喜《かんき》の声をあげた。しかし、すぐに目を丸くする。

木は中央の部分が抜《ぬ》けたのに、傾《かたむ》きもせずに宙《ちゅう》に浮《う》いていた。

「いいかい」ぼくは木に向かって説教した。「何もかもブロックでできていることや、ゾンビが日光に弱いことはまあいいとしよう。だけど重力ってものがあるだろう⁉」

それでも木は宙《ちゅう》に浮《う》いたまま動かない。

「オーケー」ぼくはうなずき、角張《かくば》った両手を投げやりにあげてみせた。「きみたちの世界、きみたちのルールだ」

数秒後、ぼくはその言葉の正しさを目の当《ま》たりにすることになる。

原木のブロックで岩を叩《たた》いてみたが、手が痛《いた》くなっただけに終わった。

ぼくは顔をしかめ、右手を休めようと、何も考えずにブロックを左手に持ち替《か》えた。

「えっ……？」ぼくは角張《かくば》った目を見開いた。左手の上に、四角形が四つに区切られた枠《わく》が出現《げん》したのだ。原木のブロックは小さく縮《ちぢ》んで左下の枠《わく》に落ちた。するとぼくの右手に四つ分の加工された木材のイメージが浮《う》かびあがった。

「なるほどね」ぼくは戸惑《とまど》いながらつぶやいた。目の前で起きているのが、いいことなのか悪いことなのかよくわからない。

ゆっくりと右手を握《にぎ》りしめると、木材はしっかりとした形になり、左手の原木は消えた。

「なるほどね！」俄然《がぜん》やる気が出てきた。

すばやく治癒《ちゆ》する能力《のうりょく》に、遠くにあるものを叩《たた》ける力、釘《くぎ》や接着剤《せっちゃくざい》なしにブロック同士をくっつけられるのに加え、この世界ではどういうわけか、ぼくは原材料を一瞬《いっしゅん》のうちに加工できるらしい。もとの世界でなら、原木を木材にするのにどれだけかかるだろう？　伐採《ばっさい》に採寸《さいすん》、切断《せつだん》、研磨《けんま》まで何時間を要する？　しかもそのために、ぼくはそれぞれの作業方法をマスターしていなきゃならない。それがこの世界では、右手から左手に持ち替《か》えるだけで、物作りの名人になれるんだ！

これで何ができるかな。思案しながら木材を左手に移《うつ》すと、今度はごく小さな四角形の木片《もくへん》が右手の上に現《あらわ》れた。

「ボタンだ」ぼくはささやいた。衣服についているボタンではなく、ぽちっと押《お》すやつだ。ぼくは新たな発見に頭がくらくらし、押《お》したら何が起きるかを夢想《むそう》した。このボタンを取り付けられたものは、まったく別のものに変形するとか？　ぼくの姿《すがた》も変えられたりして？

それともボタンを押《お》すと、巨大《きょだい》な輝《かがや》ける要塞《ようさい》が出現《しゅつげん》し、そこに住む白髪《しらが》の精霊《せいれい》がすべての問いに答えてくれて、ぼくの秘《ひ》められた力を使う方法を手ほどきしてくれるとか。映画《えいが》では、こういうのがよくある展開《てんかい》だろう？

ぼくは手のひらの上に浮遊しているボタンを握《にぎ》りしめ、宙《ちゅう》に浮《う》いている木に貼りつけた。

……これがもとの世界に戻《もど》る鍵《かぎ》だろうか!?

「よし、やるぞ」ぼくは天を見あげて声を張《は》りあげ、ボタンにすべてを託《たく》して震《ふる》える手を伸《の》ばした。

カチッ。

「……はいはい、そうでしょうよ」頭の中で、クイズ番組で不正解《ふせいかい》だったときの効果音《こうかおん》が響《ひび》く。

ぼくはため息をついた。「これひとつで全部が解決《かいけつ》だなんて、虫がよすぎました」

残りの木材を見おろす。「でも、ひとつやふたつなら、ぼくでもこの木材で問題を片付《かたづ》けられるんじゃないかな」

四つの枠《わく》に残りの木材を三つ置いてみたが、何も起こらない。ところが、木材をひとつどけると、とたんに残りのふたつが――上下に並《なら》んだ状態《じょうたい》だ――四本の丈夫《じょうぶ》な棒《ぼう》に変わった。

「棒《ぼう》だ！」ぼくは叫《さけ》び声をあげて、宙《ちゅう》に浮《う》かぶ棒《ぼう》をつかみ取った。三本はベルトのポーチにしまい、四本目は低能《ていのう》なネアンデルタール人のように振《ふ》りまわした。「おれ様、強い！　おれ様、武器《ぶき》を持ってる！」

上機嫌《じょうきげん》で石壁《いしかべ》に向き直り、うなり声をあげる。「おれ様、岩も砕《くだ》ける！」

木材でものを作製《クラフト》する実験はそこでやめるべきだった。避難所《ひなんじょ》を作る作業に戻《もど》るべきだったのだ。でも、お察しのとおり、ぼくはそうしなかった。

「もうちょっとだけ実験してみよう」そう言って、ぼくは石壁《いしかべ》に背《せ》を向けた。「穴掘《あなほ》りはそのあとだ」

ひとつ残った木材ではボタンしか作れないため、それはポーチにしまい、宙《ちゅう》に浮《う》かんでいる木の残りを素手で叩《たた》き壊《こわ》しに取りかかった。

新たに作った木材を四つのクラフト枠《わく》全部に並《なら》べ、右手に浮《う》かんだ立方体のイメージにぼくは息をのんだ。それは木製の立方体で、横側にのこぎりやハンマーなどの道具がぶらさがっているように見えた。「よしっ！」ぼくは叫《さけ》んで、この新たなアイテムをつかんだ。実際《じっさい》には、道具はぼくの衣服と同じくペンキで描《えが》かれているだけだったが、そんなことはどうでもいい。この木製の立方体自体が道具で、それは作業台だった。上部には九つのクラフト枠《わく》があり、ぼくの左手にある枠《わく》とまったく同じ役目を持っていた。

「やったぞ！」ぼくは自分のトレードマークとなる勝利のダンスを踊《おど》った。三回跳《は》ねて、くるりとまわり、もう一度跳《は》ねる。そのあとは残りの木材に手を伸《の》ばし、作業台の上に放り投げた。

「さあ、クラフトに取りかかるぞ！」

はじめの数回の結果は、輝《かがや》かしいものじゃなかったとだけ言っておこう。木材をふたつ横に並《なら》べると、幅《はば》およそ一ブロックの薄《うす》っぺらい板ができあがった。地面に置いて踏《ふ》んだところ、ボタンと同じカチッという音はするが、やはり何も起きなかった。木材を三つ横に並《なら》べると、厚《あつ》さが半分のブロックが六つできた。木材を倍の六つに増《ふ》やしたら、似《に》たような真四角の板二《に》枚《まい》になり、これには四角い穴《あな》が四つ開いていた。地面に置いてまわりをぐるりと歩き、踏《ふ》んでも何も起きないので、ぼくは壊《こわ》して回収《かいしゅう》しようとした。

だが、拳《こぶし》で叩《たた》くと、板は縮《ちぢ》んでぼくの手に戻《もど》る代わりに、カチャンと音を立てて垂直《すいちょく》に立った。トラップドアだ。すごいや。ぼくは感嘆《かんたん》した。この世界では蝶番《ちょうつがい》は不要らしい。

この考えはすぐに裏付《うらづ》けられ、左二列のクラフト枠《わく》に木材を六つ並《なら》べると、フルサイズのドアが三つできあがった。

地面に置くとドアは自立し、ぼくは手を伸《の》ばして開けてみた。思ったとおり、いかにもドアらしい音を立ててドアは開いた。

ああ、きみが何を考えているかはわかるよ。どうしてそこでやめにして、ドアのための家を作るとか、せめて地面に穴《あな》を掘《ほ》り、トラップドアでそれをふさぐようにするとかしないんだ、だろう？　信じてくれ、ぼくもそれは考えたし、本当にいずれはするつもりでいた。

けれど、中断《ちゅうだん》するより先に作業台の横に描《えが》かれている道具を、どうしても作りたかったんだ。

だって、絵が描《か》かれているのなら、この世界に存在《そんざい》するはずだろう。なのにどうしてぼくには作ることができないんだ？

あとひとつ何かを組み合わせさえすれば、それらの道具が作れる気がした。なんと言っても、ぼくは格段《かくだん》に前進していたし、その過程《かてい》で教訓をもうひとつ得ていた。ルールを解明《かいめい》すれば敵《てき》を味方にすることができる。

「もう二、三回だけ」そう自分に言い聞かせて、クラフト枠《わく》全部に木材を並《なら》べた。それでは何も起きなかったが、ぼくはまったくの偶然《ぐうぜん》から、真ん中にあるやつを最初にどけた。

その瞬間《しゅんかん》、箱のイメージがあらわれた。箱形のものではなく、箱そのものだ。ぼくはそれを自分の前に置き、蝶番《ちょうつがい》のない蓋《ふた》を開けた。どうやらそれはぼくのバックパックの据《す》え置き型らしく、中は同じくらい大量のアイテムを保管《ほかん》できるようになっている。

「なるほどね」ぼくは鼻を鳴らした。「入れものは増《ふ》えたけど、中身はからっぽのままか」

からっぽつながり、というわけでもないが、次の実験――木材をＶ字形に三つ配置した――では、からっぽのボウルが四つできあがった。それにスープやシチューがたっぷり注がれているさまが思わず目に浮《う》かび、ぼくはよだれが出そうになってリンゴに手を伸《の》ばした。

ところが、そこでぼくの手は動くことを拒絶《きょぜつ》し、一拍遅《いっぱくおく》れてその理由に気がついた。お腹《なか》が減《へ》ってないんだ。この世界では、自分が食べたいときじゃなく、必要なときだけ食べることができるらしい。「つまらないな」リンゴに向かってぼやいた。「でも、食べ物を無駄《むだ》にすることはなさそうだ……もっと見つけることができたらの話だけど」

葉っぱのない木を見あげ、暗くなる前にもっとリンゴを探《さが》すべきだろうかと迷《まよ》った。というか、そろそろ避難所《ひなんじょ》を作らなければ本当にまずい。でもその前に……。

もう一度だけ。

作業台に新たに木材を置き、今度は五つに増《ふ》やして、V字形をU字形に変えてみた。

最初はまたボウルができたのかと思った。今度のは大きめで長方形、木製のバスタブみたいなものが……。

「ボートだ！」叫《さけ》び声をあげて、宙《ちゅう》からつかみ取った。小さくアイテム化したボートを握《にぎ》りしめ、ぼくは〝絶望《ぜつぼう》の丘《おか》〟を駆《か》けあがった。

「みんな、いいか！」草をはむ動物たちに勢《いきお》い込《こ》んで話しかける。「こいつを見てくれよ！ボートだ！」

ヒツジとウシはのんびりと顔をあげたあと、もっと大切な食事に戻《もど》った。

「それじゃ、名残惜《なごりお》しいけど、きみたちとはこれでおさらばだ！」ぼくは動物たちの脇《わき》を走り抜《ぬ》け、北側のビーチへ向かった。

ミニチュアサイズのアイコンを水の上に置くと、またたく間に大きくなり、フルサイズのボートになった。中に乗り込《こ》み、安定しているのに驚《おどろ》いた。揺《ゆ》れも沈《しず》みもせず、乗り心地は快適《かいてき》だ。ただモーターや帆《ほ》はなく、手で漕《こ》ぐしかないらしい。

水に手を入れようと前屈《まえかが》みになると、突然《とつぜん》ボートが動きだした。なんと体を前に倒《たお》すだけでいいらしい。ボートはどんどん加速し、ぼくは破顔《はがん》した。

脱出《だっしゅつ》だ！　ぼくは自由だぞ！

「こうでなくっちゃ！」最後のお別れにぼくにとっての監獄島《かんごくとう》を振《ふ》り返《かえ》った。〝あばよ、最高のバケーションだったぜ〟と皮肉のひとつでも言ってやるつもりでいたが、水平線上の点にまで縮《ちぢ》んだ島影《しまかげ》に言葉をのみ込《こ》んだ。ぼくは少し体を起こしてボートの速度をゆるめた。前方を見据《みす》え、目を細くして陸地を探《さが》す。何も見えない。視線《しせん》をうしろの島へ向ける。島影《しまかげ》も消えていた。そこでボートを完全に止めて、すべての方向を見まわした。空と海以外、見えるものは何もない。

そのときになって現実《げんじつ》が重くのしかかってきた。

ぼくは何を考えていたんだ？　どこへ行くつもりだったんだ？　島から脱出《だっしゅつ》しても、この世界から脱出《だっしゅつ》できるわけじゃないのに。少なくとも島にいれば、やるべきことはつかめはじめていた。でもこの海の上ではすべてが未知の世界だ。こんなことは〝HELP《ヘルプ》！〟のサインを丘《おか》の上に並《なら》べたときに考えておくべきだった。陸の上でまだ安全だったときに。

ほかには陸がなかったら？　あったとしても無人だったら？　それかゾンビみたいに凶暴《きょうぼう》な住人だらけだったら？　ゾンビばかりで、そのうえゆうべ見かけたようなモンスターもいたら？　それよりさらに恐《おそ》ろしい場所だったら？

胃から込《こ》みあげる苦いものをごくりとのみ込《こ》み、ぼくはボートを反転させて、島へと急いだ。けれど、行けども行けども島は見えてこない。方角は合っているのか？　ボートをジグザグに進め、緑色の島影《しまかげ》がほんのわずかでも見えないかと目を凝《こ》らした。

何も見えない。

完全に方向を見失った。

「このまぬけ」考えなしにとんでもない間違《まちが》いをしでかした自分が腹立《はらだ》たしくてならなかった。ぼくはもとの世界に戻《もど》りたい一心で、たったひとつの生き抜《ぬ》くチャンスをぶち壊《こわ》しにしてしまった。これでふりだしに逆戻《ぎゃくもど》りだ。希望も、救いもない。この窮地《きゅうち》から逃《のが》れるすべはなかった。

遅《おそ》かれ早かれ最後のリンゴを食べたあとは、太陽に焼かれてゆっくりと餓死《がし》するのだろう。その前にイカに食べられるかもしれない。いまも水中からイカに狙《ねら》われてるんじゃないか!? 飢《う》えた触手《しょくしゅ》が水底から伸《の》びてくる気がした。イカはボートを叩《たた》き壊《こわ》し、ぼくを水の中へ引きずり込《こ》むだろう。八つ裂《ざ》きにされるさまが目に浮《う》かび、恐怖《きょうふ》で思考が停止した。

恐怖《きょうふ》で思考が停止……。

「パニックになると思考は停止する」そうささやくと、自分の言葉に勇気が湧《わ》いた。敵《てき》は襲《おそ》いかかってくるイカじゃない、自分の胸《むね》を締《し》めつけて思考を鈍《にぶ》らせるパニック状態《じょうたい》だ。

「パニックになると思考は停止する！」ぼくは声を張《は》りあげた。「だったら落ち着かなきゃだめだ！」

ベルトのポーチに手を伸《の》ばした。でも、取りだしたのはリンゴではなく、土のブロックだ。

〝HELP《ヘルプ》!〟のサインを作った残りがまだたくさん入っている。ぼくは目をつぶり、豊《ゆた》かな土のにおいを吸《す》い込《こ》んだ。

「そうだよ、きみたちの残りを探《さが》しに行こう」ブロックに向かって語りかけた。「陸は近いはずだ。潮《しお》の流れはないし、風に遠くまで運ばれてもいない」

風。

それまで、風が東から西へ吹《ふ》いているのには気づいていた。空を見あげると、雲は傾《かたむ》きはじめた太陽へ向かって流れている。

「これで東と西がわかったぞ」自信を取り戻《もど》してぼくはつぶやいた。「島の北側にあるビーチから出発したんだから、太陽が常《つね》に右手にあるように進めば、南へ向かうことになる」

土をポーチに戻《もど》し、ぼくは慎重《しんちょう》に体を前に倒《たお》した……。

……やがて〝絶望《ぜつぼう》の丘《おか》〟の頂《いただき》が見えてきた。ぼくは安堵《あんど》のため息をつくと、体を折るようにして前屈《まえかが》みになって全速力で進んだ。

ボートは勢《いきお》い余《あま》ってビーチに飛び込《こ》み、北側の岸に衝突《しょうとつ》して壊《こわ》れ、木材と棒《ぼう》に戻《もど》った。

でもそんなのはたいしたことじゃない。

「戻《もど》れたあ……」大地にキスしたい気分だったけど、あいにくこの体ではできなかった。

「モー」近づいてくるウシの鳴き声には、非難《ひなん》するような響《ひび》きが強い。

「わかってる」ぼくは水から出て、ボートの残骸《ざんがい》を拾いあげた。「ぼくは考えなしだった」

「モー」ウシが言った。

「そうだね」ぼくはうなずいた。「行動する前に考えなくては。けれど、次に何をするかを考えるだけじゃだめだ。この世界で生き抜《ぬ》くのなら、はっきりした長期的な戦略《せんりゃく》が必要なんだ」

「モー」ウシが同意の声をあげる。

「まずは基本的《きほんてき》なところを固めよう」ぼくはさらに続けた。「食料を蓄《たくわ》えて、安全な避難所《ひなんじょ》の用意。そして道具や武器《ぶき》、それに暮《く》らしを快適《かいてき》にする品々を作るんだ」

ビーチをうろうろと歩き、ぼくを眺《なが》めているウシに身振《みぶ》り手振《てぶ》りで強調する。「この島をぼくが暮《く》らすのに適《てき》した場所に作り替《か》えよう。この世界について学べることはすべて学べる安全なスペースに。そして基本的《きほんてき》な生活環境《せいかつかんきょう》をすべて整えたら、もっと大きな問題に取り組める。ぼくはどうやってここへ来たのかとか、どうすればもとの世界に戻《もど》れるのかとか」

そういう大きな問題のことを考えているうちに、もっと恐《おそ》ろしい問題が頭に浮《う》かんだ。「ぼくにできるのか？　何もかもひとりきりで、助けてくれる人もなしに？」

　ぼくは色が塗《ぬ》られただけの靴《くつ》を見おろした。「守ってくれる人も、導《みちび》いてくれる人も——」続く言葉はやっとのことで吐《は》きだした。「気にかけてくれる人もいない、ここで？」

　目を閉《と》じ、自分について何かを、なんでもいいから、思い出そうとした。「ぼくがもしもとの世界で子どもだったのなら」話しているうちに震《ふる》えがきた。「大人に面倒《めんどう》を見てもらっていたに違《ちが》いない。そして大人だったとしても、そこまで自分で何でもかんでもやっていた気はしないんだ」

　不安に満ちたまぶたの裏《うら》に、もとの世界の記憶《きおく》が次々に浮《う》かんだ。機械や贅沢《ぜいたく》な品々、それに画面をクリックすればほしいものはなんでも注文できた暮《く》らしの記憶《きおく》。「もとの世界では、たくさんの人々の恩恵《おんけい》があったんだと思う。みんながたくさんの異《こと》なる仕事をこなし、協力しあっていたおかげで、何もかもひとりでやる必要は誰《だれ》にもなかったんだ」

　ぼくはウシの顔をのぞき込《こ》んだ。「ぼくひとりで何もかもできるのかな？　ぼくは自分の面《めん》倒《どう》を見ることができるのか？」

　角張《かくば》った動物は低い声で長々と〝モー〟と鳴き、ぼくはそれをこう受け取った。〝ほかに選《せん》択肢《たくし》はある？〟

「ひとつだけね」ぼくは答えた。「地面にうずくまって死ぬのを待つんだ」

そう言って苦々しいため息をついた。「そんなことはしないけどさ」

「ぼくは自分の面倒《めんどう》を見るほうを選ぶ」宣言《せんげん》すると、絶望《ぜつぼう》は決意に変わった。「ぼくは自分を信じるほうを選ぶぞ！」

「モー」今度のウシの声はこう聞こえた。〝その意気だよ！〟

「ぼくならできる！」胸《むね》を張《は》って大きな声をあげた。「ぼくならできるし、やってみせる！

そうさ、ぼくなら……」そこで太陽が沈《しず》みかけているのに気がついた。

「しまった！」

自信は吹《ふ》き飛《と》び、ぼくは丘《おか》を駆《か》けあがった。夜の恐怖《きょうふ》がふたたび襲《おそ》ってくるまであとどれぐらいある？　あいつらが追ってくるまで、時間はあとどれだけ残っている？

第4章　細かな違《ちが》いがものをいう

丘《おか》の頂上《ちょうじょう》に着いたとき、ぼくの心臓《しんぞう》は縮《ちぢ》みあがって、ゼリーのようにぶるぶる震《ふる》えていた。沈《しず》みゆく夕陽を振《ふ》り返《かえ》って懇願《こんがん》する。「待って、ぼくひとりをモンスターたちの中に残していかないで。あと少しだけ一緒《いっしょ》にいよう。お願い、ぼくを見捨《みす》てないで！」

「モー」遠くから聞こえるウシの声は、〝泣きごとを言ってないで体を動かしなよ！〟と言っているかのようだ。

ぼくはそのとおりにした。東の斜面《しゃめん》をビーチまで駆《か》けおり、前夜に掘《ほ》った浅い穴《あな》にたどり着く。岩壁《いわかべ》を棒《ぼう》で叩《たた》いてみたが、すぐに絶望的《ぜつぼうてき》な気分になった。時間がかかりすぎる。棒《ぼう》の威《い》力《りょく》を先に確《たし》かめておくべきだった。棒《ぼう》があれば大丈夫《だいじょうぶ》だろうなんて思い込《こ》むべきでは……。

「ウアアア……」かすかなうめき声が夜気に運ばれてきた。新たなゾンビが接近《せっきん》している。

ぼくはその声に跳《と》びあがり、棒《ぼう》を取り落として、きょろきょろとあたりを見まわした。思い込《こ》みは禁物《きんもつ》という教訓に加え、パニックになると思考が停止するという教訓も、頭からきれいさっぱり消えている。ぼくはいまや完全にパニックモードにおちいっていた。ゾンビ猫《ねこ》に襲《おそ》われる袋《ふくろ》のネズミだ。

「グゥゥゥ……」うなり声が大きくなってさらに近づく。

下を見おろしたが、棒《ぼう》は見当たらない。おそらく近くをふわふわ漂《ただよ》っているのだろうけれど、深まる闇《やみ》の中ではまったく見えなかった。

「アアアゥ……」ゾンビがしわがれ声をあげる。

丘《おか》を見あげると、そこにはそいつの姿《すがた》があった。

もう三本ある棒《ぼう》のひとつを取ろうとベルトのポーチに手を入れた。手が土のブロックをかすめる。

これで小屋を作るんだ！　ゾンビはぼくのほうへと斜面《しゃめん》をくだりだした。その手に握《にぎ》られたものがきらりと光る。あれは武器《ぶき》か？

ぼくは土のブロックを積みあげて、丘《おか》の斜面《しゃめん》を背《せ》にして自分のまわりに土の小屋をあわてて

作った。ゆうべのように穴《あな》に入り、前面をブロックでふさいだほうが速いし簡単《かんたん》だけど、また
も自分で自分を生《い》き埋《う》めにして、立てた棺桶《かんおけ》みたいなスペースに閉《と》じ込《こ》められるのは、考えた
だけで窒息《ちっそく》しそうだ。
ゾンビが丘《おか》をくだるまであとほんの二十歩だ。ぼくはドアを立てた。
あと十歩。壁《かべ》を作り終えたところで、屋根の分の土がないことに気がついた。
あと五歩。
ベルトのポーチから平板をつかみだし、壁《かべ》の角へ持ちあげる。腐《くさ》った足が近づく音とともに、
平板は壁《かべ》にくっついた。
平板と木材を次々と天井《てんじょう》にはめ、最後に残った一角を木材でふさいで星々を覆《おお》い隠《かく》す。これ
で安全だ。そのときゾンビがどすんと地面におりる音がした。
肉が崩《くず》れた拳《こぶし》がドアを叩《たた》きはじめる。心臓《しんぞう》がどくどくと跳《は》ね、ぼくは奥《おく》へあとずさった。冷
たく硬《かた》い岩壁《いわかべ》が背中《せなか》に当たる。ドアがゆがんで、黒っぽい小さなブロックが飛び散るのが見え
た。あと二、三回叩《たた》かれたらドアは粉砕《ふんさい》される。
「来るならこい！」ぼくは怒鳴《どな》った。「殴《なぐ》り合いの喧嘩《けんか》がしたいのか？　受けてたってやる

よ！」

ぼくは棒《ぼう》を握《にぎ》りしめ、ドアが叩《たた》き壊《こわ》されるのを待った。そのまま待って、待ち続け……やがてぼくは目《ま》の当《あ》たりにした。ドアには、岩壁《いわかべ》やぼく自身と同じように、治癒力《ちゆりょく》があった。あとひとつふたつ殴《なぐ》りつけられたら壊《こわ》れそうなところまで折れ曲がるのだが、そこでまたもとどおりの形に戻《もど》るのだ。

「やーい」ぼくはゾンビをからかった。「悔《くや》しかったら入ってみろよ」

おんどりのように誇《ほこ》らしげにうんうんとうなずき、ドアへ近づく。「入れないだろう。おまえは絶対《ぜったい》に中に――」

ぼくは近づきすぎていた。

かびくさい腕《うで》が、ドアに開いている四角い穴《あな》のひとつをとおって、ぼくの喉《のど》にまともにぶち当たった。「わかった、そっちが一点先取だ」咳《せ》き込《こ》み、ぼくはよろよろとうしろへさがった。まあ少なくとも、そいつが反対の手に握《にぎ》っているものが当たったわけじゃない。

ぼくは安全な距離《きょり》からもっとよくその武器《ぶき》を見ようとした。なかなか見えない、小屋の中は暗いからなおさらだ。ぼくの棒《ぼう》によく似《に》た、木製の長い柄《え》がついているのはわかる。ぼんやりとした月明かりにその先端《せんたん》が反射《はんしゃ》した。平たく、先のほうは少し尖《とが》っている。

「シャベルか！」ぼくは大声をあげた。「きみはどうやってそれを手に入れたんだ？」そして即座《そくざ》に自問した。「どうしてぼくは持ってないんだ？」

恥《は》じることなく告白するが、ぼくはゾンビがねたましかった。あんなにいろいろ作ったのに、やっきになって作製《さくせい》しようとした道具のたぐいは、まだ何ひとつできていないのだ。そしてドアの向こう側には、喉《のど》から手が出るほどほしかったものがある。

「不公平だよ」ぼくはむくれた。

ゾンビはうなり返した。きっといまのぼくに向かって誰《だれ》もが言うことを言ったに違《ちが》いない。

〝人生とは不公平なものだ。それに駄々《だだ》をこねたところで公平になるものじゃない〞

「まあ、そうだけど……」ぼくは冷静になり、目をすがめてシャベルをじっと見た。「でも、とにかくきみはどうやってそれを手に入れたんだ？」

シャベルの刃《は》は木製には見えない。光っているし、つややかだ。

「そこ、金属製《きんぞくせい》なのかい？」

ゾンビはうなった。

「もしそうなら、いまのぼくには作れない、だけど……」

もう一度シャベルを見据《みす》えて、まったく新たな角度から観察する。

「金属製《きんぞくせい》の刃《は》と木の柄《え》を組み合わせることができるなら」ゾンビに向かって問いかける。「刃《は》を木で作って組み合わせれば、木製のシャベルになるんじゃないか？」

ゾンビがふたたびうめいた。九十九パーセントの確信《かくしん》があるけど、あの声は〝あったり前だろ！〟と言っていたと思う。

新たな作業台を作り——最初のものは外に置きっぱなしになっていた——クラフト枠《わく》の真ん中に棒《ぼう》を、その上に木材を置いた。

何もできない。

今度のゾンビのうめきは笑い声のようだった。

「おいおい、一度目で成功するとでも思ったのか？」ぼくは怒鳴《どな》り返《かえ》した。実は内心では一発で成功するんじゃないかと期待していたけれど、嘲笑《あざわら》う死体にそんなことを教えるつもりはない。「一度目は失敗するものだと決まっているんだよ」

配置を逆《さか》さまにし、木材の上に棒《ぼう》を置いてみたが、これも失敗した。

「必ず成功させるぞ」ぼくはゾンビに向かって宣言《せんげん》した。「あきらめるものか」もう一度シャベルに目をやり、何か大事なことを見落としていないか確《たし》かめた。あれだ。じっくり観察すると、シャベルの柄《え》はぼくが持っている棒《ぼう》ふたつ分の長さがあった。

木材を中央上部に移動《いどう》させ、その下に棒《ぼう》を二本並《なら》べた。

「ホ、ホー！」ゾンビが持っているシャベルとほぼ同じものが現《あらわ》れ、ぼくは雄叫《おたけ》びをあげた。宙《ちゅう》からシャベルをつかみ取り、もう一度雄叫《おたけ》びをあげて勝利のダンスを踊《おど》ろうとジャンプし、低い天井《てんじょう》に頭をぶつけた。

「笑いたければ笑えよ」ゾンビに向かって言った。「どんなことも、いまのぼくの気分に水を差すことはできないさ」

シャベルの先端《せんたん》を地面に突《つ》き刺《さ》すと、軽々と土を掘《ほ》り返《かえ》せた。「細部を見逃《みのが》すな」ぼくは自分自身に言い聞かせた。「細かな違《ちが》いがものをいう」

奥《おく》の壁《かべ》まで引き返し、岩にシャベルを打ちつける。木製の道具は跳《は》ね返《かえ》り、岩壁《いわかべ》には傷《きず》ひとつつかなかった。

「念のために試してみただけだからな」ぼくは首をめぐらせてゾンビに弁解《べんかい》した。「木製のシャベルが土用の道具なら、岩用の道具が別にあるはずだ」

ぼくは作業台へ戻《もど》り、残りの木材をすべて出した。「クラフトのためのアドバイスはないのかい？」ゾンビに問いかけた。「ハンマーの作り方とか、ノミやドリルの作り方とか？」

死んだ目が無言で見つめ返した。

「いいよ、知らなけりゃ」ぼくは言った。「自分でやるからさ」

棒《ぼう》をさらに数本作ったあと、木材ふたつをクラフト枠《わく》最上部の右端《みぎはし》と真ん中に、棒《ぼう》二本を枠《わく》の中央とその下にそれぞれ配置してみた。するとシャベルに似《に》た道具ができたが、こちらの刃《は》は長細くて湾曲《わんきょく》している。

「これは何だろう？」ぼくはゾンビに道具を見せて尋《たず》ねた。もとの世界でこういう道具を見た覚えがあった。土を掘《ほ》り返《かえ》すためのものだ。それで地面を掘《ほ》ってみたが、シャベルのように軽々とはいかず、時間もかかった。

「シャベルのほうが掘《ほ》りやすいのに、どうして土を掘《ほ》る道具が二種類もあるんだ？」

この名称不明《めいしょうふめい》の道具で岩を叩《たた》いてみたものの、ぼくの拳《こぶし》と同じくらい役に立たない。「こんなもの、なんに使うんだろう？」ぼくはぼやいた。ふと、草をつかむことができずに、力任《ちからまか》せに土を叩《たた》いたときのことを思い出す。

「そう言えば……」思案しながらつぶやく。「いらいらしていると、つい力んでしまうな」

意識《いしき》を集中させ、ぼくは地面に向かって謎《なぞ》の道具を持ちあげた。シャベルのように土に突《つ》き入れたくなるのをこらえ、慎重《しんちょう》に動かす。すると道具は土の表面だけをさくっと耕《たがや》した。

「力の加減《かげん》が重要なんだ」ぼくは言った。「生き抜《ぬ》くためには、力任《ちからまか》せにやることも必要だけど、力を抜《ぬ》くのもそれと同じくらい必要になる。大切なのは臨機応変《りんきおうへん》にやるってことか」

「グルル……」屍《しかばね》がしわがれた声をあげる。

「きみもばかのひとつ覚えみたいにうなってないで、もっと機転を利かせてみたらどうだい」

自分を殺したがっているゾンビ相手に軽口を叩《たた》いたはずみに、手に持っている道具について、記憶《きおく》の蓋《ふた》が開いた。

「この道具はクワだ！」

ぼくはベルトのポーチをまさぐり、種を出した。どうしても植えられずに投げ捨《す》てかけたやつだ。耕《たがや》したばかりの湿《しめ》ったやわらかな大地に手を伸《の》ばす。種はぼくの手のひらから消え、正方形の土地の上には緑色の小さな芽がいくつも顔を出していた。

「芽だ！」ぼくは歓喜《かんき》した。「欠けていたのはこれだ！　昨日はクワがなかったから、種を植えることができなかったんだ！　これが作物の芽なら、食料を収穫《しゅうかく》できるぞ！」

「グゥゥ……」壊《こわ》せもしないドアをゾンビはまだ殴《なぐ》っている。

「えっ？　なんだって？」ぼくは問い返した。「ああ、そりゃあそうだ。今夜はぼくにとって実り多きひとときになったけれど、きみにとっては最低の夜だよな。きみはひと晩中《ばんじゅう》そこに突《つ》っ立ってドアをどんどんと叩《たた》き、一方、ぼくは新たな道具作りと農業を学習した。つまり、百万年分の人類の進化を十分でやり遂《と》げたってことだ」ぼくは大いばりで作業台へ歩み寄《よ》った。

「この調子なら、夜明けまでに常温核融合《じょうおんかくゆうごう》の理論《りろん》だって作れそうだぞ！」

三秒後、ぼくは原子炉《げんしろ》よりもよほど役立つものを作りだした。「ツルハシだ！」矢印形の偉《い》大《だい》な道具を持ちあげて告げる。「クワに木材をひとつ足すだけでできたぞ！」

ゾンビから奥《おく》の壁《かべ》に向き直り、強情《ごうじょう》な岩めがけてツルハシを振《ふ》りおろした。新たな道具はザクザクと岩を砕《くだ》き、あっという間にひとつ目のブロックを掘《ほ》りだした。

「ついに掘《ほ》れた」ぼくはため息をついて岩のブロックを調べた。ひとかたまりの岩という感じではなく、丸石を集めてブロック型に整形したかのようだ。

「次は」ぼくはゾンビのシャベルにちらりと目をやった。「道具を改良できるかの実験だ」

思ったとおり、丸石のブロックを棒《ぼう》と組み合わせることで、石のシャベルを作ることができた。

「だんだんルールがわかってきたぞ」ぼくは得意げな声をあげ、石のシャベルで地面を掘《ほ》ってみた。こっちのほうが木製のシャベルよりさらに作業が速い。ということは、ほかの道具に関しても同じに違《ちが》いない。

丸石のブロックをもっと掘《ほ》りだし、作業台へまっすぐ引き返した。

「アップグレードだ!」にんまりと笑い、できあがった石のツルハシをつかむ。

石のシャベルのほうが簡単《かんたん》に土を掘《ほ》ることができたように、ツルハシもこっちのほうがやすやすと岩を砕《くだ》けた。

掘《ほ》り進むうちに、まわりが見えなくなった。トンネルの中は真っ暗だ。けれど、丸石がバックパックに飛び込《こ》む音は途切《とぎ》れることがなく、かなり奥深《おくふか》くまで掘《ほ》れているようだった。「この調子だ!」ぼくはそう言って、丘《おか》の懐《ふところ》へとどんどん潜《もぐ》っていった。

「そっちはどんな気分だい?」首だけ振《ふ》り返《かえ》ってゾンビに声をかける。「きみたちモンスターもここまでは来られやしないだろう！」

「グワアア」聞き覚えのある、鋭《するど》く甲高《かんだか》いうめき声がそれに応《こた》えた。

「始まったな」一寸先《いっすんさき》も見えない暗闇《くらやみ》の中から引き返し、曙光《しょこう》に照らされた土の小屋へ戻《もど》った。

ドアに開いた四角い穴《あな》からのぞくと、のぼる朝陽《あさひ》といまや炎《ほのお》に包まれたゾンビが見えた。

「やっぱり、朝の光を浴びると絶命《ぜつめい》するのか！」目の前で死んでゆくゾンビがほんの少しかわいそうになった。

「ガウッ、ガウッ、ガウッ」断末魔《だんまつま》の声をあげ、炎《ほのお》に焼かれた体が赤く光る。

好奇心《こうきしん》に負けて、ぼくはどんどんドアへ近づいた。

「あっ、しまった」地面から出ていた芽を足でうっかり踏《ふ》みつけたのだ。まあ、いいか。ぼくは胸《むね》につぶやいた。芽は種に戻《もど》ってベルトのポーチに飛び込《こ》む。今度は外に植え直そう、ゾンビがいなくなって――。

最後まで考えるよりも先に、燃《も》えあがるゾンビは煙《けむり》となって消えた。

第5章　持てるものに感謝《かんしゃ》しよう

急いでドアを開けるのと同時に、煙《けむり》はすっと消え失せた。ぼくの足もとには腐《くさ》った肉がまた浮《う》いている……なのにシャベルはない。持ち主と一緒《いっしょ》に焼失したのか、それともこの世界のルールに従《したが》って消えたのか。ぼくには答えようがない。そしてそれを残念がっている時間もなかった。今日はすばらしい一日になる予感がした。ゆうべは避難所《ひなんじょ》の確保《かくほ》という死活問題をひとつ乗り越《こ》えた。次は飢《う》えにおさらばする番だ。

ぼくは木製のクワを手に、ビーチ近くの地面へ種を持っていった。前回と同じように、種は新たに耕《たがや》した土の中へ飛び込《こ》んでいった。収穫《しゅうかく》までどれほど時間がかかるのだろう？　それを知るすべはなかった。けれど、実ったものが食べられるのであれば、種の価値《かち》はぐんと増《ま》す。まわりの草を叩《たた》いてみたが、なんの収穫《しゅうかく》も得られず、午前中はほかの場所も探《さが》しまわることにした。〝絶望《ぜつぼう》の丘《おか》〟を駆《か》けのぼり、牧草地までぶらぶらとおりていった。ゾンビに襲《おそ》われることはもう心配していなかった。あいつらは朝陽《あさひ》が退治《たいじ》してくれたとわかっている。すばらしい一日にふさわしいすばらしい朝だ。そう思いながら、背《せ》の高い草に向かってパンチした。ほどなくあたりの草は一掃《いっそう》され、ぼくは三握《さんにぎ》り分の種を手にしていた。

「モー」近くの森から鳴き声があがり、「メー」という声、それに短い「コッコッコッ」という声ふたつが続いた。

「やあ、おはよう！」ぼくは動物たちに手を振《ふ》った。「ゆうべはすごかったんだよ」

うきうきとした足取りで近づき、道具の作製《さくせい》について発見したことを説明し、作ったものを実際《じっさい》に見せてやった。

「なかなかのものだろう？」いつものどうでもよさそうなまなざしが返ってくるのを承知《しょうち》で問いかけた。「はいはい、わかってるよ。どうぞ食事を続けてくれ。ぼくはこいつを植えてくる」

ぼくは動物たちに種を見せた。ウシとヒツジは知らん顔で歩き去ったが、二羽のニワトリの反応《はんのう》は異《こと》なった。さっと顔をあげてこちらを見つめている。

「何かほしいのか？」

ニワトリたちは〝コッコッコッ〟と熱のこもった返事をした。「これかい？」ぼくは種を見せて尋《たず》ねた。「これがほしい――」片方《かたほう》の鳥のうしろに白い楕円形《だえんけい》の物体がぽんと落ち、ぼくは言葉をのんだ。

「卵《たまご》だ！」喜びの声をあげ、種をポーチにしまうと手のひらサイズの卵《たまご》を拾いあげた。「これは食べられるんだよね？」ニワトリたちに尋《たず》ねる。「そうでなければ、ニワトリが卵《たまご》を産む意味が……」

ニワトリたちは体を揺《ゆ》らして離《はな》れていく。どうして急にそっぽを向いたんだ？「ねえ、どこへ行くんだよ？　ぼくが何か気に障《さわ》ることでも言った？」

鳥たちから視線《しせん》をそらしたそのとき、人の形をしたものが音もなくこちらへ近づくのが目に入った。腕《うで》も脚《あし》もなく、全身を緑色の斑点《はんてん》に覆《おお》われていて、長い胴《どう》の下に足らしきものがついている。

すべては一瞬《いっしゅん》の出来事だった。〝シューッ〟という音と火薬のにおいがしたかと思うと、モンスターの全身が明滅《めいめつ》し、風船さながらにふくれあがる。

爆発《ばくはつ》の衝撃《しょうげき》で、ぼくはひっくり返ってうしろへ吹《ふ》き飛《と》ばされた。眼球《がんきゅう》は焼け、耳鳴りがし、宙《ちゅう》を飛んで腰《こし》ほどの深さがある入り江《ラグーン》に水柱を立てて落下した。激痛《げきつう》の波が全身を襲《おそ》う。皮膚《ひふ》は焦《こ》げ、骨《ほね》は折れ、腕《うで》や脚《あし》はあらぬ方向に曲がって筋肉《きんにく》が引きちぎれる。悲鳴をあげようとしたが、片方《かたほう》の肺《はい》がつぶれていて、げほげほと咳《せ》き込《こ》んだ。

呼吸《こきゅう》をしようと、体を動かそうとした。ラグーンの水がぼくを前へ押《お》しだすのが感じられた。強くまばたきをして視界《しかい》をはっきりさせ、あたりに目を凝《こ》らした。ぼくの体は爆発《ばくはつ》でできた穴《あな》に流れ込《こ》んでいた。砂《すな》や土のブロックが水にぷかぷか浮《う》いている中に、別のものも混《ま》ざっていた。命を奪《うば》われた動物たちのむごたらしい残骸《ざんがい》だ。ウシの革《かわ》とウシの生肉がそれぞれひとつずつ、ピンク色をした生の鶏肉《とりにく》がふたつ、そして白い羽がひとつ。気の毒なウシと二羽のニワトリたちがそこにいた痕跡《こんせき》はそれだけだった。

動物たちの変わり果てた姿《すがた》は、バックパックの中に飛び込《こ》んでいった。ぼくは穴《あな》の中からふらふらと這《は》いあがった。ショックで頭は混乱《こんらん》し、よろめきながら丘《おか》に戻《もど》った。膝《ひざ》が震《ふる》え、太腿《ふともも》は焼けるように熱い。ずきんずきんと全身が痛《いた》み、足がふらついた。あんな音もなく接近《せっきん》して自爆《じばく》するモンスターからどうやって逃《に》げるんだ？　背後《はいご》に目をやると足がもつれ、硬《かた》い木に体をぶつけた。体中の傷《きず》が悲鳴をあげた。裂《さ》けた唇《くちびる》を開くと、今度はちゃんと悲鳴が出た。

深く長い苦痛《くつう》の叫《さけ》びが、片方《かたほう》だけでなく、両方の肺《はい》から押《お》しだされる。ものすごい速さで傷《きず》が回復《かいふく》しているんだ！

歩くのがやっとだったのが、走れるようになり、やがて全力疾走できるようになった。折れた骨《ほね》がくっついて、破《やぶ》れた血管がふさがれるのが感じられる。急速に活性化《かっせいか》する細胞《さいぼう》を皮膚《ひふ》が覆《おお》っていくのが目に見えてわかった。

小屋に入ってドアを閉《し》めたときには、ぼろぼろだった体はほとんど治癒《ちゆ》していた。だけど、まだ完全じゃなかった。

体のあちこちが助けを求めているのに、ぼくの治癒力《ちゆりょく》は次第に低下していた。

何か食べなければ！

リンゴを探《さが》してバックパックに手を入れると、残りは一個《いっこ》だけで、あとは動物の肉だ。ぼくはリンゴをむしゃむしゃとたいらげたが、それだけでは焼け石に水だ。次は鶏肉《とりにく》の塊《かたまり》の片方《かたほう》を取りだし、躊躇《ちゅうちょ》することも、考えることもなくかぶりついた。

ぼくは生の鶏肉《とりにく》を食べる危険性《きけんせい》をこれまでひとに忠告《ちゅうこく》されたことがあったのだろうか？　あったとしても、いまの状況《じょうきょう》では迷《まよ》うことなく食べていただろう。ぼくの頭には痛《いた》みを止めることしかなく、ほかは何も考えられなかった。

冷たく噛《か》みにくい鶏肉《とりにく》をのみ込《こ》んだ直後、胃袋《いぶくろ》がひっくり返り、吐《は》き気に襲《おそ》われた。ぼくは口を大きく開けて身をよじった。目には涙《なみだ》がにじみ、頭のまわりでは緑色の泡《あわ》がはじけている。ぼくはビーチに走りでて、生肉を吐《は》きだそうとした。

だが、この世界ではそれはできないらしい。吐《は》き気はあるのに吐《は》けず、ぼくは永遠《えいえん》とも思える時間、ビーチに立っているしかなかった。

さんざん苦しんだうえに、生の鶏肉《とりにく》は傷《きず》を癒《いや》す助けにはならなかった。「せめて傷《きず》ぐらい治《なお》ってくれよ」ぼくはうめき声をあげた。

まだ吐《は》き気を覚えながら、顔をしかめてバックパックをのぞき込《こ》み、残りの肉に向かって言った。「理解《りかい》したよ。肉は調理する必要があるんだな」

火をおこす必要があるが、どうすればいいのかは皆目《かいもく》わからなかった。ぼくは頭を絞《しぼ》り、二本の棒《ぼう》をこすり合わせればいいのではと思いついた。生の鶏肉《とりにく》を食べるとあたるのはもとの世界と同じなのに、火のおこし方は違《ちが》うってことはないだろう？

けれど、違《ちが》っていた。そもそも、棒《ぼう》を両手に持つことからしてできないのだ。右手に一本持つことはできるが、左手で何かを持とうとすると、四つあるクラフト枠《わく》のひとつにすぐさま移《い》動《どう》してしまう。

「やれやれだよ」ふんと息を吐《は》き、ぼくは一本の棒《ぼう》だけでやってみた。

結果は、時間を無駄《むだ》にしただけだった。

棒《ぼう》を何かにこすりつけることは不可能《ふかのう》だったんだ。なんであれ、叩《たた》くことしかできない。小屋に戻《もど》って壁《かべ》にこすりつけようとしても、ブロックが壊《こわ》れただけだ。

そこから日光が射《さ》し込《こ》み、ぼくは太陽がすでに半分沈《しず》みかけていることに気がついた。穴《あな》を土でふさいだあと、まだやってなかったことを試みた。棒《ぼう》で木材を叩《たた》いたのだ。「だめか」ぼくはあきらめの声をあげた。お腹《なか》は鳴るし、体の傷《きず》はずきずき痛《いた》む。

こうなったら、一か八か、また生の肉を食べるしかない。残りの鶏肉《とりにく》はパスして、警戒《けいかい》した目で牛肉を見つめた。生肉はどれも危険《きけん》なのか、それとも鶏肉《とりにく》だけか？　いまこの場に資格《しかく》を持った食品安全検査員《しょくひんあんぜんけんさいん》がいたら、どんな報酬《ほうしゅう》でも払《はら》うのに。

牛肉を鼻先に持ちあげ、犬みたいにくんくんとにおいをかぐ。もとの世界で牛肉はどんなふうに見えたかを思い出してみた。明るく涼《すず》しいスーパーマーケットでガラスの棚《たな》の中に陳列《ちんれつ》されているところや、付け合わせの野菜やマッシュポテトと一緒《いっしょ》に皿の上で湯気を立てているところ。熱々のステーキの中心部は、まだピンク色だった記憶《きおく》がある。つまり、火は完全にはとおっていなかったわけだ。

そのイメージに強烈《きょうれつ》な何かが込《こ》みあげるのを感じた。それは吐《は》き気ではなく、寂《さび》しさだった。そんなつもりはなかったのに、ぼくは自分自身のことをいかに覚えていないかを思い知らされた。

皿にのったステーキ以外のものはどうして思い出せないんだ？　テーブルは？　部屋は？　夕食を楽しんでいるほかの人たちの顔は？　ぼくは誰《だれ》と食事をしているんだ？　両親か？　ぼくの子どもたち？　友人？　それともひとりで食べているのか？　ちょうどいまのように？　ぐだぐだ考えても落ち込《こ》むだけだ。ぼくは心の健康のために、自分の心をいまこの場所へ連れ戻《もど》した。

「いいかい」死んだウシの塊《かたまり》に向かって語りかける。「お願いだから、ぼくの胃袋《いぶくろ》におとなしく収《おさ》まってくれ」

牛肉のほうが鶏肉《とりにく》よりましだったとは言わない。こっちのほうがやや硬《かた》く、ざらりとした口当たりだ。それに若干《じゃっかん》だが味がある。けれども何より重要なのは吐《は》き気をもよおさなかったことだ。それに、これですべての傷《きず》が完全に治癒《ちゆ》した。

この超人的《ちょうじんてき》な治癒力《ちゆりょく》はいまだに信じがたかった。ほんの数分前にばらばらに吹《ふ》き飛《と》ばされかけたのは本当か？　もとの世界でなら、完治《かんち》にどれほど時間を要しただろう？　手術《しゅじゅつ》に数時間、集中治療室《しゅうちゅうちりょうしつ》に数週間、さらに数カ月の――もしくは数年にさえ及《およ》ぶ――リハビリ。包帯にギプスに医療器具、それらを扱《あつか》う熟練《じゅくれん》の専門家《せんもんか》たちが必要なのは言わずもがなだ。加えて、そういう専門家《せんもんか》たちへの支払《しはら》いは？　もしもぼくにそのお金がなかったら？

ボディペイントのような衣服まで、もとどおりになっていた。色のついた足を見おろして、ぼくはある話を思い出した。履《は》く靴《くつ》のない男が、足のない男を目にして、自分がどれほど幸運かに気づくというものだ。

「持てるものに感謝《かんしゃ》しよう」ぼくはつぶやいて、全快《ぜんかい》した自分の体にうなずきかけた。

ぐうう、とからっぽの胃袋《いぶくろ》が音を立て、元気にはなったけれど、いまや猛烈《もうれつ》に空腹《くうふく》なのを思い出させた。

「もう少し待っててくれ」それからぼくは鶏肉《とりにく》と卵《たまご》に顔を向けた。そう言えば、あの爆発《ばくはつ》でも、卵《たまご》にはひびひとつ入らなかった。

種も、あの忍び寄ってくるやつ《クリーパー》の攻撃《こうげき》を生き延《の》びていた。ぼくは最初に耕《たがや》したスペースのうしろに種を植え、これがまったくの徒労に終わらないよう祈《いの》った。

掘《ほ》り返《かえ》した土から芽が出たところで、不意に背筋《せすじ》にぞくりと寒気が走った。太陽へと顔をあげると、〝絶望《ぜつぼう》の丘《おか》〟の西端《せいたん》に沈《しず》みはじめている。いつか、と小屋へ向かいながらぼくは考えた。一日の長さがどれぐらいか調べよう。

午後の日陰《ひかげ》に入ると体がまた震《ふる》え、急激《きゅうげき》な寒さに困惑《こんわく》した。季節が変化しているんだろうか？　それとも夜は気温がさがることにこれまで気づいていなかっただけ？　実はこれはどちらも間違《まちが》いで、寒気は飢《う》えの初期症状《しょきしょうじょう》だったのだけれど、それに気づくのはもう少し先のことになる。

丘《おか》をのぼってあたたかな夕陽を体に浴びてこようか。ぼくはつかの間そんなことを考えた。それに丘《おか》の上からなら、リンゴがなる木を見つけられるかもしれない。

けれども体を震《ふる》わせる悪寒がそれを思いとどまらせた。今度は恐怖《きょうふ》から来る震《ふる》えだ。外ではすでに二回も襲《おそ》われている。二度とごめんだ。今夜はモンスターたちの徘徊《はいかい》が始まる前に屋内に入っていよう。今日は、避難所《ひなんじょ》には爆撃《ばくげき》への耐久性《たいきゅうせい》も欠かせないことを思い知らされた。すばらしい一日になる予感があったのにな、とぼくはうなだれて小屋へ入った。

外は紫色《むらさきいろ》に暮《く》れなずみ、ぼくは丸石のブロックをさらにいくつか掘《ほ》りだした。前夜もそうだったけど、穴《あな》の中は真っ暗で、少しずつしか進めない。闇《やみ》そのものが襲《おそ》いかかってくることはないと頭の中ではわかっていても、心は納得《なっとく》しなかった。闇《やみ》への恐怖《きょうふ》に理屈《りくつ》はつうじない。それは本能《ほんのう》から生じるものだった。

木製の屋根に穴《あな》をひとつ開けて、月明かりを入れることも考えてみた。けれど、ゾンビやクリーパーがそこをのぞき込《こ》み、侵入《しんにゅう》してくるさまが頭に浮《う》かんだ。進み続けろ。ぼくは自分の腕《うで》に命じた。もっと深く掘《ほ》るんだ。もっと強固で、もっと安全な場所にするために。

ぼくは着実に前進していたが、作業の単純《たんじゅん》さに心がさまよいはじめてしまった。がらんとした暗闇《くらやみ》を形のない恐怖《きょうふ》が埋《う》め尽《つ》くす。

自分が不安に囚《とら》われているのがわかった。このまま続けたら、朝が来る前に神経《しんけい》がまいってしまいそうだ。「ひと息入れるか」やがてぼくはそう言った。「武器《ぶき》が作れないかやってみよう」作業台の中央に棒《ぼう》を二本置き、丸石との組み合わせをいくつか試してみた。現《あらわ》れたのは、いまやおなじみになったシャベルに、クワ、ツルハシだ。ところがそのあと、棒《ぼう》の上に木材を逆《さか》さのL字形に配置すると、斧《おの》のイメージが浮《う》かびあがった。

「これなら道具にも武器《ぶき》にもなるぞ」うなずいて、宙《ちゅう》に浮《う》かぶ斧《おの》をつかみ取る。「木を切るだけじゃなく、ゾンビの首を切断《せつだん》するのにも使えそうだ」

これで身を守るものが手に入った。それに恐怖《きょうふ》から心を守るには、何かに専念《せんねん》するのが一番だとわかった。

だから、掘削《くっさく》はやめにして、道具の作製《さくせい》を続けた。そして、そうしたことをすぐに心から喜んだ。ぼくは丸石ばかりをさまざまな配置で並《なら》べ、爆撃対策《ばくげきたいさく》に石造《いしづく》りのドアが作れないか試していた。するとドアではなく、ただの灰色《はいいろ》の四角い箱ができあがった。前面にはふたつの溝《みぞ》が上下に並《なら》んでいる。

クラフト用の道具だろうか。ひょっとするとこれを使えば、持っている道具をグレードアップできるのかもしれない。ぼくは丸石を上部の溝《みぞ》に、木製のツルハシを下の溝《みぞ》に入れてみた。いきなりオレンジと黄色の炎《ほのお》が燃《も》えあがり、ツルハシをのみ込《こ》む。「火だ……！」勝利のダンスを踊《おど》ろうとして、またも天井《てんじょう》に頭をぶつけた。

ぼくは大笑いし、ジャンプは抜《ぬ》きにしてダンスを踊《おど》った。それからあたたかな火に顔を寄《よ》せた。

「火だ」

人類の進化における三種の神器がこれでそろった。道具作り、農耕《のうこう》、そして太陽のごとく夜を照らす炎《ほのお》！　ぼくたちの先祖《せんぞ》はこれによって凍《こご》える冬から救われ、どう猛な肉食獣《にくしょくじゅう》から守られた。毛むくじゃらのむさ苦しい原始人たちが心なごむ明かりを囲んで手をあたため、食べ物に火をとおす光景が頭に浮《う》かんだ。

火をとおす！

この新たな道具はかまどだ。下の溝《みぞ》は燃料《ねんりょう》の入れ口で、上には加熱するものを入れるのだ。思ったとおり、上の段《だん》に入れた丸石は、いまや製錬《せいれん》されて硬《かた》い一枚岩《いちまいいわ》のブロックになっていた。炎《ほのお》が消えてから、ぼくは注意深くブロックに手を伸《の》ばした。熱ければすぐに手を引っこめるつもりでいたが、その必要はなかった。これもまたこの世界の奇妙《きみょう》なところで、かまどから出したとたんにアイテムは冷却《れいきゃく》された。

「次が本番だぞ」ぼくはそう言うと、残っていた生の鶏肉《とりにく》を上段《じょうだん》に、新たな木材を下段《げだん》に入れた。ふたたび、着火の必要もなく炎《ほのお》が燃《も》えあがる。狭《せま》い小屋に脂《あぶら》がはじける音とにおいが広がった。ぼくは火が燃《も》え尽《つ》きるのを待たずに、よく火のとおった鶏肉《とりにく》をつかんだ。「うーん」塩気があって肉汁《にくじゅう》たっぷりのごちそうをほおばり、満足してうなる。「うん、うん、うん」

明かりに熱、そして火のとおった食べ物。「やっぱり終わってみれば」ぼくはかまどに追加の木材を放り込《こ》んでつぶやいた。「すばらしい一日だったな」

第6章　自信過剰《じしんかじょう》

鶏肉《とりにく》のローストは美味《びみ》だったものの、ぼくのお腹《なか》はまだ満たされていなかった。

「今度はきみの番だ」そう卵《たまご》に言ってみたけれど、卵《たまご》がしゃべれたら、こう返していただろう。

「そううまくいくと思うなよ」

〝卵《たまご》を割《わ》らないとオムレツは作れない〟ってことわざを聞いたことはあるかな？　この世界ではそれはこうなる。〝オムレツは作れない〟

卵《たまご》はかまどに入らず、ボウルに割《わ》り入れることもできなかった。踏《ふ》みつけることすらできないのだ。しまいには放りあげて棒《ぼう》で叩《たた》こうとしたが、それより先に卵《たまご》は壁《かべ》にぶつかり、分解《ぶんかい》して消えてしまった。

「くそっ」ぼくがうめき声をあげるのと同時に炎《ほのお》が消えた。

暗闇《くらやみ》が得体の知れない恐怖《きょうふ》とともに戻《もど》ってくる。かまどの下段《げだん》をのぞき込《こ》むと、木材がまだ燃焼《ねんしょう》せずに残っているのが見えた。どうして燃《も》えないんだろう？　上に燃《も》やすものがあるときだけ、火がつくのか？　寒さと不安で体を震《ふる》わせ、ぼくはポーチとバックパックの中身を引っかきまわして、何かほかに燃《も》やせるものを探《さが》した。たまたま最初につかんだのが砂《すな》のブロックだ。

ありがたいことに、かまどはこの捧《ささ》げ物を受け入れ、明かりと熱を与《あた》えてくれた。しかも数秒後には現代建築《げんだいけんちく》に不可欠《ふかけつ》な、新たな素材《そざい》ができあがった。考えてみればわかったはずだ。もとの世界ではどこにでも存在《そんざい》する素材《そざい》。すべてのビルに、すべての家に、すべての車両にあり、視力《しりょく》を補助《ほじょ》するためにも使われるもの。文明社会において欠くことのできない素材《そざい》のひとつなのに、ぼくはその作り方をまったく知らなかった。

つるりとした透明《とうめい》なブロックをかまどから出して初めて、砂《すな》を溶《と》かすことでガラスができるのに気がついたんだ。

「ほんと、まぬけだよな」ぼやきながら壁《かべ》にパンチで穴《あな》を開け、透明《とうめい》なブロックをはめ込《こ》んだ。

「ぼくときたら、まわりにあるものが何からできているか疑問《ぎもん》に思ったこともないのか？」

窓《まど》とはなんとすばらしいのだろう。外の世界を眺《なが》める自由と、向こうからは侵入《しんにゅう》できない安心感を同時に与《あた》えてくれる。ぼくは少なくともそう期待していた。けれど、もとの世界でよくあるゾンビ映画《えいが》では、連中の姿《すがた》を見るなり、みんなすぐさま窓《まど》を板でふさいでいなかったか？この世界の角張《かくば》ったゾンビ相手にもそうすべきだろうか？

いまのところ、ゾンビのうめき声は聞こえず、南向きの窓《まど》からもあいつらの姿《すがた》は見えなかった。

窓《まど》を設置《せっち》する方向を間違《まちが》ったことに気づいたのはそのときだ。畑――ぼくにとって眺《なが》めがいのある唯一《ゆいいつ》のもの――は、小屋の北側にあるのだ。ぼくはガラスを叩《たた》いた。ほかのブロックのようにアイテム化して飛びだすものと思っていたが、それは卵《たまご》と同じく粉々になって消えた。

「しまった。まあいいさ。砂《すな》なら外のビーチに好きなだけある」

ぼくがもう少し用心深い性格《せいかく》か臆病《おくびょう》であったら、それかせめてあと少しだけ辛抱強《しんぼうづよ》かったら、賢《かしこ》い選択《せんたく》をして、朝が来るのを待ったことだろう。

でも、ぼくはそうしなかったんだ。

その夜は何もかもが順調にいっていた。火に調理、そしていまや窓《まど》ガラスと、連続で成功を収《おさ》めていた。島に上陸して初めて、自分の状況《じょうきょう》を完全にコントロールしている実感があったんだ。それでぼくは自信過剰《じしんかじょう》になっており、それがトラブルのもととなった。松明《たいまつ》を作れば平気だろう、とぼくはかまどに向かって棒《ぼう》を突《つ》きだした。モンスターたちは火を恐《おそ》れるはずだからな。

だけど棒《ぼう》の先に火を移《うつ》すことはできなかった。そこでやめにして、考えるべきだったんだ。なのにやっぱり、ぼくはそうしなかった。

小屋の中が明るければ、モンスターたちも近づいてこないだろう。ぼくは勝手な理屈《りくつ》をつけると、月明かりに照らされたビーチへぶらぶらと歩き出た。シャベルを持って、薄《うす》くて平たい唇《くちびる》で口笛なんか吹《ふ》いて。すっかり調子にのったぼくは、あらゆる種類の失敗を犯《おか》すのを待っているようなものだった。

そして、もちろん山ほど失敗した。

ドアを出てすぐのところを掘《ほ》る代わりに、ぼくはビーチに向かう途中《とちゅう》の場所を選んだ。いくつかブロックを集めて戻《もど》る代わりに、ぼくは下へ下へとシャベルを突《つ》きたて、穴《あな》の底を掘《ほ》り進んだ。耳をそばだててあたりを見まわす代わりに——ついでに言うと、小屋の火はとうの昔に消えている——ぼくはガラスがあれば何ができるだろうと夢想《むそう》にふけった。天窓《てんまど》やガラス張《ば》りの張《は》り出《だ》し窓《まど》、じゅうぶんな量の砂《すな》を掘《ほ》りだせば温室だって作れるだろうと。

「シャー」

すすりあげるような鋭《するど》い音で、ぼくは夜間の白昼夢《はくちゅうむ》から引き戻《もど》された。凍《こお》りついて顔をあげる。

「シャアッ!」ふたたび音がし、よみがえった恐怖《きょうふ》に身がすくむ。それは最初の夜、森の中で真っ赤な目を見たときに聞いたのと同じ音だった。

そいつはいまここにいて、ぼくの頭上で穴《あな》の脇《わき》をとおり過《す》ぎた。真っ黒な顔には小さな赤い目がいくつもあり、ウシほどの大きさの体から八本の脚《あし》が突《つ》きだしている。

クモだ!

走る間も、動く間も、考える間もなく、クモはぼくがいる穴《あな》に飛び込《こ》んできた。ガチガチと音を立てる顎《あご》が、胸《むね》に嚙《か》みついてくる。ぼくはうしろへよろめき、シャベルを取り落とした。クモが飛びかかるのを、しゃがみ込《こ》んでかわす。死にものぐるいで穴《あな》から這《は》いだそうとするぼくのうしろで、クモはくるりと向き直った。

「シィッ！」ガサガサと砂《すな》をかき、クモが背後《はいご》に迫《せま》る。

斧《おの》は……小屋にあるけど、遠すぎる！

「シャー！」脚《あし》を嚙《か》まれた。痛《いた》い……怖《こわ》い……。

ぼくはベルトのポーチに手を伸《の》ばした。手当たり次第につかむと、出てきたのは砂《すな》のブロックだ。しまった、今は砂《すな》しか持ってない！

先に穴《あな》から抜《ぬ》けだして、砂《すな》で蓋《ふた》をすることができれば……と穴《あな》から転がりでて、砂《すな》のブロックでクモを叩《たた》いた。それから穴《あな》の縁《ふち》にブロックを置いたけれど、砂《すな》はくっつかずに落下してしまった。「シュー！」ブロックが頭にぶつかり、モンスターがうなる。

ブロックは置けども、置けども、滑《すべ》り落ちた。クモはどんどん砂《すな》に埋《う》められ、怒《おこ》ったうなり声をあげている。相手にダメージを与《あた》えているのかはわからなかったが、とにかくクモを足止めして逃《に》げたかった。クモが耳障《みみざわ》りな音を立てても、ぼくはブロックを落とし続けた。クモの体が真っ赤になっても、ぼくは手を休めなかった。悪夢《あくむ》の使者は最後に甲高《かんだか》いうなりをあげると、白い煙《けむり》となってポンと消えた。

ぼくは息を切らし、信じられない思いでしばらく目を見開いていた。傷《きず》は勝手に治癒《ちゆ》し、胃《い》袋《ぶくろ》はぐうと鳴り、頭は新たな教訓を学んでいた。自信がありすぎるのは、まったくないのと同じくらい危険《きけん》だ。

アドレナリンが体内をめぐり、ほかにモンスターはいないかとあわててあたりを見まわした。ビーチにも、丘《おか》にも、海にも、動くものはない。シャベルを回収《かいしゅう》しに急いで穴《あな》の底へおりた。その途中《とちゅう》、バックパックに何かが飛び込《こ》んだのを感じた。その正体が判明《はんめい》したのは、無事に小屋へ戻《もど》って、砂《すな》のブロックの残りをかまどに入れたあとのことだ。

クモはお別れのプレゼントを残していた。べたべたしたクモの糸だ。使い道を考えて糸を調べているうちに、かまどの中で木材が燃《も》え尽《つ》きた。

「ああ、くそっ」ぼくはうめいて、チェストを開けた。木材は少ししか残っていないのに、使い道のない苗木《なえぎ》だけは大量にある。そのとき頭に浮《う》かんだ考えを、ぼくは名案だと思い込んだ。

緑の葉っぱをつけたミニチュアの木をかまどに放り込《こ》むと、たちどころに真っ赤に燃《も》えあがった。資源《しげん》の有効利用《ゆうこうりよう》だ、とぼくは満悦《まんえつ》して微笑《ほほえ》んだ。これが環境破壊《かんきょうはかい》にほかならないとは夢《ゆめ》にも思わず、自分はなんと知恵者《ちえしゃ》だろうと考えていた。

このせいで、のちにぼくは苦境《くきょう》に追い込《こ》まれることになるのだが、その夜、緑色の小さな苗《なえ》木《ぎ》がぱちぱちと明るく燃《も》えるかたわらで、ぼくはこれ以上ないほど得意になっていた。

「いいぞいいぞ」ぼくは石のツルハシを掲《かか》げた。明かりを取り戻《もど》した屋内で、最終的にはどんな家にしようかと考えはじめる。自分の身長、それに作業台やチェスト、かまどといった道具を置くスペースを考え合わせると、七ブロック×七ブロックの広さに、勝利のダンスを踊《おど》れるだけの高さがほしいところだ。そして今夜は跳《と》びあがって踊《おど》りたい気分だった。

しかし、かまどの火はほんの一分ほどで消えてしまい、ぼくの気分はジェットコースターのように急降下《きゅうこうか》した。「もう終わり?」苗木《なえぎ》がみんな燃《も》えてしまったのを見て、ぼやいた。あんなにたくさんあったのに、苗木《なえぎ》の火は木材を燃《も》やしたときの約三分の一の長さしかもたなかった。まあいいさ。ぼくはそう考えて、残りの苗木《なえぎ》をすべてかまどに投げ入れた。

明日になったらもっと木を伐採《ばっさい》しよう。いま必要なのは明かりだ。

日が暮《く》れたときから闇《やみ》はものすごく恐《おそ》ろしかったけれど、火を発見し、巨大《きょだい》グモに襲《おそ》われたあとでは、夜の暗闇《くらやみ》にふたたび耐《た》える勇気はなかった。

体がこわばって冷《ひ》や汗《あせ》が噴《ふ》きだす。何がなんでもここから明かりを絶《た》やしてなるものか。最初はうまくいっているように思ったものの、それも最後の砂《すな》のブロックが溶《と》けてガラスに変わるまでのことだった。

なら、丸石だ。ぼくは火を発見したときに使った最初の材料に立ち戻《もど》った。丸石を焼いても岩になるだけだが、かまうものか。ぼくが明かりと安全を得るのが肝心《かんじん》なんだから。しかし、奥《おく》の壁《かべ》を掘《ほ》ろうとしたところで、最後の苗木《なえぎ》が燃《も》え尽《つ》きた。

「木は、木はどこだ！」ぼくは木材と平板で作られた天井《てんじょう》を見あげた。

丘《おか》に掘《ほ》った穴《あな》の入り口をドアとブロックで急いで仕切り、斧《おの》を振《ふ》りあげ、天井《てんじょう》を壊《こわ》しはじめる。こんなに無防備《むぼうび》でいるところをクリーチャーに見つかった場合のことは考えないようにした。今はもっと燃料《ねんりょう》が、もっと明かりが必要なんだ！

ぼくに本当に必要なのは、臆病風《おくびょうかぜ》を吹《ふ》き飛《と》ばし、パニックになると思考は停止するという教訓を思い出し、どんな状況《じょうきょう》にも当てはまる新たな教訓に思い至《いた》ることだった。大事なのはただの分別ではなく、窮《きゅう》したときの分別だ、と。しかし、ぼくはかまどの下段《げだん》に燃料《ねんりょう》を補給《ほきゅう》すると、上段《じょうだん》に入れる丸石を掘《ほ》りに急いだ。

あとどれぐらいで夜が明けるんだ？

最後の木材が燃《も》えて消えた。ぼくはバックパックの中をあさって、燃《も》やせるものを探《さが》した。

トラップドアに普通《ふつう》のドア、それにあの薄《うす》くて平らな感圧板《かんあつばん》らしき板を投げ込《こ》む。

そのあとは自分の道具まで燃《も》やしだした。木製のやつだけだ、と自分に言い聞かせる。どうせもう必要ないんだし。ところが木製の道具がなくなると、ぼくは石のものに手を伸《の》ばした。シャベルから始まり、クワ、斧《おの》と、衰《おとろ》えはじめた火にすべてたいらげさせてしまう。

それでも、最後に残った木製品、二本の棒《ぼう》だけは炎《ほのお》に投じるのを思いとどまった。石のツルハシがいまにも壊《こわ》れそうになっており、かまどに入れる丸石を掘《ほ》るのに、もう一本作ることになるかもと考えたのだ。

どっちが先かな。奥《おく》の石壁《いしかべ》をツルハシで叩《たた》きながら、ぼくは思った。炎《ほのお》のほうが先に消えたら、棒《ぼう》は燃《も》やしてしまおう。ツルハシが壊《こわ》れるのが先だったときは――。

火が消えた。暗闇《くらやみ》が戻《もど》る。だが、明かりが薄《うす》れて消える間際《まぎわ》、石のブロックが壁《かべ》から離《はな》れ、そのうしろにそれまでとは違《ちが》う石が見えた気がした。いま、表面に黒い斑点《はんてん》がなかったか？

闇《やみ》の中でツルハシを振《ふ》りおろし続けると、ポン、と無事に掘《ほ》りだされた音がした。しかし、バックパックに飛び込《こ》んできたのは、新たな石ではなく、黒い小さな塊《かたまり》だった。

初めて土のブロックのにおいをかいだときのような、感覚的な懐《なつ》かしさはなかった。これは聞いたことはあるけれど、間近で見たことはないものだ。

ぼくたちの先祖《せんぞ》は何世紀にもわたり、大地から掘《ほ》りだした天然の燃料《ねんりょう》を使っていなかったか？　大気を汚染《おせん》するし、採掘《さいくつ》には危険《きけん》を伴《ともな》うけれど、大量に採《と》れて、しかも安価《あんか》な燃料《ねんりょう》。石油じゃない。石油は液体《えきたい》だ。もしかしてこれは――。

「石炭か？」ぼくは塊《かたまり》に向かって問いかけた。「きみは石炭なのか？」

かまどの下段《げだん》に置いてうしろへさがると、それはすぐさま燃《も》えたった。

「石炭かどうかはわからないけど」ぼくはにんまりと笑った。「これは燃料《ねんりょう》だ！」

明かりをたよりに、掘《ほ》っていた場所へ駆《か》け戻《もど》ると、そっくり同じ、黒い斑点《はんてん》のあるブロックを見つけた。黒い塊《かたまり》を掘《ほ》りだし、ぼくはかまどへ急いだ。

けど急ぐ必要はなかった。ひとつ目の石炭はまだ燃《も》えていたんだ。燃《も》えている、まだ燃《も》えているぞ！　これなら普通《ふつう》の木材の五倍は長く火がもちそうだ。しかも、マッチで点火する必要はなく、かまどに入れるだけで火がつく。ぼくは棒《ぼう》に火を移《うつ》して松明《たいまつ》を作ることを思いついた。

幸い、替《か》えのツルハシを作るために、棒《ぼう》はまだ二本取ってある。ぼくはその夜のはじめにやったように、片方《かたほう》の棒《ぼう》をかまどに差しだした。熱くまぶしい石炭の炎《ほのお》なら、木を燃《も》やした火よりも強力なはずだ。

けれど前と同じで、棒《ぼう》の先端《せんたん》に火はつかなかった。

運は尽《つ》きたけど、アイデアのほうはまだ尽《つ》きたわけじゃない。素材《そざい》を組み合わせるこの世界のルールを思い起こし、ぼくは作業台の中央に棒《ぼう》を、その上に新たな石炭を置いてみた。

「よし成功だ！」ぼくは歓喜《かんき》の声をあげた。マッチみたいな形の松明《たいまつ》が四本、ぼくの手の中に飛び込《こ》んできたのだ。「そこに光あれだ！」

世界一の利口者になった気分で――この世界にぼくしかいないのならそのとおりだけど――まだ火が燃《も》えているかまどに喜び勇んで駆《か》け戻《もど》り、松明《たいまつ》を炎《ほのお》へ差しだした。

けれどまたも前と同じで……。

その先は言わなくてもわかるだろう。

「グルル……」ぼくはゾンビも顔負けの声でうなった。「何が足りないんだ？」

これは松明《たいまつ》だという確信《かくしん》はあるし、それなら火をつけられるはずだった。たぶん、なんらかの点火装置《てんかそうち》があり、ぼくはまだその作り方を知らないのだろう。

「それとも、使い方が違《ちが》うのかな？」ぼくはクワで土を耕《たがや》したときのことを思い返した。

松明《たいまつ》を火にかざす時間が短すぎたのかもしれない。棒《ぼう》のときと同じで、ほんの数秒火に差し入れただけだった。もっと長い時間やればいいんじゃないか。

ぼくはもう一度、先端《せんたん》に石炭がついた棒《ぼう》をかまどに差し入れた。今度は六十まで数える。もっと長いほうがいいのか？　そう思ったものの、そろそろ時間切れだった。石炭の火力が衰《おとろ》えはじめている。もってせいぜいあと一分だろう。貴重《きちょう》な明かりがあるうちに、追加の石炭を掘《ほ》ってこよう。ぼくはツルハシに手を伸《の》ばし、松明《たいまつ》はとりあえずかまどの横に立てておくことにした。かまどの熱で火がつく可能性《かのうせい》はなきにしもあらずだ。見込《みこ》みが薄《うす》いのはわかっているけど、ベルトのポーチにしまうよりはましだろう。

ちろちろと火が燃《も》えるかまどの横に置いたとたん、松明《たいまつ》は点火してまわりを照らしだした。

「えっ……」ぼくはびっくりし、煙《けむり》をあげる小さな炎《ほのお》に手を伸《の》ばした。

松明《たいまつ》をつかみあげると火は消え、おろすとまた燃《も》えあがる。「どういうことだ？」わけがわからずに自問し、松明《たいまつ》を持ちあげて壁《かべ》に設置《せっち》すると、また明るく燃《も》えたった。壁《かべ》や地面に置くと勝手に点火して、懐中電灯《かいちゅうでんとう》みたいについたり消えたりするなんて、どういう仕組みだ？

ぼくに導《みちび》きだせる唯一《ゆいいつ》の答えは、事実をありのままに受け入れることだった。たとえ自分には理解不可能《りかいふかのう》でも、ルールはルールだ。

それに今回はこの世界のルールに心から感謝《かんしゃ》だ！　松明《たいまつ》はどこにでも置くだけで点火するばかりではなかった。どかした瞬間《しゅんかん》に消えるだけでもなかった。まったく熱くなく、やけどの心配がないだけでもない。何よりもすばらしく、かつありがたいことに、この松明《たいまつ》は自然の法則を完全に無視《むし》し、永遠《えいえん》に燃《も》え続けるってことだった。

そう、永遠《えいえん》に！

この際《さい》、物理や理屈《りくつ》は忘《わす》れよう。この世界では松明《たいまつ》は永遠に燃《も》えるんだ！　かまどがすっかり冷え切ったあとも、ぼくは松明《たいまつ》が昼さながらの明るさで小屋の中を照らし続けるのを見つめていた。もとの世界にさえ、これほどのものはなかったはずだ。ぼくは畏怖《いふ》の念に打たれて思いをめぐらせた。

もとの世界ではスイッチを入れさえすれば照明がついたけれど、その動作により、どこかの発電所では貯蔵燃料《ちょぞうねんりょう》が消費されていたのだ。再生可能《さいせいかのう》エネルギーについても耳にした記憶《きおく》があるが、それですら太陽光や風力、水力といった自然の資源《しげん》が必要だ。しかし、ここでは違《ちが》う。この照明には必要ない。たしかに、松明《たいまつ》の数を増《ふ》やすには石炭がもっと要《い》るけれど、作りさえすればこの照明は星のようにいつまでも夜を照らしてくれる！

「さらば暗闇《くらやみ》よ！」ぼくは節をつけて歌った。「さらば夜よ！」勝利のダンスを踊《おど》り、隠《かく》れ家《が》の中を飛んだり跳《は》ねたりする。「さらば暗闇《くらやみ》よ、さらば夜よ、さらば恐怖《きょうふ》よ、さらば――」

ドアの前でぴたりと足を止め、射《さ》し込《こ》む日光に目をぱちぱちさせた。

「なんだ！」おかしくてぼくは笑いだした。闇《やみ》との戦いを繰《く》り広《ひろ》げているうちに、外はもう昼になっていたんだ。外へ出ると、小屋の壁《かべ》だけが残っている。ぼくは燃《も》やしてしまった木製のドアがあった場所に目をやってから、太陽を見あげて、目を細めた。これまで意識《いしき》しなかったが、この世界では太陽を直視《ちょくし》しても目をやられることはない。それにはなんらかの理由がある気がしてならなかった。

「この前はお騒《さわ》がせしたね」ぼくはあたたかな日射《ひざ》しを投げかける四角い太陽に向かって言った。「ぼくを見捨《みす》てないで、なんて泣きついて」

穴《あな》に引き返し、壁《かべ》の松明《たいまつ》をパンチして手のひらの上に落とすと、それを握《にぎ》って外へ戻《もど》った。

「でも、これからは夜が来ても、きみを引《ひ》き留《と》めなくてすむよ」松明《たいまつ》を太陽へと掲《かか》げる。「闇《やみ》を怖《こわ》がるのはおしまいだ」

第7章　一歩ずつ進め

太陽に微笑《ほほえ》みかけているぼくを、胃袋《いぶくろ》が現実《げんじつ》へと引き戻《もど》した。まだそれほど腹《はら》ぺこではないけれど、手持ちの食料は全部食べてしまったし、今日の目標は食料探《しょくりょうさが》しだ。

最初に蒔《ま》いた種は、ほかよりも成長していた。そこまで差はないけれど、収穫《しゅうかく》してもかまわないだろう。新芽《スプラウト》を食べる人だっているじゃないか。アルファルファのスプラウトとか、芽キャベツとか。これも新種のスプラウトかも――。

終わりまで考える間はなかった。草は触《ふ》れた瞬間《しゅんかん》に、種に戻《もど》ってしまったんだ。

仕方ないな。ぼくは地面に植え直して胸《むね》につぶやいた。もう少し時間が必要なのだろう。リンゴのなる木がまだあるはずだ。自分にそう言い聞かせて丘《おか》をのぼった。探《さが》し方が足りなかっただけさ。

そうして頂上《ちょうじょう》にたどり着き、反対側をのぞき込《こ》んだとたんに、新たな巨大《きょだい》グモと鉢合《はちあ》わせした。

「ぎゃあ！」思わず跳《と》びあがり、転がるようにして丘《おか》を駆《か》けおりる。石につまずいて、めきっ、といやな音がしたあと、ぼくの体は砂《すな》に突《つ》っ込《こ》んだ。

激痛《げきつう》が走る脚《あし》を引きずって、安全な避難所《ひなんじょ》の中へ逃《に》げ込《こ》む。おかしいじゃないか、とドアを叩《たた》き閉《し》めて考えた。いまは昼間だぞ。

ドアの穴《あな》からのぞき、クモの脚《あし》や目が見えるのを待った。追いかけてくる気配はない。そろそろとドアを開けて全方向を確認《かくにん》し、それから慎重《しんちょう》に足を踏《ふ》みだした。

その一歩はクモよりもぼくを震《ふる》えあがらせた。足首がまだ痛《いた》い。驚異的《きょういてき》な治癒力《ちゆりょく》が作用していないのだ。

胃がからっぽなのだから、予期すべきことだったが、実際《じっさい》にそうなるとぼくは震《ふる》えあがった。いまのぼくはただの人間だ。次に大けがをしたり事故《じこ》に遭《あ》ったり、モンスターに襲《おそ》われたりしたら、それこそ一巻の終わりだ。負傷《ふしょう》した脚《あし》に体重をかけてみると、熱く焼けた釘《くぎ》を打たれたような痛《いた》みが足首を刺《さ》し貫《つらぬ》いた。

どうしよう？　またあのクモに遭遇《そうぐう》したら逃《に》げ切れないぞ。嚙《か》まれたらそれでおしまいだ。けれど、食べるものもなしに閉《と》じこもっていても、けがは治《なお》らず、結局は死んでしまう。

壊《こわ》れる寸前《すんぜん》のツルハシと、なけなしの勇気を手に、ぼくは慎重《しんちょう》に脚《あし》を引きずってビーチに出た。

丘《おか》の上で何かが動く気配はない。シャーというおなじみの音も聞こえなかった。静かだ。また丘《おか》にのぼるのはやめにして、泳いで向こう側へまわるほうが安全だろう。

島の南側をゆっくりと泳ぎ、丘《おか》の頂上《ちょうじょう》から目を離《はな》さないようにする。反対側へまわったところで、黒い脚《あし》の先端《せんたん》がちらりと見えた。背筋《せすじ》が凍《こお》りつき、ぼくはできるだけ音を立てないようにして水をかいた。徐々《じょじょ》に姿《すがた》を現《あらわ》したクモは、鮮《あざ》やかな赤い目でこちらをじっと見据《みす》えている。

ぼくは海へ逃《に》げられるよう陸から離《はな》れた。クモが水に入ってこなければ、引き返して別の場所から上陸できるかもしれないぞ。少し進んでみたが、クモはこちらの動きを追おうとしない。ぼくはつかの間動きを止めて、クモとにらみ合った。あいつは間違《まちが》いなくこっちを見ている。だったら、なぜ襲《おそ》ってこない？

あっちからは逆光《ぎゃっこう》になっているのか？　それともいまは昼だからか？　クモは夜間にのみ攻《こう》

撃的《げきてき》になるのだろうか？　さらに数秒ほど視線《しせん》を合わせていたあと、クモは丘《おか》をのぼって姿《すがた》を消した。火に包まれることも、煙《けむり》と化すこともなしに。

ぼくは泳いで岸へ戻《もど》った。頭の中には疑問《ぎもん》があふれている。なぜ昼間のクモは危険《きけん》じゃないんだ？　それにゾンビは日光で燃《も》えたのに、どうしてクモは平気なんだろうか？

脚《あし》を引きずって南のビーチにあがり、クリーパーも日光に耐性《たいせい》があるのだろうかと考え込《こ》んだ。だから、ぼくは昼間でも殺されかけたのか？　密集《みっしゅう》した木立に目を走らせて、緑の斑点模《はんてんも》様《よう》が紛《まぎ》れてないか確《たし》かめた。幸い、クリーパーの姿《すがた》は見たらなかったが、木陰《こかげ》はずいぶん暗いことに気がついた。クリーパーは日の当たらないところに身を隠《かく》していたのか？

もしもそうなら、もしもほかにもモンスターたちが暗い木のあいだに隠《かく》れているのなら、食料を探《さが》すためでもそんな場所に行くのはお断《ことわ》りだ。ぼくは南の海岸線をたどって東側へと脚《あし》を引きずり、貝や海藻《かいそう》を探《さが》した。ビーチには食べられるものは何もない。魚やクジラ、アシカとかいった水生の生き物も、不気味なイカを別とすれば、これまで見かけていないことに初めて気がついた。

三日月形の島の細く尖《とが》った南端《なんたん》をまわってみたが、入り江内《ラグーン》も海と同様に生き物がいる様子はなかった。水底を覆《おお》うやわらかな泥《どろ》を踏《ふ》んで進み、島の北端《ほくたん》へあがって向こう側を見おろすと、それまで見たことのない植物が目にとまった。

海辺の砂《すな》から、明るい緑色の茎《くき》が三本、まっすぐ生えている。「竹だ！」大声をあげ、痛《いた》む脚《あし》で跳《は》ねて近寄《ちかよ》った。竹は食べられるんじゃなかったか？　メニューで見たことのあるタケノコとかいうやつはこれの新芽だろう？　だったら、これを植え直せば、新芽を採《と》って食べられるはずだ。

ぼくは下の部分めがけて手を振《ふ》りおろした。木のときと違《ちが》い、茎《くき》全体が倒《たお》れる。それを左手でつかむと、ひと盛《も》りの白い粉のイメージが右手に現《あらわ》れた。

「砂糖《さとう》だ」ぼくはうれしくなってつぶやいた。「これは竹じゃなくて、サトウキビなのか」でも、卵《たまご》でさんざん失敗したのだから少しくらい予期すべきだったのだが、この新たな食材もそのまま口に入れることはできなかった。「まあいいさ」口を尖《とが》らせ、砂糖《さとう》と残り二本の茎《くき》をバックパックにしまった。「どうせ歯に悪いんだし」

前向きに考えよう。砂糖《さとう》はほかの材料と組み合わせられるかもしれないぞ――でも、何とだろう？　ほかに食べられそうなものは何もなかった。木の実をつける木も、キノコもない。青虫や昆虫《こんちゅう》さえ見当たらなかった。ぼくはいまなら、虫だって喜んで噛《か》みしめるのに。

実際《じっさい》、森の隅《すみ》に咲《さ》いていた赤と黄色の花まで口へ入れようとしたほどだ。だけど花はぼくに食べられるのを拒絶《きょぜつ》したばかりでなく、左手で握《にぎ》ると、役にも立たない染料《せんりょう》に変わってしまった。「もう最低だよ」そうぼやくのと同時に雨が降《ふ》りだした。

「まだ下があったか」ぼくはがくりとうなだれた。生あたたかい小雨はいまの気分にぴったりだ。

緊張《きんちょう》してきょろきょろとあたりを見まわしながら、ぼくは脚《あし》を引きずり、森の中を進んだ。木々に注意を向け、そのうしろに潜《ひそ》んでいるかもしれないもののことは考えないようにした。けれど、あわや自分の墓穴《はかあな》になりかけたクレーターの横をとおりかかったときは、いやでもクリーパーのことを思い出した。

不思議なことに、ラグーンから途切《とぎ》れることなく水が流れ込《こ》んでいるのに、穴《あな》の中の水量に変化はなかった。「ここでは水まで変わってるんだな」ぼくはつぶやいて、リンゴがなる木を探《さが》しに先へ進んだ。

けれどもリンゴの木は見つからなかった。この島にまだ生育しているのは、深緑色の葉と黒白の幹《みき》を持つ、シラカバに似《に》た木だけだ。ぼくが〝オーク〟と名付けたリンゴの木は一本もない。それまでは一本ぐらい森のどこかにあるだろうとのんきに構《かま》えていた。ちゃんと探《さが》してなかっただけだと望みをかけていたんだ。

けれどそんな気休めはもう通用しない。探《さが》す場所は残っておらず、前へ進むしかなかった。シラカバにも実がならないかな？　木の実とかドングリとか……。草をつかもうとしながら、そんなことを考えた。この草もつかめさえすれば、食べてみるのに。

焦《あせ》りが募《つの》り、ぼくはそばにある木を叩《たた》いてブロックを入手すると、作業台を作り、続けて石の斧《おの》を作製《さくせい》した。それからまわりの幹《みき》や葉っぱに手当たり次第斧《おの》を振《ふ》りまわした。

追加の木のブロックと白斑《はくはん》入りの苗木《なえぎ》以外は、何も落ちてこない。「たぶん」ぼくは涼《すず》しい顔をよそおって言った。「この種類の木には実がなりにくいんだろう。ほかの木を切ればいいだけさ」

木のブロックはバックパックにしまい、使い道のない苗木《なえぎ》は地面に放った。するとそれはぼくの目の前で根付いてたちどころに成長し、ぼくはぎょっとして声をあげた。それも伐採《ばっさい》してみたけれど、やはり実は得られなかった。

「こいつには実がなってるんじゃないか？」ぼくはぶつぶつ言いながら次のシラカバに切りかかった。「それかこいつなら」焦《あせ》りは恐怖《きょうふ》に変わり、森をどんどん破壊《はかい》しながら突《つ》き進む。「こいつなら……」息を切らして別の木を途中《とちゅう》まで切ったところで、斧《おの》が壊《こわ》れた。けがのことをすっかり忘《わす》れ、ぼくは作業台があるほうへ足を踏《ふ》みだした。

激痛《げきつう》が足首を襲《おそ》う。ぼくは切りかけた木に寄《よ》りかかり、涙《なみだ》をこらえて痛《いた》みが引くのを待った。けがなら我慢《がまん》できるけれど、痛《いた》いのはだめだ。誰《だれ》だってそうだろう？　こんな痛《いた》みがいつまでも続いたら、頭がどうにかなってしまう。だからこそ、もとの世界では棚《たな》いっぱいにさまざまな種類の痛《いた》み止めが並《なら》んでいたんじゃないのか？　けがそのものは治《なお》らなくても、薬があれば痛《いた》みを忘《わす》れられるのに。ぼくが求めているのは、ただそれだけだった。

「痛《いた》みを止めてくれ」ぼくはささやいた。「頼《たの》むから痛《いた》みを止めてくれ」

「コッコッコッ」ニワトリが近づく音がした。

「あっちへ行け」ぼくはいらいらと手を払《はら》った。

ニワトリはこちらを見あげると、あの割《わ》れない卵《たまご》をひとつ産み、ぼくの足もとに生えた草をしつこくつついた。「あっちへ行けったら！」ぼくは鳥の眼前《がんぜん》で手を振《ふ》った。何もこんなときに、ほかの生き物が食事をしているのを見せつけられなくてもいいだろう。焼いた鶏肉《とりにく》のおいしさをぼくに思い出させるな。

「ほら、本気で言ってるんだぞ！」脚《あし》を引きずり、作業台へ戻《もど》った。ニワトリはぼくについてくる。草をつつき、コッコッという鳴き声が耳の中でうるさく響《ひび》いた。

「いい加減《かげん》にしろ！」とわめいて振《ふ》ったぼくの拳《こぶし》が、ニワトリのくちばしに当たる。

「クワッ！」ニワトリは全身を真っ赤に光らせ、走り去った。「ごめん、ぶつつもりじゃ……」

怒《いか》りはすぐに罪悪感《ざいあくかん》へと変わった。

「モー」右のほうから、穏《おだ》やかな鳴き声があがった。顔を向けると、そこには見慣《みな》れたウシのまなざしがあった。その目と、その静かな面差しの中に、ぼくは自分が見失っていた心の平安を見いだした。

「うん、わかってる」ぼくは嘆息《たんそく》した。「もっとしっかりしなきゃな」

「モー」ウシが同意する。

「足首の捻挫《ねんざ》ぐらいで死にやしない。畑の作物が成長して食べられるようになったら、けがだって治《なお》るさ」

もう一度ウシは賛成《さんせい》してくれた。「モー」

普段《ふだん》どおりの息づかいに戻《もど》り、気持ちが静まるのを感じた。「まるで最初の日のようなふるまいだったね。まったく、あのときから格段《かくだん》に進歩してるっていうのに。それを忘《わす》れないようにしなきゃ、それにボートで漂流《ひょうりゅう》しそうになったあの日、きみに誓《ちか》ったことも」

「モー」ウシは即座《そくざ》に訂正《ていせい》を求めた。

「ああ、あれはきみじゃなくて、きみの友だちだったのか。クリーパーの爆発《ばくはつ》で殺されてしまったウシだ……友だちを食べてしまったことはきみに謝《あやま》らなきゃな。だけどぼくは飢《う》えていて、それにあのウシはすでに死んでいたから……とにかく、誓《ちか》いのことに話を戻《もど》そう」

あの日と同じように、ぼくはうろうろ歩きながらウシに話をした。もっとも、あのときは脚《あし》を引きずっていなかったが。「この島をぼくが暮《く》らすのに適《てき》した場所に作り替《か》えると言ったけれど、それにはこの世界のルールを解《と》き明《あ》かす必要がある」

「モー？」ウシがのんびりと問い返す。

「ああ、長期的な戦略《せんりゃく》が必要だとも話したね。そして戦略《せんりゃく》を達成するには、計画が欠かせない。ひとつひとつの課題に対し、取り組み方を細かく決めておくんだ」

そこで言葉を切り、けがをしていないほうの踵《かかと》でくるりと振《ふ》り返《かえ》った。「つまり、何をすべきかだけじゃなく、どうやってすべきかを把握《はあく》しておくってことだ」

「モー」ぼくが言っていることをようやく理解《りかい》して、ウシが相づちを打つ。

「もとの世界では、誰《だれ》もがそうやって日々の暮《く》らしを乗り切っていた。毎朝目覚めたときには、その日一日の過《す》ごし方はすでに頭の中に入っている。ぼくに必要なのはそれだ」

　ウシはひと休みして食事に戻《もど》ったが、ぼくは長広舌《ちょうこうぜつ》を振《ふ》るい続けた。

「まずは戦略《せんりゃく》からだ。生活に必要不可欠《ひつようふかけつ》なものをすべて整えるんだったろう？　食料、避難所《ひなんじょ》、安全の確保《かくほ》。避難所《ひなんじょ》はある。食料は……島に残っている食べ物は畑の作物だけで、育つのにはまだ時間がかかるな。では、安全は？」負傷《ふしょう》した足をあげてみせる。「食料のことでこんなに焦《あせ》っているのは、驚異的《きょういてき》な治癒力《ちゆりょく》がなくなったからだ。でも、ぼくを襲《おそ》ってくるクリーチャーたちについてもっとよく知れば、焦《あせ》る必要はなくなる」

「モー」ウシの鳴き声をぼくはこう解釈《かいしゃく》した。〝そこまでは理解《りかい》したけど、それがきみの言う計画とどう関係するんだい？〟

「つまりね、安全な場所からクリーチャーたちを観察できればいいんだよ。あいつらがどこから来るのか、どうやって襲《おそ》うのか、太陽がのぼったあとはどれぐらいで死ぬのか。そういうことがわかれば、ぼくは危険《きけん》を避《さ》けて食料探《しょくりょうさが》しができる」

そのとき雨がやんだ。ぼくは太陽を見あげたあと丘《おか》を眺《なが》め、ウシに視線《しせん》を戻《もど》した。「ぼくはガラスの作り方を発見してる。だから、クリーチャーたちを安全に観察できる観察室を、丘《おか》の西側に作れるんだ。そう、これこそが――」ぼくは拳《こぶし》でガッツポーズをとった。「ぼくの計画さ」

「メー」白いヒツジがこちらへぶらぶらとやって来た。

「いまの話を説明してやってくれるかい？」ぼくはウシに頼《たの》むと、丘《おか》へ向かって脚《あし》を引きずった。メー、と困惑《こんわく》したヒツジの声と、モー、と憤慨《ふんがい》したウシの声がぼくの背中《せなか》を追う。

「いっぺんに話さなくていいよ」ぼくは首だけ振《ふ》り返《かえ》って声を張《は》りあげた。「一歩ずつ進んでいこう」

第8章　ぼくなりのやり方

　ぼくはこの世界でさまざまなものを作製《さくせい》する方法について考えをめぐらせた。素材《そざい》が必要になるのはもちろんだが、頭を使うことも重要だ。
　東側のビーチへ泳いで戻《もど》ったときには、頭の中にPではじまる三つのステップができていた。

計画《プラン》：自分は何をしたいんだ？　それを細部まで考えろ。
準備《プリペア》：計画を実行するには何が——どんな道具や材料が——必要になる？
優先順位《プライオリタイズ》：全部やるには最初に何をする必要がある？

この自分なりの〝やり方〟に従《したが》い、ぼくは観察室作りに取りかかった。

まずは東側の避難所《ひなんじょ》から丘《おか》のふもとを掘《ほ》り進み、西側に出たところに小さな部屋を作り、壁《かべ》の一面をガラス張《ば》りにしよう。

部屋を作るには以下のものを用意しなければならない。ガラスのブロック、松明《たいまつ》、それに予備《び》の道具。

第一に必要となるのは道具だ。丘《おか》の向こう側に出るには、ツルハシがあと一、二本は要《い》るだろう。その作製《さくせい》に使う丸石と木材ならたっぷり持っていた。

必要な道具と材料がそろい、観察室の建設計画《けんせつけいかく》も頭に入ったところで、ぼくはさっそく避難《ひなん》所《じょ》の奥《おく》の壁《かべ》を掘《ほ》りだした。はじめのうちはすこぶる順調だった。ぼくはからっぽの胃袋《いぶくろ》も、痛《いた》む足首のこともほとんど忘《わす》れていたけれど、トンネルを掘《ほ》り進むにつれて闇《やみ》は深さを増《ま》した。

この丘《おか》はどれだけ大きいんだ？　松明《たいまつ》を壁《かべ》に設置《せっち》しながら疑念《ぎねん》が湧《わ》いた。松明《たいまつ》が足りなくなったらどうしよう？

「そのときは」ぼくは大きな声で言った。「石炭を掘《ほ》りに行き、観察室の建設《けんせつ》はあとまわしにすればいいんだ」自分の疑念《ぎねん》に答えをだして、ただあわてる代わりに行動すると、気分が落ち着いた。この新たなやり方はうまくいっているようだ。

結局、石炭を掘《ほ》りに行く必要はなかった。しばらくすると穴《あな》は向こう側に突《つ》き抜《ぬ》けたのだ。ちょうど夕陽が水平線に沈《しず》むのが見える。

「ほらね！」ぼくは牧草地にいるウシやヒツジに向かって誇《ほこ》らしげに言った。「このやり方はうまくいってるぞ！」

「メー」白いヒツジが返事をし、あと一分もせずに暗くなるのを思い出させてくれた。

「たしかに急がなきゃな」ぼくはまずガラスのブロックで壁《かべ》を作った。日没《にちぼつ》の時間と丘《おか》の大きさを計算に入れておくべきだった、といらいらと考える。計画がお粗末《そまつ》だから、お粗末《そまつ》な失敗をするんだ。

ぼくの気持ちを読んだらしく、ウシは励《はげ》ますように〝モー〟と声をあげた。

「ああ、そのとおりだ」ぼくはうなずいた。「練習を積むことで失敗はなくなる。ぼくのやり方に四つ目のPが加わったな。練習《プラクティス》だ！」

月が沈《しず》んで星が空にのぼる頃《ころ》、透明《とうめい》な壁《かべ》のうしろに、高さ、幅《はば》、奥行《おくゆ》き、ともに三ブロックの部屋が完成した。最後に松明《たいまつ》を壁《かべ》に設置《せっち》すると、ほっとする明かりが部屋をともした。

「うん、なかなかいいぞ」ぼくは満足して言った。この世界では腰《こし》に両手を当てて胸《むね》を張《は》れないのが残念だ。

巨大《きょだい》な窓《まど》に向き直り、黄昏《たそがれ》を眺《なが》める。これまでのところ、動物たち以外に動くものの姿《すがた》はない。「きみたちが夜も食事を続けることは、少なくともわかったよ」ぼくは動物たちに言った。

「あとはモンスターたちが現《あらわ》れさえすればいいんだけど」

〝もうひとつPを付け加えるんだね〟ウシのモーという鳴き声はそう聞こえた。〝辛抱《ペイシェンス》だよ〟

「反論《はんろん》できないな」ぼくは腰《こし》を据《す》えて待つことにした。

その夜、最初に学んだのは、空が完全に暗くなるまでモンスターたちは出てこないことだった。次に学んだのは、連中は文字どおり発生《スポーン》するということだ。ぼくが最初に考えていたように、水の中や地面から這《は》いでてくるのではない。それまでいなかったのに、次の瞬間《しゅんかん》にはいきなりそこにいるんだ。しかも一体ずつ現《あらわ》れるわけじゃない。ゾンビにクモ、それにあの音もなく接近《せっきん》して爆発《ばくはつ》するクリーパーまでが、集団《しゅうだん》で発生していた。

連中は動物には関心がなく、一匹《いっぴき》のヒツジが真ん前を横切ってもゾンビは無反応《むはんのう》だった。

ところがぼくの姿《すがた》を認《みと》めるや、ゾンビはこっちへ向かって牧草地を一直線に突《つ》っ切ってきた。ぼくは思わずトンネルの中までさがった。トンネルにドアをつけるんだった、と丸石のブロックで入り口をふさぐ用意をしながら思う。

動く死体は黒い目をこちらにじっと据《す》え、窓《まど》の端《はし》から端《はし》へとのろのろと動きまわった。どうやら襲《おそ》ってくる様子はなく、ぼくは一歩、また一歩と進みでて、ついにはガラス窓《まど》の前に立った。

「きみはぼくを攻撃《こうげき》するのか、しないのか？」相手に尋《たず》ねる。

返ってきたのは歯がみするような〝グルルル〟といううなり声だけだ。

「ぼくの姿《すがた》は見えてるんだろう。きみのお仲間はひと晩中《ばんじゅう》ドアを叩《たた》いていたけど、きみはガラス窓《まど》を叩《たた》かないのか？」

「ガウッ」相手は不機嫌《ふきげん》そうにうなるものの、にらみつける以上のことはしてこない。

「窓《まど》ガラス越《ご》しなら、きみの腐臭《ふしゅう》もわからないな」鼻で笑ったあと、ふと気になった。「そっちはぼくのにおいはわかるのか？」

ゾンビはうめき、腐肉《ふにく》でこしらえた像《ぞう》みたいに突《つ》っ立っている。

「においのせいか？」ぼくはガラスに顔を押《お》しつけて問いかけた。「ぼくのにおいがしないから襲《おそ》ってこないのか？」

それを確《たし》かめるにはガラス窓《まど》に穴《あな》を開けるしかないが、もちろんそんなことをするつもりはない。においがしないからなのか、音が聞こえないからなのか、それともぼくには感知できない第六感でもあるのかわからないけれど、とにかく何かルールがあるんだろうと、自分を納得《なっとく》させた。

クモが何匹《なんびき》かわさわさと近づいてくる。連中の赤い目に、寒気が背筋《せすじ》を駆《か》けおりた。一匹《いっぴき》はすぐ外でこちらを見ているが、別のやつはガラス窓《まど》の前をすどおりして丘《おか》へあがっていった。ゾンビと同じく、どれも襲《おそ》ってくる気はないらしい。

次にやって来たのはあの無音で移動《いどう》するクリーパーだ。今度はぼくもトンネルの中までさがった。モンスターはにおいや音に反応《はんのう》するという仮説《かせつ》が誤《あやま》りで、この動く地雷《じらい》にガラスの手前で爆発《ばくはつ》されたら、こっちは黒焦《くろこ》げだ。ぼくはトンネルの入り口にブロックを置き、クリーパーが明滅《めいめつ》して爆発《ばくはつ》する様子を見せたら、いつでも次のブロックをのせられるよう身構《みがま》えた。幸い、ぼくはブロックを持ったまま、クリーパーがすーっと去るのを見送った。

安堵《あんど》のため息は、新たなクリーチャーが森から出て来るのを見た瞬間《しゅんかん》に喉《のど》につかえた。ゾンビ同様、そいつは人の形をしていた。けれど、よろよろと動く腐《くさ》った肉の塊《かたまり》とは異《こと》なり、皮膚《ひふ》や肉はない。実のところ、骨《ほね》だけだ。そいつは人の骸骨《スケルトン》で、その体から出るカランコロンという音は一夜目に森の中で聞いたものと同じだった。「矢を射《う》ってきたのはおまえの仲間だったのか？」ぼくはささやいた。

その答えは数秒後に判明《はんめい》し、スケルトンが手に何かを持っているのにぼくは気がついた。湾《わん》曲《きょく》した棒《ぼう》の両端《りょうたん》に弦《げん》がぴんと張《は》られている。「弓か。謎《なぞ》が解《と》けたよ」

ちょうどそのとき、別のスケルトンがカランコロンと音を立てて視界《しかい》に現《あらわ》れ、ぼくはぎくりとした。二体でガラス窓《まど》めがけて矢を放たれたらまずいぞ。しかし、その心配はすぐに消え失せた。驚《おどろ》いたことに、二体のスケルトンはお互《たが》いに顔を合わせると、弓を構《かま》えて相手を攻撃《こうげき》しだしたのだ！　矢が当たるたびに、傷《きず》ついたスケルトンはうしろへよろめいて体を赤く明滅《めいめつ》させ、それから応射《おうしゃ》するのだった。

「ああ、あの弓は絶対《ぜったい》に手に入れたいな」遠距離攻撃《えんきょりこうげき》ができる武器《ぶき》によだれが出そうになる。

「頼《たの》む、どっちか死んでくれ。そうすれば夜が明けたらあの武器《ぶき》はぼくのものだ」

祈《いの》りが届《とど》いたのか、スケルトン同士の争いは決着した。片方《かたほう》が相手を矢で倒《たお》し、負けたほうは煙《けむり》となった。敗者が消えた場所には弓が漂《ただよ》っている。

辛抱《しんぼう》だ。ぼくは自分に言い聞かせた。弓はほんの数ブロック先にあるが、いまはじっと見ているしかない。トンネルの奥《おく》をちらりと振《ふ》り返《かえ》ると、東側のドアから空が明るくなるのが見える気がした。「あと少しで手に入るぞ」ぼくは自分の獲物《えもの》に目を戻《もど》した。

だけどその瞬間《しゅんかん》、なんと弓はふっと消えてしまった。

「嘘《うそ》だろう！」ぼくは声をあげて嘆《なげ》き、この世界では地面に落ちたアイテムは一定の時間が過《す》ぎると消滅《しょうめつ》してしまうのだと気づいた。

しかし、その朝は別の収穫《しゅうかく》があった。日陰《ひかげ》に関するぼくの仮説《かせつ》が正しいことがはっきりと証《しょう》明《めい》されたのだ。ぼくは二体のゾンビを観察した。一体は牧草地に、もう一体は森の中にいた。日光に体をさらしたやつは炎《ほのお》に包まれ、木陰《こかげ》にいたほうは無事なのをこの目で確認《かくにん》した。

それが起きているあいだ、頭上からカランコロンとすばやい音が聞こえる気がした。どこか丘《おか》の上でスケルトンが走るか、死ぬかしているのか？　運がよければ今度こそ弓が手に入るかもしれないぞ！　ぼくは音がやむまで待ってから、トンネルを東側へ引き返した。

痛《いた》む足でうめきながら急な斜面《しゃめん》をのぼり、頂上《ちょうじょう》を越《こ》えたところで、昨日の繰《く》り返《かえ》しのようにクモと鉢合《はちあ》わせした。

「やあ」ぼくは昼間の悪夢《あくむ》に向かって話しかけた。「ぼくの考えが正しければ、きみは、昼間はおとなしくなる。それが当たってることをいまは本気で願うよ」

球根のようなそいつの体の向こうに、何かが浮《う》いているのが見えた。あれは弓か？

「クモくん、きみはいいこだね」ぼくは慎重《しんちょう》に足を踏《ふ》みだした。「心やさしい、巨大《きょだい》グモくんだ」相手は動かず、ぼくはもう一歩近づいた。クモは顔をそらし、ぼくはまさに命がけでそいつの脇《わき》をすり抜《ぬ》けて、新たなアイテムへとにじり寄《よ》った。

落ちていたのは弓ではなかったが、その次にいいものだ。木製で——オークかシラカバかは判断《はんだん》できなかった——三角形の鋭《するど》い先端《せんたん》は石槍《いしやり》にそっくりだ。反対の端《はし》には羽がついており、これがまっすぐ飛ぶ助けとなるのだろう。これは矢だな、とぼくは考えた。あとはこれを放つ道具さえ手に入れば。

「モー」下の牧草地から声があがった。

「うん、とりあえずこれで満足するよ」ぼくは矢を高々と掲《かか》げてみせた。「それに、夜にうろつくクリーチャーたちについて、ずいぶんわかったんだ」

たった一夜の観察から学んだことすべてを、ぼくは頭の中で整理した。日陰《ひかげ》がゾンビを守ること、スケルトンたちはお互《たが》いに攻撃《こうげき》しあうこと、ぼくがガラスの裏《うら》にいる限《かぎ》りモンスターたちは攻撃《こうげき》してこないこと。最後の発見を思い返すと、気になっていた疑問《ぎもん》がまた浮上《ふじょう》した。

「あいつらはどうして襲《おそ》ってこなかったんだ？　においがしないからか……それとも明かりのせいか？」

「モー」ウシは返事をすると朝食を再開《さいかい》した。

「明かりか？」ぼくはなおも思案した。「においよりも理にかなっているよな？　日光がモンスターを消滅《しょうめつ》させたり、おとなしくさせたりするのなら――」クモにちらりと目をやると、ちょうどどこかへ去ってくところだ。「それより弱い光、たとえば松明《たいまつ》の明かりは、あいつらを近寄《ちかよ》らせないんじゃないか？」

「モー」ウシは黒と白の尻《しり》をこっちへ向けて返事をした。

「ああ」ぼくは言った。「それを確《たし》かめる方法はひとつだ」

なだらかではあるけど、負傷《ふしょう》した足首にはこたえる西側の斜面《しゃめん》をくだりながら、ぼくは次のプロジェクトについてウシに語り続けた。

「観察室の外に松明《たいまつ》を設置《せっち》して見張《みは》るのはどうかな？」

計画。

「でもそうするにはもっと松明《たいまつ》を作る必要があるな。石炭を掘《ほ》りださなくちゃ」

準備《じゅんび》。

「そのためには、まずじゅうぶんな数のツルハシが要《い》る。それに土や砂《すな》に行き当たったときのためにシャベルも一、二本あったほうがいい」

優先順位《ゆうせんじゅんい》。

「道具の作り方ならもう覚えたぞ」

練習。

「モー」ウシがもうひとつ忘《わす》れていると注意した。

「わかってる」新たな冒険《ぼうけん》に意気込《いきご》み、ぼくは手を握《にぎ》りしめた。「辛抱《しんぼう》だ」

ぼくには練習が必要だと判明《はんめい》した。なにせ採掘《さいくつ》の経験《けいけん》はゼロなのだ。鉱物《こうぶつ》を求めて地面を掘《ほ》ることを、確《たし》か採掘《マイン》と呼《よ》ぶんだっけ？　呼《よ》び方はともかく、そのやり方を知らなかったのだ。

はじめ、ぼくは硬《かた》い岩を掘《ほ》って階段《かいだん》を作り、斜《なな》め下の方向へ掘《ほ》り進んだのだけれど、この時点ですでに計画することを忘《わす》れていた。これでは数ブロックくだるごとに痛《いた》む足でいちいち階《かい》段《だん》をあがり、上に設置《せっち》していた松明《たいまつ》を取って、また下へおりなくてはならないのだ。

掘《ほ》り進むには時間がかかり、ぼくは途中《とちゅう》で危《あや》うく命を落としかけた。数十ブロックほど下へ掘《ほ》ったところで、真正面に岩のようだが材質《ざいしつ》は砂《すな》らしい、黄色いブロックが現《あらわ》れたんだ。ぼくは砂岩《さがん》と名付けたそれを掘《ほ》りだしたんだけれど、今度は上から砂《すな》のブロックが落ちてきて、空いた場所をふさいでしまった。

ぼくはシャベルを取りだし、新たな砂《すな》のブロックをどかした。するとまたもや次の砂《すな》のブロックが落下し、さらに三つ目のブロックがそのあとを埋《う》めた。それを掘《ほ》りだしたところで、今度は深い青色の水がどっと流れ込《こ》んできたんだ。

どうやらぼくは海の底を掘《ほ》り抜《ぬ》いてしまったらしい。ぼくは自分の失敗にやれやれと首を振《ふ》った。この島は海に囲まれているのだから、地面を斜《なな》めに掘《ほ》り進んだら、いずれは海に出てしまうかも、と考えるべきだったのだ。

この世界では水も変わっているおかげで助かった、とぼくは思った。爆発《ばくはつ》でできたクレーターに流れ込《こ》む水も、決して水位があがらなかったのを思い出した。これがもとの世界なら、トンネルが海にぶち当たればそこから海水が流入し、最悪の場合ぼくはおぼれ死んだろうし、よくてもこれまでの作業はまさに水泡《すいほう》に帰《き》していただろう。

「そこのところは運がよかったな」ブロックひとつ分を満たしただけの海水に背《せ》を向けて、ぼくは反対方向を掘《ほ》りだした。「ここではトンネル工事で浸水《しんすい》の心配はないんだから」頭上のブロックを見あげてつぶやく。「それに落盤《らくばん》の心配も」

そんなことは言うべきじゃなかった。砂《すな》だけはブロック同士でくっつかないのは学んでいたし、次に砂岩《さがん》のブロックを見たら、その上にあるものを警戒《けいかい》していただろう。縁起《えんぎ》の悪いことを口にするべきではないと言うけれど、そんなのはくだらない迷信《めいしん》だと承知《しょうち》している。それでも、やっぱり言うべきではなかった。

なぜなら、次の瞬間《しゅんかん》ぼくは頭上の石を壊《こわ》して顔をあげ、その上のブロックが落下してくるのを目にしたからだ。

世界が真っ暗になり、ぼくは息ができなくなってあえいだ。水じゃなく、ざらざらしたものに埋《う》もれておぼれかける。脱出《だっしゅつ》しようともがくと、あちこちを引っかいて皮膚《ひふ》が裂《さ》けた。

突《つ》きだした片手《かたて》が外へ出る。ぼくは這《は》うようにして体をよじり、自分を窒息《ちっそく》させる罠《わな》からどうにか脱出《だっしゅつ》した。

トンネルの一つ前の段《だん》にあがって息を切らす。ゾウに胸《むね》の上で尻餅《しりもち》をつかれたみたいな感じだ。あばら骨《ぼね》はきしみ、肌《はだ》は裂《さ》け、喉《のど》は紙やすりをのみ込《こ》んだようにざらついている。

顔をあげると、こうなった理由がわかった。ぼくはこの世界にくっつかないブロックが砂以外にもうひとつあるのを発見した。それは砂《すな》と岩の中間にある素材《そざい》。もとの世界では車庫の前の道に敷《し》かれているようなありふれたものに、ぼくは殺されかけたのだ。

「砂利《じゃり》とはね」体を動かすと全身の傷《きず》がひりひりした。この痛《いた》みといつまでつき合うことになるのやら。

シャベルを出して砂利《じゃり》のブロックをどけると、砂《すな》のときと同じで、またすぐに上から落ちてきた。だが、四個目《よんこめ》のブロックを取りのぞいたところで、ちょっとしたおまけがついてきた。火打石だ。頭上の穴《あな》をのぞくと、まだ大量の砂利《じゃり》が見える。必要なときは、あそこを掘《ほ》れば火打石が見つかりそうだ。

「いまは」また落盤《らくばん》を引き起こさないよう、ぼくは声を潜《ひそ》めてつぶやいた。「上を掘《ほ》るのはこれぐらいでやめておこう」

ここで計画を変更《へんこう》することにし、採掘《さいくつ》方法を考え直した。斜《なな》め下ではなく、螺旋《らせん》を描《えが》くように下へ進もう。ふたブロックおりたら右へ向きを変え、もうふたブロックおりたら、また右へ向きを変える。これの繰《く》り返《かえ》しだ。この方法なら、海へ出るのを避《さ》けられる上に、頭上から何かがいきなり落ちてくる心配もない。

より安全ではあるものの、生き埋《いう》めになったあとでは安心できるはずもなかった。この時点で閉所恐怖症《へいしょきょうふしょう》になっていたとは思わないけれど、頭をぶつけそうなほど窮屈《きゅうくつ》なトンネル内で作業し、一本だけの松明《たいまつ》を取りに、作ったばかりの階段《かいだん》を痛《いた》む足で引き返すのは、楽しい経験《けいけん》ではなかった。

しばらくすると、辛抱《しんぼう》を忘《わす》れるなというウシからの忠告《ちゅうこく》を忘《わす》れ、ぼくは採掘作業《さいくつさぎょう》そのものを投げだしてしまおうかと本気で考えだした。うしろをたびたび振《ふ》り返《かえ》るようになり、地上までの長くつらい道のりを想像《そうぞう》した。ここまでする意味があるのか？　松明《たいまつ》を使ってモンスターの実験をしたいだけだろう？　身の安全を確保《かくほ》するのが目的なのに、生き埋《いう》めになりかけるなんて本末転倒《ほんまつてんとう》じゃないか。もうやめにして――。

岩のブロックが壊《こわ》れ、中から黒い石炭が現《あらわ》れた。

「やっと出たな」うめき声に笑いが混《ま》じった。「出るのが遅《おそ》すぎるよ」貴重《きちょう》な黒い塊《かたまり》を手に取る。「それにしてもずいぶんあるな」数えてみると、石炭は少なくとも十二個《じゅうにこ》はあった。すべて使えば松明《たいまつ》が四十八本も作れる。これで木に松明《たいまつ》を設置《せっち》して実験できるぞ、とぼくは考えた。避難所《ひなんじょ》の中も、観察室も、トンネルも、すべて明るく照らして……。

楽しい想像《そうぞう》を中断《ちゅうだん》し、ぼくは石炭のうしろにある岩に目を凝《こ》らした。それはオレンジ色の斑《まだら》が入っていて、松明《たいまつ》の光を反射《はんしゃ》しているように見えた。

金属《きんぞく》の一種か？　ぼくは首をかしげた。銅《どう》か黄銅《おうどう》かな？　黄銅《おうどう》って元から自然界に存在《そんざい》するものだっけ？　それともほかの元素《げんそ》との化合物か？　その答えをぼくはいまだに知らない。

とにかく掘《ほ》って、そのうしろにあるそっくり同じやつふたつも採掘《さいくつ》した。石炭と違《ちが》い、岩がくっついたままの状態《じょうたい》で手に入る。

「取りだす方法はたぶんあれだな」岩をしまうと、足首の痛《いた》みに一段《いちだん》ごとに顔をしかめ、避難《ひなん》所《じょ》へ引き返した。

途中《とちゅう》で松明《たいまつ》を作り、間隔《かんかく》を空《あ》けて設置《せっち》し、出口までの道を照らした。わざわざ掘《ほ》り当てた材料を無駄《むだ》にしていると思われそうだが、もしも新たに発見した三つのブロックが、ぼくが考えているとおりのものなら、すぐまた戻《もど》ることになる。

ぼくは金属《きんぞく》の混《ま》じったブロックをかまどに入れ、その下に石炭を置き、火が燃《も》えあがるのを見つめた。できあがったのは銅《どう》や黄銅《おうどう》ではなく、はるかに価値《かち》のあるものだった。それはまさしく現代社会《げんだいしゃかい》を築《きず》いている物質《ぶっしつ》、鉄だ！

「見てくれ！」観察室の中から動物たちに向かって叫《さけ》ぶ。ぼくはガラス窓《まど》の横に出入り口を作って牧草地へと脚《あし》を引きずって出ると、つややかな鉄の延《の》べ棒《ぼう》を見せた。「ぼくたちの足の下に何があると思う？」

「モー」ウシの返事に〝メー〟という二匹《にひき》のヒツジのコーラス、さらに遠くからニワトリがかかる〝コッコッコッ〟と加わる。

「答えは草だって？　ハ、ハ、ハ」ぼくは返した。「さらにその下にあるものだよ。土や石、砂《すな》、砂利《じゃり》の下に、ここのすべてを変えるものが眠《ねむ》っているんだ！」延《の》べ棒《ぼう》をオリンピックのメダルのように掲《かか》げてみせた。

「ぼくの新たなやり方、五つのPのおかげで、石器時代から鉄器時代に突入《とつにゅう》だ！」

第9章　友は心のよりどころ

「今夜はすごい夜になるぞ」ぼくはこっちを眺《なが》めているウシに自慢《じまん》した。「鉄を使って道具作りができるうえに」ひと束の松明《たいまつ》を持ちあげる。「火が悪いやつらを追《お》い払《はら》うのを証明《しょうめい》できる」

ぼくは牧草地から一番近い木に十二本の松明《たいまつ》を設置《せっち》すると、太陽が沈《しず》んで月がのぼり、モンスターたちが出現《しゅつげん》するのをガラスの壁《かべ》の内側で待った。

けれど、現《あらわ》れた連中は、松明《たいまつ》が放つ光の中を平然と横切っていく。ぼくは頭に血がのぼり、お世辞にもきれいとは言えない言葉をわめいてしまった。

「グゥゥゥ」最初に窓《まど》をのぞき込《こ》んだゾンビがあざ笑う。

「ああ、松明《たいまつ》作戦はぼくの負けだ」ぼくは鉄の延《の》べ棒《ぼう》三つを持ちあげてみせた。「だけど、勝負はまだこれからだぞ」

さて、きみがすでにこの世界に精通《せいつう》しているなら、鉄でどんなものが作れるかはもう知っているだろう。石や木でもできるものもあれば、この頃《ころ》のぼくはまだそんなものが作れるとは想《そう》像《ぞう》できなかったものもある。でもこのとき、ぼくの頭はまともに働いてなかったんだ、いいね？　理由はいくつもある。空腹《くうふく》だったし、いらいらしていた。もうひとつの理由があったんだけど、まだ自覚していなかったからあとで話そう。

とにかく、ぼくは使うべきところで頭を使わなかったため、思いつくのは鉄の斧《おの》ぐらいだった。しかし、それは作らなかった。三本しかない貴重《きちょう》な延《の》べ棒《ぼう》をすべて使ってしまうとわかったからだ。

資源《しげん》を大切にしよう。ぼくは自分に言い聞かせた。何ができるか調べて、必要なものだけ作るんだ。

夜が更《ふ》け、モンスターたちは松明《たいまつ》の明かりの中を平気な顔で闊歩《かっぽ》した。ぼくはガラス窓《まど》の前で作業台につき、鉄からできるさまざまな道具が盤上《ばんじょう》に示《しめ》されるのを眺《なが》めた。

ここで紹介《しょうかい》するだけの価値《かち》があるものはふたつだけで、どちらもぼくが生き抜《ぬ》くうえで欠かせない道具になるのだけれど、このときのぼくはまだそれを知らなかった。ひとつ目は鉄の延《の》べ棒《ぼう》ふたつで作れる、一種のハサミのようなもの。大きな糸切りバサミのようだ。そして鉄の延《の》べ棒《ぼう》を三つ使うのふたつ目の鉄製品は、どこからどう見てもバケツだった。

「バケツとハサミ？」ぼくはうめいた。「鉄を使って作れる一番いいものがこれ？」

今夜の成果はさんざんだった。松明《たいまつ》作戦は失敗に終わり、鉄器時代もとんだ期待はずれ。

「わくわくしていたのがばかみたいだよ」ため息をついてがっくり肩《かた》を落とす。

作業台から顔をあげると、牧草地でゾンビが燃《も》えあがるのが見えた。朝陽《あさひ》が〝絶望《ぜつぼう》の丘《おか》〟から射《さ》して、ぼくに〝失望の朝〟を運んでいた。

「いい気味だ！」ぼくはガラス越《ご》しに叫《さけ》んだ。「燃《も》えろ！」少なくとも敵《てき》どもは、失敗に終わったぼくの一夜をあざ笑う暇《ひま》もなく絶命《ぜつめい》する。「燃《も》えろ、燃《も》えろ、燃《も》えてしまえ！」唱えるように繰《く》り返《かえ》していると、かいだことのない悪臭《あくしゅう》がするのに気がついた。これはぼくの息のにおいだ。

これまでぼくの体の生理現象《せいりげんしょう》について何も話してこなかったけれど、それは話すようなことが何もなかったからだ。大きいほうも小さいほうも、出す必要はなし。排便《はいべん》、排尿《はいにょう》といった、もとの世界では面倒《めんどう》だけれど必要不可欠《ひつようふかけつ》だった体の働きが、ここではいっさいなかった。げっぷやおならさえ出ない。まあ、それを残念だとは思わないけれど。なにせほぼ密閉《みっぺい》された穴《あな》ぐらの中にいるのだから！

それがどういうわけか、この突然《とつぜん》の朝の口臭《こうしゅう》だ。もっとも、寝起《ねお》きではないから朝とは関係ないのだろう。

そう言えば、ゆうべからの頭痛《ずつう》も治《おさ》まらない。むしろ、悪化しているようだ。それに室温は変わらないのに、背中《せなか》がぞくぞくした。体に力が入らず、ひどくだるい。疲《つか》れは感じないが、骨《ほね》は鉛《なまり》に、筋肉《きんにく》はコンクリートになったかのようだ。しかも動悸までする。

「ぼくは飢《う》え死《じ》にしかけてるのか？」ガラス窓《まど》に向かって問いかけると、くさい息が跳《は》ね返《かえ》ってきた。「これはその兆《きざ》し？」

もちろんそうなのは自分でもわかっていた。この世界で目覚めて以来、しょっちゅう飢《う》えてはいたけれど、心の底ではそれで死ぬことはないと高《たか》をくくっていたんだ。事故《じこ》やモンスターの危険性《きけんせい》なら実感できるけれど、ゆっくりと衰弱死《すいじゃくし》するってどういうものなのか？

もとの生活でも、飢《う》えのためにここまで危険《きけん》な状態《じょうたい》におちいったことはなかったのだろう。ぼくにとって、飢餓《きが》はひとごとだった。お年寄《としよ》りの戦時中の話や、テレビの中で助けを乞《こ》う、はるか遠くの国の名もなき他人の問題だ。

いまは彼《かれ》らが訴《うった》えていたことがよくわかる。ぼくの体は機械のように燃料切《ねんりょうぎ》れになり、壊《こわ》れかけていた。機能《きのう》が完全に停止するまで、あとどれぐらい残っているんだろうか？

「モー」牧草地の奥《おく》からあがった声が、やるべきことをぼくに思い出させた。

「畑があるじゃないか！」ぼくは感謝《かんしゃ》を込《こ》めてウシに手を振《ふ》った。「今日こそ、収穫《しゅうかく》できるはずだ」脚《あし》を引きずって言う。「きっと何か実ってるぞ」

たしかに実っていた。少なくとも、期待のこもったぼくの目にはそう見えた。耕《たがや》した畑の一角で、背《せ》の高い穂《ほ》が黄金色の頭を重たげに垂《た》れ、そこに角張《かくば》った黒い小さな実がついている
……あれは小麦か？　それとも大麦かライ麦？

たぶん小麦だろう。そう考え、ぼくを手招《てまね》きする穂《ほ》へ手を伸《の》ばした。採取《さいしゅ》した種はその場でふたたび蒔《ま》いた。けれど今回はそれだけでなく、ひと抱《かか》えもある小麦の穂《ほ》が収穫《しゅうかく》できた。

だけどそれを食べようと穂《ほ》を持ちあげると、ぼくの手は口からほんの数センチのところで止まってしまった。

「これは絶対《ぜったい》に食べられる」ぼくは断言《だんげん》した。農耕《のうこう》そのものが無駄骨《むだぼね》だったはずがない。「き

っとこのままじゃ食べられないだけだ」

避難所《ひなんじょ》へ脚《あし》を引きずって戻《もど》り、自分を励《はげ》ます。「あきらめるな」かまどは小麦の穂《ほ》を受け入れてくれず、ぼくは自分に声をかけ続けた。「パニックになると何も考えられなくなるぞ」

「別の材料と組み合わせればいいんだ」ぶつぶつ言って作業台の上に小麦の穂《ほ》を放り、ほかの材料を手当たり次第のせていく。「そうだ、それがここのやり方だろう。材料を組み合わせるんだ」

それから半日を費やし、ぼくは卵《たまご》に砂糖《さとう》、さらには花や木、土まで使って、無数の組み合わせを試した。実験が失敗するたびにぶつぶつひとりごとをつぶやく姿《すがた》は、はたから見れば狂気《きょうき》じみていただろう。数十度目の失敗のあと、ぼくは顔をあげて叫《さけ》んだ。「足りないんだ！」

それが答えに違《ちが》いなかった。小麦ひと束では足りないのだ。なら、木材や丸石が複数《ふくすう》必要だったように、小麦の束を増《ふ》やせばいい！

午前のあいだにまた実っていてくれと祈《いの》りつつ外へ出たけれど、畑はまだ緑色だった。悪態《あくたい》を吐《つ》こうとしたとき、それまで完全に頭から抜《ぬ》け落ちていたあることに気がついた。さっき収穫《しゅうかく》した小麦は、最初に種を蒔《ま》いた場所ではなく、最も海に近い場所に実っていたものだ。

「そうか、水だ！」自分のまぬけぶりに腹《はら》が立つ。「植物が育つには水が必要じゃないか！」ぼくの頭がまともに働いていたら、ここで誰《だれ》もが思いつくことをやっていただろう。水辺《みずべ》から溝《みぞ》を掘《ほ》り、畑まで水を引けばそれですんだはずなんだ。

なのにぼくはそうしなかった。飢《う》えて、恐怖《きょうふ》に取り憑《つ》かれていたぼくの脳《のう》みそは、浅はかな考えに飛びついた。

「バケツを使おう！」ゆうべの実験で作れることがわかった道具を思い出し、ひび割《わ》れた声で言った。さっそくビーチに置いたままの作業台を使って、鉄の延《の》べ棒《ぼう》三本を鉄製《てつせい》のバケツに変えると、それに水をなみなみと汲《く》んで、作物の列にばしゃりと浴びせかけた。

「うわっ！」ぼくは悲鳴をあげた。バケツから出た水のブロックはそのまま流れになって、種だけでなく、ここまでの作業と労力、時間のすべてを海へ洗《あら》い流してしまったんだ。

あわてて追い、砂浜《すなはま》に流された緑色の種をつかんだ。「また一からやり直しだ」種に向かってつぶやくと、怒《いか》りがふつふつと湧《わ》きあがり、ついに爆発《ばくはつ》した。「一からやり直しだよ！」怒《いか》りで理性《りせい》が吹《ふ》き飛《と》び、ぼくはビーチを横切ると、砂《すな》に、土に、岩と、手当たり次第絶叫《ぜっきょう》とともに殴《なぐ》りつけた。「一！　から！　やり直し！　だ！」そして最後の言葉とともに、バケツを海へ放り投げた。

怒《いか》りをすべて吐《は》きだしたとたん、自分がいま何をしたのかに気がついた。恐怖《きょうふ》に打たれたぼくの目に、貴重《きちょう》な鉄で作ったばかりのバケツが、ぷかぷかと海へ流される光景が映《うつ》る。

「しまった」ぼくはうめいて、冷たい水の中へ飛び込《こ》んだ。バケツはあっという間に沈《しず》み、ぼくは水中に潜《もぐ》ってバケツが消えたおおよその方向を見まわした。しかし、墨《すみ》を流したような暗がりしか見えない。ぼくはいったん水の上に顔を出すと、大きく息を吸《す》い込《こ》んでから、潜水艦《せんすいかん》みたいに一気に海中へ潜《もぐ》った。

あった！　水の中で紫色《むらさきいろ》にかすむ陽光が、海底の深いくぼみの手前に漂《ただよ》う小さな物体をかろうじて照らしだした。もう一ブロック向こう側だったら、永遠《えいえん》に見つからないところだった。バケツだけでなく、癇癪《かんしゃく》を起こしてもなんの助けにもならないという知識《ちしき》を得て、ぼくはずぶ濡《ぬ》れになってビーチへ戻《もど》った。

頭を冷やしてこの新たな教訓を咀嚼《そしゃく》し――いまのぼくが唯一《ゆいいつ》咀嚼《そしゃく》できるものだ――種を植え直しはじめた。畑に残っていた水をバケツに汲《く》んで海へ捨《す》てようとしたとき、それを飲むことをふと思いついた。喉《のど》は渇《かわ》いていないし、水だけじゃ栄養にならないけれど、お腹《なか》がふくれれば、少しは元気になるかもしれない。

小麦の穂《ほ》やその他多くの食べ物のときと同じで、ぼくは手と口に協力を拒《こば》まれた。でも、腹《はら》は立てなかった。なけなしの理性《りせい》にしがみついていたからだけでなく、命が助かるかもしれないごくわずかな希望を見いだしたからだ。

「ほかに何か飲めるものがあるんじゃないか？」からになったバケツに向かって問いかけると、絶妙《ぜつみょう》のタイミングで遠くから〝モー〟と声があがった。

牛乳《ぎゅうにゅう》！

頭を振《ふ》りながら、ぼくは観察室へよろよろと戻《もど》った。「どうしてこれを忘《わす》れてたんだ？」ガラス窓《まど》の向こう側で草をはんでいる、白黒まだらのほ乳動物に向かって問いかける。「たとえもとの世界では牛乳《ぎゅうにゅう》を飲んでいなかったとしても、たとえ牛乳《ぎゅうにゅう》を飲むとお腹《なか》がゴロゴロする体《たい》質《しつ》だったとしても、牛乳《ぎゅうにゅう》がどうやって作られるかぐらいは覚えていたはずなのに」

ウシが鼻を鳴らしたのは、たぶんこういう意味だろう。〝気づくのにずいぶん時間がかかったね〟

ぼくは外へ出ると、ウシのまわりを何度かぐるぐるまわった。「どうやって……」おずおずと切りだす。「その、乳搾《ちちしぼ》りのやり方って……」

もとの世界では、やったことも、見たこともないのは間違《まちが》いない。だが、〝モー！〟という ひと声が、もとの世界では複雑《ふくざつ》な作業だろうと、この世界ではそうとは限《かぎ》らないことをぼくに思い出させた。

「わかったよ」バケツをウシの――メスなんだろうか――ピンク色の乳房のほうへと持ちあげる。「できるだけそっとやるから、おとなしく……」言い終わる前に、なめらかな白い液体《えきたい》がバケツにあふれて、しずくを垂《た》らしていた。

「ありがとう」ぼくはお礼を言って、豊《ゆた》かな懐《なつ》かしいにおいを吸《す》い込《こ》んだ。一滴一滴《いってきいってき》を味わいながら、ごくごくと飲み干《ほ》す。そしてお腹《なか》が満たされ、傷《きず》が治《なお》り、不安が牛乳《ぎゅうにゅう》の川に洗《あら》い流されるのを待った。

そのどれひとつとして起きなかった。お腹《なか》に牛乳《ぎゅうにゅう》が溜《た》まった感覚さえない。「大丈夫《だいじょうぶ》」顔を引きつらせて言い、牛乳《ぎゅうにゅう》をバケツにもう一杯《いっぱい》もらって観察室へ引き返した。「何かと組み合わせればいいんだ！」

パニックと不安、それに激《はげ》しい絶望感《ぜつぼうかん》が胸《むね》に押《お》し寄《よ》せるのを感じ、ぼくは急いでこの新たな材料とほかの食材の組み合わせを、考えられる限《かぎ》り試した。

牛乳《ぎゅうにゅう》と卵《たまご》、牛乳《ぎゅうにゅう》と小麦、牛乳《ぎゅうにゅう》と卵《たまご》と小麦、牛乳《ぎゅうにゅう》と卵《たまご》と小麦と砂糖《さとう》……組み合わせとクラフト枠《わく》の置き場所をあれこれ変えてみる。「今度こそうまくいくぞ」ぼくはぶつぶつとつぶやき続けた。「今度こそうまくいくぞ、今度こそうまくいくぞ」

考えうる限《かぎ》りの組み合わせがすべて失敗に終わり、ぼくの希望は潰《つい》えた。

「こんなの……」これだけあればさまざまな種類の食べ物ができそうなものなのにと、食材を凝視《ぎょうし》して言葉を詰《つ》まらせた。「理解《りかい》できないよ」

これまでの教訓が頭の中によみがえる。たとえ自分には理解不可能《りかいふかのう》でも、ルールはルールということ。証拠《しょうこ》もないのに可能《かのう》だと思い込《こ》んではいけないこと。

とある食べ物が存在《そんざい》するという証拠《しょうこ》を思い出したのは、そのときだ。すでに口にしたことがあり、いまぼくの目の前に立っているもの。

ぼくの頭は不意に働くのをやめた。今度は癇癪《かんしゃく》を起こしたのではない。頭に血がのぼるどころか、むしろ冷め切っていた。

作業台から牧草地へと視線《しせん》を移《うつ》し、こちらへお尻《しり》を向けているウシにじっと視線《しせん》を注ぐ。口の中にはつばが、胃袋《いぶくろ》の中には消化液《しょうかえき》が湧《わ》く。ぼくの体は栄養を欲《ほっ》していた。頭の中がステーキのイメージでいっぱいになり、手が斧《おの》をつかむ。

はあ、はあ、とくさい息を吐《は》き、ぼくは背中《せなか》を丸めて草地をゆっくり横切った。ウシは最後の食事となる草をはんで動かない。ぼくはさらに接近《せっきん》した。ウシはぼくには無関心だ。

あと数歩で、あと数秒で、すべて終わる。ウシはのんびりと食べている。ぼくは斧《おの》を振《ふ》りかざした。

肉だ。

食料だ。

これで死なずにすむ。

ウシが振《ふ》り返《かえ》って視線《しせん》が合った。

「モー」

ぼくは斧《おの》を取り落とし、よろよろとあとずさった。

「ご……ごめん、友だちなのに」ぼくは気のやさしい動物に向かって謝《あやま》った。「そうだろう、きみはぼくの友だちだ、ぼくにはもったいないぐらいの」

静かにしゃくりあげ、言葉が途切《とぎ》れた。「ぼくには、きみ、しか、いない、のに」

ぼくはそのとき初めて、自分がどれほど孤独《こどく》だったかに気がついた。もとの世界のことや、暮《く》らしを分かち合っていた人たちのことは覚えていないけれど、ぼくにも仲間や家族がいたのはわかる。だからこそ、胸《むね》が胃袋《いぶくろ》と同じくらいからっぽに感じるんだろう？　だからこそ自分や、ものや、モンスターたちや、頭上の太陽にさえ、話しかけてしまうんだろう？

ぼくは孤独《こどく》と戦おうとしていたんだ。飢餓《きが》が命を奪《うば》うように、孤独《こどく》は心を殺す。サバイバルとは、孤独《こどく》と飢餓《きが》の両方を相手にすることだと、いまのぼくにはわかる。動物たちに話しかけるといつも心が安らいだのはこのためだったのだ。もちろん、彼《かれ》らはしゃべり返さないけれど、感情《かんじょう》があり、痛《いた》みを感じ、ぼくと同じく生きようとしている。みんな生きているのだから、ぼくは決してひとりじゃない。

「友は心のよりどころだ」ぼくは足もとの斧《おの》を拾いあげた。「もしもこれを使っていたら、ぼくはゾンビと同じになってた」

「モー」ウシが雰囲気《ふんいき》をやわらげようと声をあげる。

「そうだね」ぼくは小さく笑った。「いまのぼくは半分ゾンビになりかけだ」癒《い》えない傷《きず》を負い、片脚《かたあし》を引きずり、生ゴミのようにくさい息を吐《は》いているのだから、四本足の友の言うとおりだった。しかし、いまのは単なる冗談《じょうだん》だろうか？　それともぼくが忘《わす》れている何かに目を向けさせようとしているんじゃないか？

斧《おの》をベルトに挿《さ》し、ぼくはその隣《となり》にあるポーチに視線《しせん》を落とした。中にはゾンビの腐肉《ふにく》がいくつか入っている。「聞いてくれ、モー」ふと思いつきでウシに名前をつけた。「ひとつだけ、試していない食材があるんだ」

「モー」ヒレ肉のステーキにされかけたウシがうなずく。

腐肉《ふにく》の塊《かたまり》は見るだけで吐《は》き気がした。「生の鶏肉《とりにく》のときみたいにあたるのはいやだな」その場で作業台とかまどを作ってつぶやいた。

ゾンビの肉を焼くことはできなかった。かまども腐《くさ》った肉は受け入れたくないのだろう。

「モー」悪臭《あくしゅう》を放つ肉を鼻先に近づけるぼくに、ウシはなおも食べてみるよう薦《すす》めている。

「生の鶏肉《とりにく》よりひどいことにならないかな？　やめておいたほうが――」

「モー！」

「わかったよ！」腹《はら》をくくり、ぼくは死肉を口へ放り入れた。嚙《か》んではうえっとなり、のみ込《こ》んでさらにうえっとなった。

生の鶏肉《とりにく》のときみたいに吐《は》き気はしないものの、吐《は》き気のほうがまだましだった。ぼくの体にかつてない、この世界だけで起きうる恐《おそ》ろしい変化が起こった。

究極の飢餓《きが》状態《じょうたい》とでも呼《よ》ぼうか、突如《とつじょ》、ぼくは世界を丸ごとたいらげたい欲求《よっきゅう》に駆《か》られた。胃袋《いぶくろ》そのものが体をむさぼろうとし、ひとつひとつの細胞《さいぼう》から極小の口が生え、がちがちと空を噛《か》んで食い物をよこせと叫《さけ》んでいるみたいだ。同時に口の中が、夏場、生ゴミ入れの底に溜《た》まったぬめりをなめたような感じになる。

「ガアアア」そのときぼくがあげた声はゾンビそっくりだったに違《ちが》いない。ぼくは咳《せ》き込《こ》み、体をよじり、半狂乱《はんきょうらん》になってぐるぐる走りまわり、口中の味をぬぐえるものをなんでもいいから探《さが》した。木に顔を押《お》しつけ、樹皮《じゅひ》をなめようとまでした。入り江《ラグーン》に飛び込《こ》み、一滴《いってき》でも水を吸《す》おうとした。

「モー！」モーがぼくの舌《した》に救助の手を差し伸《の》べた。

牛乳《ぎゅうにゅう》だ！

実験に失敗したおかげで二杯目《にはいめ》の牛乳《ぎゅうにゅう》が残っていた。ぼくはバケツをつかむと、今日で世界が終わるかのように一気に飲んだ。すると、体の異常《いじょう》がぴたりと治《おさ》まった。究極の飢餓《きが》状《じょう》態《たい》から抜《ぬ》けだせたのだ。「ありがとう！」声を詰《つ》まらせてモーに感謝《かんしゃ》し、ラグーンから出ると、足首が少しよくなっていることに気がついた。

ぼくはさらに歩いてみた。完治《かんち》したとは言わないまでも、鋭《するど》い痛《いた》みが軽くなっている。深呼《しんこ》吸《きゅう》をしてみると、なんと、あばら骨《ぼね》の打撲《だぼく》までよくなっていた。

「これのおかげなのか？」もう一枚《いちまい》のゾンビ肉を持ちあげ、モーにきいてみた。「こ、これがぼくの求めていた答えなわけ？」

モーは〝考えてないでさっさとやりなよ！〟と言わんばかりに鼻を鳴らした。

「わかったってば」ぼくはもう一度バケツに牛乳《ぎゅうにゅう》を汲《く》んだ。何が起きるかわかっている分、気持ちはいっそう重かった。

「やるぞ」顔をしかめ、腐敗《ふはい》した肉にかぶりつく。

噛《か》みちぎってのみ込《こ》み、すぐに二杯目《にはいめ》の牛乳《ぎゅうにゅう》で洗《あら》い流す。今度は飢餓《きが》状態《じょうたい》はものの一秒で終了《しゅうりょう》し、その後ほとんどの傷《きず》はよくなっていた。

「ああ、体が軽くなったぞ！」息を吸《す》い、元気が少し戻《もど》ったのを感じた。

「これって共食いにはならないよね？」ぼくは自分の胃に収《おさ》まっている肉のことを考えて尋《たず》ねた。「ゾンビは夜になると突然出現《とつぜんしゅつげん》するんだから、もとは人間だったわけじゃないだろう？」

「モー」ウシの友だちは、とりあえずありがたく思うことだねと言っているようだ。

「うん」ぼくはうなずいた。「これで少なくとも餓死《がし》する心配はない。ぼくがもといた世界にこんなことわざがあったと思う。食べるために生きるのではなく、生きるために食べよ、ってね」

沈《しず》む夕陽を見あげ、今夜からはゾンビたちをまったく新たな視点《してん》から見ることになるなと考えた。「ありがとう」またバケツに牛乳《ぎゅうにゅう》をもらい、礼を言った。「牛乳《ぎゅうにゅう》だけじゃなくて、その、すべてに対して。ぼくはきみを手にかけようとしたっていうのに」

寛大《かんだい》で面倒見《めんどうみ》がよく、信じがたいほどすばらしいぼくの友だちは、その日三度目にして最後のプレゼントを与《あた》えてくれた。

「モー」というその言葉が、〝許《ゆる》してあげるよ〟と言っているんだと、ぼくにはわかったんだ。

第10章　眠《ねむ》りは頭をすっきりさせる

その夜、ぼくの腹《はら》の虫は生ける屍《しかばね》と声を合わせてぐーぐー鳴った。安全な観察室の中からやつらが暗がりに出現《しゅつげん》するのを眺《なが》め、よろよろとさまようモンスターたちを自分が飢《う》えた目で見つめているのに気がついた。朝の光が連中をどろどろの肉に変えるのが待ち遠しい。

いまのぼくはこの世界の掃除屋《そうじや》だな。ゾンビが発生するポイントをひとつひとつ確《たし》かめつつ、ぼくは思った。ほかの動物の死肉を食べる、ハゲワシとかハイエナとか蛆《うじ》と同類だ。

原始人も、はじめはハゲワシたちがつついている死骸《しがい》を横取りしていたと聞いたことがある気がした。それは事実かもしれなかったし、単なる自分への弁解《べんかい》かもしれなかった。

木に大量の松明《たいまつ》を設置《せっち》したおかげで、少なくともゾンビたちの動きを目で追うのは楽になった。すべて無駄《むだ》だったわけじゃないようだ、とぼくはその言葉の正しさには気づかずに思った。

夜が更《ふ》けるにつれて、光が届《とど》いている範囲内《はんいない》ではゾンビが――ほかのモンスターも――発生《スポーン》しないことにぼくは気がついた。ほかは、森に牧草地、入り江《ラグーン》のそば――わずかに海岸線が見えるビーチからさえ――発生しているのに、明々と照らされた木の近くでは一匹《いっぴき》も出ない。

「モンスターたちは暗いところでしかスポーンしないのか？」自問すると、避難所《ひなんじょ》の奥《おく》のドアから思いがけず返事があった。腐《くさ》った拳《こぶし》がドアを叩《たた》き、敵意《てきい》に満ちたうなり声がそれに続く。

「ゾンビ肉の宅配だ！」ぼくはトンネルを抜《ぬ》けて東側の出入り口へ行った。思ったとおり、ゾンビが木のドアをどんどん叩《たた》いている。「そこで待っててくれ」初めてゾンビにドアを叩き破《やぶ》られそうになったときと比《くら》べて、なんたる余裕《よゆう》だろう。「玄関先《げんかんさき》まで届《とど》けてくれるなんて、ピザ屋みたいにサービス満点だな」

いまの言葉は言うべきじゃなかった。本物の食べ物の味を思い出してしまったじゃないか。ピザ……中華《ちゅうか》そば……チキンティッカマサラ……もとの世界で特にどれが好物だったとは思い出せないけれど、どれもおいしそうな響《ひび》きだ。

料理の思い出にふけってよだれを垂《た》らしているうちに、ゾンビが太陽に焼かれる、あのおなじみの甲高《かんだか》い叫《さけ》びが聞こえてきた。夜が明けたのだ。亡者《もうじゃ》どもはあと数秒で死ぬ。

「皮肉だよね」炎《ほのお》をあげてくすぶる屍《しかばね》に向かって、ぼくはつぶやいた。「きみはぼ、ぼ、ぼくを食べに来たのに」数秒後、ぼくは腐《くさ》った朝食を丸のみしていた。

持てるものに感謝《かんしゃ》しよう。牛乳《ぎゅうにゅう》をがぶがぶ飲んで自分に言い聞かせる。実際《じっさい》、感謝《かんしゃ》すべきことはたくさんあった。いま食べた腐肉《ふにく》のおかげで、体は完全に癒《い》えた。青あざはすべて消え、頭痛《ずつう》も治《おさ》まり、足首に全体重をかけても痛《いた》みはない。息さえさわやかで、いつもどおりに戻《もど》っていた。ゾンビ肉を食べたばかりなのを考えると、皮肉なものだ。

「感謝《かんしゃ》しよう」そう繰《く》り返《かえ》しても、もとの世界のごちそうの思い出を、なかなか頭から追《お》い払《はら》えない。

チーズエンチラーダ、ケチャップをつけたフライドポテト、メープルシロップをかけたブルベリーパンケーキのベーコン添《ぞ》え……。

「まともな料理が食べたいなあ」つぶやきながら、小さな畑に出た。まだだめか。小麦は昨日よりほんのわずかに背《せ》が伸《の》びただけだ。

「あーあ」昨日の大失敗を振《ふ》り返《かえ》って顔をしかめた。あんなへまをしなかったら、いま頃《ごろ》はどうだっただろう？　朝食はゾンビ肉じゃなくて、小麦のシリアルだった？

「くよくよしたって仕方ないさ」そう言って、自分を現実《げんじつ》に引き戻《もど》した。「失敗から学ぼう」

失敗から学ぶことはたしかにあった。畑をよく見ると、海のすぐそばに蒔《ま》いた種のほうがほかより成長していたのだ。

あの考えは正しかった！　ぼくは興奮《こうふん》した。やはり水が成長の鍵《かぎ》で、ぼくはその使い方を間《ま》違《ちが》っただけだ。

「畑に直接《ちょくせつ》、水をかけてはだめなんだ」自分の頭をぽかんと殴《なぐ》りたい気分だ。「水は畑のそばにありさえすればいいんだ！」いとも単純《たんじゅん》で簡単《かんたん》なことじゃないか。どうして先に思いつかなかった？

シャベルを取りだし、海から種の脇《わき》まで溝《みぞ》を掘《ほ》った。水が流れ込《こ》んできたが、この世界の不《ふ》可思議《かしぎ》な法則によって、溝《みぞ》の途中《とちゅう》で流れが止まった。バケツを出して水を汲《く》み、溝《みぞ》に空《あ》けると……この世界のおかしな法則がまたひとつ判明《はんめい》した。三ブロック離《はな》してその両脇《りょうわき》に水を入れると、その間は新たな水のブロックで埋《う》まる。しかもそこから水を汲《く》んでも汲《く》んでも減《へ》ることはない。これなら、水のブロックがふたつあれば、海だって作れるだろう。いいかい、この世界では水が水を生むのだ。

たかが些細《ささい》なお役立ち情報《じょうほう》を、ぼくはなぜ熱く語っているのか？　それはこの情報《じょうほう》がのちのちぼくの命を救うことになるからだ。

けれど、話をいまに戻《もど》そう。

溝《みぞ》が上まで満たされるのを眺《なが》め、ぼくは気の短いガマガエルが花の種を蒔《ま》く童話を思い出した。ガマガエルのまねをして大声で命じてみる。「種よ、早く育て！」

両生類のまねをする自分に苦笑しつつも、作業台の上で小麦と小麦の組み合わせを試せるのはまだ先のことだとわかっていた。しかも、それはこれが本当に小麦だったらの話だ。

辛抱《しんぼう》だ。そう言い聞かせ、これからあとどれだけゾンビ肉をのみ込《こ》むことになるかは考えないようにした。辛抱《しんぼう》しろ。

右側で何かが水しぶきをあげ、顔を向けるとイカの姿《すがた》が見えた。

「おーい」八本脚《はっぽんあし》の海の怪物《かいぶつ》に向かって呼《よ》びかける。「この島に、というか、この島を囲む水の中に、食べられるか試したことのないものがまだひとつあるんだよね！」

この頃《ころ》にはぼくはすっかり自信に満ちていた。元気を取り戻《もど》し、それよりもっと重要な、驚《きょう》異的《いてき》な治癒力《ちゆりょく》も取り戻《もど》していた。ぼくは新たなチャレンジに飢《う》えていた。しかも成功すれば、まともな食べ物にありつけるかもしれないとなれば、なおさらだ。

斧《おの》をつかんで雄叫《おたけ》びをあげる。「待ってろよ、イカフライ！」そして水に飛び込《こ》んだ。危険《きけん》を察知したのか、イカがあわてて逃《に》げていく。「逃《に》がすものか！」ぼくは怒鳴《どな》った。「きみを怖《こわ》がっていた頃《ころ》のぼくとは違《ちが》うんだ！」

獲物《えもの》は水面のすぐ下でぴたりと止まり、ぼくは斧《おの》を振《ふ》りかざしてすばやく水中に潜《もぐ》った。するとぼくのシーフードランチは音もなく笑い――あれは絶対《ぜったい》に笑っていた――すーっと逃《に》げたのだ。

「戻《もど》ってこい！」ぼくはあとを追って泳いだ。「戻《もど》ってきて、ぼくのかまどに入れ！」

イカを追って島の南側をぐるりとまわり、泳ぐ動作と斧《おの》を振《ふ》る動作を同時にやろうとした。きみはまだ知らないかもしれないからここに記しておくが、それは不可能《ふかのう》なのだ。この世界では頭をかきながらお腹《なか》をさすることができないように、泳いでいるときは泳ぐことしかできない。ぼくは五分間もじたばたやったあげく、ようやくそれに気がつき、そのあいだにイカは海へ潜《もぐ》って逃《に》げた。

「まあ見ててよ」陸にあがり、おやおやとこちらを見つめるモーに向かって告げる。「ボートで海に出ればいいだけさ」

　そしてぼくはそのとおりに実行した。ボートで片《かた》っ端《ぱし》からイカを追いかけ、斧《おの》を振《ふ》りおろす。だが、そのたびにボートはぐるりと回転してうまくいかなかった。なるほど、腕《うで》を動かすとボートの進行方向が変わるのか、と今回はこの世界のルールをあっさり受け入れた。理にかなっているのだから仕方がない。ひとりで斧《おの》を空振《からぶ》りしてはぐるぐるまわるさまを、誰《だれ》にも見られなかっただけでよしとしよう。……いや、誰《だれ》にもではなかったか。

「モー！」ビーチから声があがる。

「ぼくを批判《ひはん》するなら、ここへ来て自分でやってみればいいだろ」言い返すなり、モーはぼくに注意をうながしていたのだと気がついた。顔をあげると、ボートがどんどん沖《おき》へ流されているばかりか、夜がすぐそこまで迫《せま》っていたんだ。

「明日になったらまた」陸へとボートを漕《こ》いでモーに約束する。「ボートで出直しだ」

　モーは鼻を鳴らしただけだ。

「本当に再挑戦《さいちょうせん》するってば！」言い返しながらも、ウシの言うとおりだとわかっていた。足を踏《ふ》みならして観察室へ戻《もど》り、ボートでの再挑戦《さいちょうせん》はあきらめることにした。別の方法を考えよう。何か他の道具が必要なのかもしれない。

太陽は星々へと空を譲《ゆず》り、ぼくはイカをつかまえる方法を模索《もさく》した。その夜はなかなかいいアイデアが浮《う》かばず、気がつくと、とりとめのない物思いにふけっていた。この島での思い出に浸《ひた》りつつぼんやりガラス窓を見ていると、もとの世界でも似たことがあった気がしてくる。靄《もや》がかった記憶《きおく》にあるのは何か具体的なことがらではなく、目が充血《じゅうけつ》し、指が疲《つか》れ、座《すわ》りっぱなしで尻《しり》がしびれる感覚を思い出した。

これはなんの記憶《きおく》だ？　それになぜいまそんなことを思い出す？　いつの間にか濃《こ》くなっていた霧《きり》が、頭に覆《おお》いかぶさるようだった。

「しっかり考えろ」こめかみをごしごしこすれないのが腹立《はらだ》たしい。

そのとき、森の中からカランコロンと音を立ててスケルトンが現《あらわ》れ、ぼくは頭がまったく働いてなかったことを痛感《つうかん》させられた。

「弓を手に入れればいいんだ！」ポーチの中の矢を見おろして叫《さけ》んだ。「どうして思いつかなかったんだ？」

あれほど弓がほしいと思っていたのに、すっかり頭から抜《ぬ》け落ちていた。幸運にも、スケルトンが現《あらわ》れたのは太陽がのぼるほんの一、二分前だった。さらにラッキーなことに、ぼくは弓と追加の矢を燃《も》え尽《つ》きたスケルトンから回収《かいしゅう》することができた。

「今度こそ見ていてくれよ！」ぼくはモーに向かって胸《むね》を張《は》った。ウシのかたわらでは二匹《にひき》のヒツジも朝食中だ。「メー」ぼくが火打石《フリント》と名付けた黒いヒツジが声をあげる。

「たしかにそうだ、ありがとう」ぼくはうなずいた。「練習をしなくちゃね」

それからぼくは練習に励《はげ》んだ。同じ木に向かって幾度《いくど》となく弓を引き、午前中いっぱいを費やして腕《うで》をあげた。的に当てるには弓を上に向け、思い切り引き絞《しぼ》る必要があることを学んだ。昼を迎《むか》える頃《ころ》には、動く的で腕試《うでだめ》しする準備《じゅんび》ができたと感じた。

「みんな準備《じゅんび》はいいかい？」動物たちに声をかける。「ぼくの腕前《うでまえ》をとくと目に焼きつけてくれ！」みんなぼくを信用していないらしく、尻《しり》を向けて草をはみ続けている。「まあ、見てろって」ぼくはビーチへ足を踏《ふ》みだした。「すぐにイカフライのできあがりだ！」

ビーチから十数ブロックのところにイカの姿《すがた》を認《みと》め、弓を引いて慎重《しんちょう》に狙《ねら》いを定めた。

ヒュッとうなりをあげ、矢は浅い弧《こ》を描《えが》いて飛んだ。

「やった！」矢が命中してイカは真っ赤になり、煙《けむり》となって消えた。あとには臓器《ぞうき》のような形をした小さな黒いものが残ったが、やがてそれも沈《しず》んで見えなくなった。

そのときぼくが叫《さけ》んだ言葉は記さないでおこう。自慢《じまん》できる言葉ではなかったが、大声大会に出ていたら、入賞できたと思う。

「ブフン」こう言うかのように、モーがぼくの背中《せなか》に向けて鼻を鳴らした。〝考えが足りないよ。どうやって回収《かいしゅう》するつもりだったの？〟

「どうやってって……」いま頃《ごろ》になってぼくはその方法を思案した。「矢に何か結びつけるとか、網《あみ》を作るとか……そうだ、イカがもっと近くへ来るのを待てばよかったんだ！　どうしていままでそれを考えなかったんだ？」

ぼくはうろうろと歩きはじめた。「まぬけ！」自分で自分の頭を殴《なぐ》りたい気分だった。「まぬけ、役立たずのまぬけ！」

「モー！」友の辛抱強《しんぼうづよ》い声にぼくは立ち止まり、そっちへ向き直った。

「うん。自分を殴《なぐ》っても何も解決《かいけつ》しないよな」

「モー」ウシの声はこう言っているようだった。〝わかってるじゃないか〟

「自分はまぬけじゃないのもわかってる」ぼくは落ち着いて両手を持ちあげた。「だけど、やっぱり何か変なんだ。脳《のう》みそが半分しか働いてないような」

ふたたびうろうろと歩きだした。いらいらしていたからというより、思案するために。「パニックや飢餓《きが》とは違《ちが》う。何か新しい感覚だよ。いや、新しいとは言えないな。ずっとその感覚はあったんだ、でも満腹《まんぷく》になって、びくびくする必要もなくなると、頭の中に泥《どろ》が詰《つ》まったみたいに、思考がぼんやりとするのが自分でもわかるようになった」焦《あせ》りが募《つの》るのが感じられた。いまのぼくには最も必要ないものだ。

「どういうことかわかるかい？」動物たちに尋《たず》ねる。「原因《げんいん》はなんなのか、思い当たることはないかな？」モーもフリントも白ヒツジのクラウドも、ただこちらを見ているだけだ。

「ぼくもまったく思い当たらないんだ」沈《しず》みゆく太陽を確《たし》かめた。「それが何より不安だよ」

観察室へとぼとぼと引き返し、イカ釣《つ》りに気持ちを集中させようとした。バックパックに入った頼《たよ》りないクモの糸を見おろす。作業台で一度試しただけで、糸を矢に結びつけられないのはわかった。それに糸が一本では網《あみ》もできない。もっとクモの糸を集めるか、もしくは……。

作業台から顔をあげ、闇《やみ》がおりた牧草地で草をはむヒツジたちをガラス窓越《まどご》しに見つめる。

羊毛だ！

「ハサミはそのためだ！」ぼくはヒツジたちへ向かって叫《さけ》んだ。「羊毛を刈《か》るのに使うんだよ！」

この新しい考えにふたたび元気が湧《わ》きあがり、ぼくは五つのPを唱えだした。ハサミを作るにはもっと鉄がいる。それは採掘《さいくつ》へ行くことを意味し、そのためには松明《たいまつ》とツルハシがさらに必要になる。次第に重くなる頭でなんとか計画と準備《じゅんび》をして、優先順位《ゆうせんじゅんい》をつけ、鉄を探《さが》しに地下へ出発した。

どれほど地下にいたのだろう。ぼくは徐々《じょじょ》に時間の感覚を失っていた。ハサミを作れるだけの鉄が集まったとき、一日半は経過《けいか》していたかもしれない。

「大丈夫《だいじょうぶ》」U字形のハサミをフリントに近づけ、ぼくはどきどきしながら言った。「痛《いた》くないから」

お願いです、痛《いた》くありませんように。ぼくは心の中で祈《いの》った。

チョキン、と音を立て、つややかな鉄の刃《は》は黒い羊毛を三ブロック刈《か》り取った。「やった、やったぞ。まるまる三ブロック取れた」

「メー」ぼくの友にけがはないが、いまでは丸裸《まるはだか》だ。

「大丈夫《だいじょうぶ》」ぼくは友に請《う》け合った。「またすぐ生えるから」

お願いです、すぐに生えますように。ぼくはふたたび祈《いの》ってから、羊毛を持って観察室へ駆《か》け戻《もど》った。

ハサミと同じくらい頭が切れたら、作製《さくせい》に手間取ることはなかっただろう。けれどぼくの頭はますますぼんやりとし、夕方になってもまだ何もできあがらなかった。羊毛とクモの糸、羊毛と棒《ぼう》、羊毛と羊毛……羊毛と木材を作業台にのせたときには、とっくに日が暮《く》れていた。もっともそれはそれでよかったのだ。というのも、木材三つを並《なら》べた上に羊毛三つを置くと、ぼんやりする頭をすっきりさせられるものができあがったのだ。

それはベッドだ。形はシンプルだが、それでもぼくは目をみはった。木材は四本脚《よんほんあし》のフレームに変わり、黒い羊毛はなぜか真っ白なシーツと赤い毛布《もうふ》、それにふかふかの白い枕《まくら》になった。この新たな家具を避難所《ひなんじょ》の床《ゆか》に置くと、ぼくはこの世界で最初に目覚めてから、まだ一度もしていなかったことをやった。あくびだ。

ぼくは休息を必要としている。なぜこれまでそれに気がつかなかったんだ？

休息不足だったからだよ。まぬけな質問《しつもん》だな。

体の疲《つか》れはいまも感じない、だから眠《ねむ》ることに考えが及《およ》ばなかったのだろう。それに、食べることや体を癒《いや》すこと、モンスターたちに殺されないようにすることで精一杯《せいいっぱい》で、休息を取るゆとりがなかったのだ。ぼくは小さなベッドに潜《もぐ》り込むと、枕《まくら》に頭を休め、毛布《もうふ》を喉《のど》まで引きあげて、もう一度あくびをした。

あの記憶《きおく》はそういうことだったんだなと、うつらうつらと考えた。目の充血《じゅうけつ》に指の疲《つか》れ、尻《しり》のしびれ、あれは徹夜《てつや》が続いたときの症状《しょうじょう》だ。でも、ぼくは徹夜《てつや》で何をしていたのだろう？　仕事？　宿題？　趣味《しゅみ》？　眠《ねむ》りを忘《わす》れるほど、ぼくは何に没頭《ぼっとう》していたんだ？

「明日になったら」ぼくはあくびをした。世界が真っ暗になっていく。「思い出すさ。いい眠《ねむ》りは頭をすっきりさせ……」

第11章　勇気の炎《ほのお》を消すな

ひと晩《ばん》、夢《ゆめ》も見ずにぐっすり眠《ねむ》って目を覚ますと、びっくりするほど頭がすっきりしていた。霧《きり》の中を歩くところを想像《そうぞう》してみてほしい。鼻の先に持ってきた自分の手すら見えない、というほどでないけれど、周囲の景色がかき消されるくらい濃《こ》い霧《きり》だ。何日も寝《ね》ずにいたぼくはそんな状態《じょうたい》だった。いまや霧《きり》は晴れ、ぼくはようやく自分の向かう場所が見えた。

今度こそ釣《つ》りに行くぞ。ぼくはハサミをつかんだ。手始めに網作《あみづく》りだ。

「おはよう、クラウド」白ヒツジに声をかける。「よく眠《ねむ》れたかい？　きみたちって眠《ねむ》るの？ぼくはぐっすり眠《ねむ》ったよ。そのせいか、今朝は頭が冴《さ》えてるんだ。それで――」ふかふかの羊毛を三ブロック、チョキンと刈《か》った。「網《あみ》を作るのに欠けているパズルのピースは、羊毛じゃないかって思いついたんだ」

少し離《はな》れたところにいるフリントにちらりと目をやると、もとどおりの美しい黒毛に包まれていて、ぼくはほっと胸《むね》をなでおろした。「うまくいかなかったとしても、問題ない」ブロックふたつ分のやわらかな黒毛を刈《か》り、森側にある作業台へ運んでいく。「目覚めたときに思いついたプランBがあるからね」

一分もせずに、羊毛と羊毛の組み合わせでは魚捕《さかなと》り網《あみ》はできないとわかった。「さて、それではプランBを紹介《しょうかい》しよう」ぼくはヒツジたちに言った。「ジャジャーン、釣《つ》り竿《ざお》だ！」

「メー」フリントは草をはみに戻《もど》っていった。

「うんうん、釣《つ》りに必要なものと言えば、考えるまでもなく釣《つ》り竿《ざお》だ！　ほんと、一夜の睡眠《すいみん》で大きな違《ちが》いだよ」

棒《ぼう》を四本作って羊毛と一緒《いっしょ》に作業台にのせる。いろんな配置を試したが何もできあがらず、再充電《さいじゅうでん》されたぼくの頭は早くもプランCを提案《ていあん》した。

「羊毛ではだめとなると」バックパックの中にあるクモの糸に手を伸《の》ばした。それが失敗したとき、ぼくの頭は論理的《ろんりてき》に次のステップに進んだ。けれど、やる気のほうはそこですっと冷めた。

「ひょっとすると、この世界には釣《つ》り竿《ざお》が存在《そんざい》しないかもしれないよ」不安を押《お》し隠《かく》してヒツジたちに話しかける。「むしろそうならいいんだけど」胃袋《いぶくろ》の底で氷の塊《かたまり》が大きくなっていった。「だって、そうでなければ、ほかに考えられるのは、クモの糸がひとつでは足りないってことだけだろう」

「モー」その音にぼくは跳《と》びあがった。

「おどかすなよ」ぼくはモーに向かって怒《おこ》った。

「モー」ウシは話をはぐらかしてはだめだよと言っている。

「クモはそこまで危険《きけん》なモンスターじゃない」ぼくは弓を持ちあげてみせた。「昼間はおとなしいから、じゅうぶんに離《はな》れたところから矢で射《い》れば……」

モーが鼻を鳴らす。

「やってみなきゃわからないぞ」ぼくはゾンビ肉を掲《かか》げて反論《はんろん》した。「こんなものを食べ続けるのはごめんだ」

「モー」ウシは畑があるのをぼくに思い出させた。

「収穫《しゅうかく》にはまだ時間がかかるよ。それに、本当に食べられるのかもまだわからない」

「モー」ぼくが釣《つ》り竿《ざお》にそこまでこだわる理由がほかにあるのを察し、モーがうながす。

「うん、これは食料のことだけじゃない」ぼくは認《みと》めた。腹《はら》の底から思いと感情《かんじょう》が込《こ》みあげてくる。「これは……勇気の問題なんだ」

靴《くつ》を見おろし、ぼくは不意に自分が情《なさ》けなくなった。「怖《こわ》いんだ……あのモンスターたちが。ぼくはいつも、あいつらから逃《に》げることばかり考えている」

「メー」フリントが当然だよと声をあげた。

「うん、怖《こわ》がるのは恥《は》ずかしいことじゃない」ぼくはうなずいた。「怖《こわ》がりもせずにいたら、ぼくはここまで生きてこられなかったろうしね。恐怖《きょうふ》は生《い》き延《の》びるのに必要な本能《ほんのう》だ。これからもそれを無視《むし》するつもりは毛頭ないよ」

もう一度視線《しせん》を弓へとさげてから友へとあげる。「だけど、その気持ちに囚《とら》われてしまってはいけないんだ。必要となれば戦うことができるのを自分自身に証明《しょうめい》したい。恐怖《きょうふ》に支配《しはい》されるのではなく、恐怖《きょうふ》を支配《しはい》することができるんだと」〝絶望《ぜつぼう》の丘《おか》〟を身振《みぶ》りで示《しめ》した。「そうしないと、ぼくは永遠《えいえん》に穴《あな》の中で縮《ちぢ》こまったままになる。それじゃ生き抜《ぬ》くことはできても、生きていることにはならないんだよ」

モーは悲しげに低く〝モー〟と鳴いた。ぼくの言っていることは正論《せいろん》だけど、結果として自分を危険《きけん》にさらすことになるとわかっているのだ。

「本当は」ぼくは中天に差しかかる太陽に目をやった。「ゆうべのうちにこの結論《けつろん》にたどり着いていればよかったんだけどね。そうしたら、今日の朝一番にクモを探《さが》しに行くことができた。明日まで待つ代わりに」

不安に浸《ひた》って一秒、一秒待っていることほどいやなものはない。きみには不安と恐怖《きょうふ》の違《ちが》いがわかるか？　その日までぼくはわかっていなかった。

恐怖《きょうふ》とは、目の前にある現実《げんじつ》に対する恐《おそ》れだ。不安は、これから起こりうることへの恐《おそ》れを指す。恐怖《きょうふ》は克服《こくふく》できる。不安は耐《た》えなければならない。だからぼくは耐《た》えた。島を歩いてめぐり、モーやほかの動物たちに話しかけ、クモを倒《たお》す方法を頭の中でおさらいしながら、次から次へと不安が胸《むね》に押《お》し寄《よ》せ、口の中が干上《ひあ》がり、歯を食いしばりそうになるのに耐《た》え続けた。

不安が頂点《ちょうてん》に達すると、いまもその話をするのはちょっと気が重いことだけど、弱気の虫が頭をもたげて、やっぱりやめようかと考えた。

もうすぐ畑の作物が収穫《しゅうかく》できる。ゾンビ肉だってそう悪いものじゃない。この世界で釣《つ》り竿《ざお》が作れる保証《ほしょう》はどこにもない——。これらは、保身《ほしん》に走るのを正当化するために思いついた言《い》い訳《わけ》のごく一部だ。日暮《ひぐ》れが近づくにつれ、神経《しんけい》がすり減《へ》って、意志《いし》が折れそうになるのを感じた。この世界でも一日が二十四時間だったら、ぼくは弱気に負けていたかもしれない。

夜が訪《おとず》れると、避難所《ひなんじょ》へ戻《もど》ってベッドに入り、目をつぶってふたたび元気を再充電《さいじゅうでん》しようとした。しかし、安らかな眠《ねむ》りは奪《うば》われた。

ドン、ドン、ドン、ドン！

ゾンビがやかましく扉を叩く音に、ぼくはベッドから叩《たた》き起こされた。夜の訪問者《ほうもんしゃ》だ。「今日は帰ってくれ！」ぼくは怒鳴《どな》った。この世界では耳栓《みみせん》は作れないんだろうか。「眠《ねむ》らなきゃならないんだ」

「グゥゥゥ……」ゾンビのうなり声が弱虫めとぼくをあざける。

「言ったな、この……」ぼくが何を叫《さけ》んだのかは伏《ふ》せておこう。まねをされると困《こま》るからね。

本当はゾンビに礼を言ってもいいところだった。戦わないでいい理由を半日がかりで並《なら》べあげたぼくに、戦うべき理由を思い出させてくれたのだから。

腐《くさ》った拳《こぶし》がドアを叩《たた》くたび、決意が固まり、不安は消散した。「一本しかない矢を取っておく必要がなければ」うめきをあげるゾンビに怒鳴《どな》りつけた。「おまえを夜食にするところだ」

朝の光が射《さ》す頃《ころ》には、戦う心構《こころがま》えがしっかりできていた。不法侵入未遂《ふほうしんにゅうみすい》のゾンビが太陽に焼かれて、焦《こ》げた肉片《にくへん》に変わるのを眺《なが》めたあと、それをモーの牛乳《ぎゅうにゅう》でお腹《なか》に流し込《こ》んだ。

「待つのは終わりだ。いまこそ勇気を証明《しょうめい》するぞ」弓を持って西側のドアへずんずんと進む。

そして森の暗がりでクモがじっとしているのを目にして、ぴたりと足を止めた。

「勇気を証明《しょうめい》するんだ」搾《しぼ》り出すように言って、さえぎるもののない開けた場所をゆっくり横切る。クモはこちらに気づいた様子はなく、昼間はおとなしくなるというぼくの仮説《かせつ》どおり、こちらを気にする様子もなかった。あと十ブロックかそこらまで接近《せっきん》したところで、クモはこっちに背中《せなか》まで向けた。

心臓《しんぞう》は高鳴り、肌《はだ》はぞくぞくし、口の中は砂《すな》のように乾《かわ》き、ぼくは短く息を吸《す》い込《こ》んで弓を引いた。空をめがけて矢が飛び、クモのふくらんだ体に突《つ》き刺《さ》さる。

だが、クモは死ななかった！

「シャー！」八本脚《はっぽんあし》のモンスターはぴょんとこっちに向き直り、目と目が合った。

「えっと……」ぼくは息をのんだ。

観察室がある丘《おか》へと駆《か》けだした。シャアッ、と怒《いか》り狂《くる》った音が迫《せま》る。ギザギザした冷たい牙《きば》がぼくの背中《せなか》を引き裂《さ》いた。ぼくはよろめき、つまずき、息を切らして無我夢中《むがむちゅう》で走った。剥《む》きだしになった皮膚《ひふ》をさらにがぶりと噛《か》まれた。

どれほどアドレナリンを振《ふ》り絞《しぼ》ろうと、斬《き》り裂《さ》く牙《きば》より速く走ることはできなかった。どれほどすごい治癒力《ちゆりょく》があろうと、連続で噛《か》まれては治癒《ちゆ》が追いつかなかった。三度目の攻撃《こうげき》でぼくは顔面から丘《おか》の斜面《しゃめん》に叩《たた》きつけられた。前歯がきしみ、開けっぱなしのドアが見えた。あそこにたどり着くのはもう無理だ。

「シュー！」クモは興奮《こうふん》し、体を低くして、とどめの跳躍《ちょうやく》にかからんとした。

「もうどうにでもなれ！」叫《さけ》び声とともに、ぼくはベルトに差していた石の斧《おの》をつかんだ。くるりと向き直って斧《おの》を振《ふ》りおろすと、襲《おそ》ってきたクモを中空でとらえた。粗《あら》い石が真っ赤な目に食い込《こ》み、クモが弾《はじ》き飛ばされる。これで逃《に》げる時間が稼《かせ》げた。けれどぼくはそうせず、逆《ぎゃく》にクモに突進《とっしん》した！

ゾンビさながらのうなり声をあげ、再度《さいど》クモめがけて斧《おの》を振《ふ》りおろす。クモはシャーと音を出し、ぼくはもう一度殴打《おうだ》した。相手がジャンプし、ぼくはさらに斬《き》りつけた。やがてクモは、かすれた音とともに煙《けむり》と化した。かくしてぼくの初めての戦いは幕《まく》を閉《と》じ、ずたずたのぼろぼろになった勝者は、細い白糸を手に入れたんだ。

「モー！」友が祝福してくれて、続いていくつかの祝いの声が〝メー〟とあがる。

「ありがとう、でも……」べたべたする糸をつかんで、ぼくはふうっと息を吐《は》いた。「本当にうまくいくかな」痛《いた》む体で作業台の上に身を乗りだし、棒《ぼう》と糸を置いた。胃袋《いぶくろ》はからっぽで、治癒力《ちゆりょく》が低下しているのを感じる。「頼《たの》むから成功してくれ……」

ぼくの祈《いの》りは聞き届《とど》けられた！

三本の棒《ぼう》を斜《なな》めに並《なら》べて、右下にクモの糸をふたつ配置したあと、ぼくは新たな道具をモーに見せていた。

「見てくれ！」大声をあげすぎて咳《せき》が出た。「も……もうゾンビ肉を食べないですむぞ」

新たな道具の見た目は予想したとおりだ。木製《もくせい》の長い竿の端《はし》から釣《つ》り糸が垂《た》れている。その先には針《はり》と白地に赤いラインが入った小さな浮《う》きまでついていた。まあ、それは浮《う》きだろうと自分で思っただけだが。そこでぼくは突然《とつぜん》、実際《じっさい》に釣《つ》りをした記憶《きおく》がないのに気がついた。おそらく、浮《う》きも写真を見たことがあるか、話に聞いたことがあるだけだろう。だから釣《つ》りに欠かせない別のもののことも、そのときまで忘《わす》れていたのだ。

「針《はり》の先に、餌《えさ》をつけなくていいのかな？」動揺《どうよう》してモーに尋《たず》ねた。「それかルアーとか」

「モー」のんびりとした性格《せいかく》のウシは、イカが餌《えさ》なしでも近づいてきたことをぼくに思い出させた。

「それもそうだ」パニックが鎮《しず》まり、ぼくは言った。「針《はり》を投げて釣《つ》りあげればいいだけだよな。ちょっと練習してこよう」北の海岸へ行き、竿をしならせて針《はり》を海に投じる。

「クモの糸にしては丈夫《じょうぶ》だね」ぼくはモーに言った。何度か繰《く》り返《かえ》して糸を引きあげようとしたとき、水面に泡《あわ》が立っているのに気がついた。もっと具体的に説明すると、浮《う》きのまわりの水面で小さな四角の水がはじけているのだ。「最初からこうだったっけ？」モーに尋《たず》ねてみた。

「ぼくが気づいてなかっただけか？」

モーの返事はこう聞こえた。〝きみはどう思うの？〟

「気づかなかったはずはない」ぼくは答えた。「何かいるのかな。でも、なんだろう？」

近くにイカの姿《すがた》は見えない。見えるのは水と泡《あわ》だけで――。

「あっちにも！」右側の水面に水の泡《あわ》が軌跡《きせき》を描《えが》くのを見て、ぼくは震《ふる》え声を出した。

「あれはなんだ？」不安が込《こ》みあげてきた。「どうすればいい？」

巨大《きょだい》グモに立ち向かったときの恐怖《きょうふ》が不意によみがえった。水底にイカがいるのか？　それとももっと大きな女王イカだろうか？　あるいは、まだぼくが目撃《もくげき》さえしていない海の巨大《きょだい》モンスター？　そいつが釣《つ》り糸をくわえてぼくを水中に引きずり込《こ》み、大きな口でぱくりとひとのみに……。

〝勇気を出して！〟モーのひと声がぼくに脚《あし》を踏《ふ》ん張《ば》らせた。〝これまで打ち勝ってきた恐怖《きょうふ》と不安を思い出して！　それをここで無駄《むだ》にしちゃだめだ！〟

「ああ、そうだとも！」〝モー〟のひと声に凝縮《ぎょうしゅく》された叡智《えいち》にぼくは感嘆《かんたん》した。「勇気の炎《ほのお》を消すな」

水がばしゃっと音を立てて浮《う》きが沈《しず》み、糸が引かれる手応《てごた》えを感じた。力任《ちからまか》せに竿を引き、海底の巨大生物《きょだい》が水面を割《わ》って飛びだすのを覚悟《かくご》する。けれど、水から出てきたのは手のひらサイズの青緑色の生き物で、ベルトのポーチへぽんと入っていった。

「魚だ！」ぼくは喜びの声をあげた。「この海には魚がいたんだ！」なぜ水中で見かけたことがないのか、なぜ魚のほうから針《はり》に引っかかったのかを、疑問《ぎもん》に思うのはやめておいた。ぼくはやわらかな身にその場で嚙《か》みつき、口と手が協力してくれたことに心底ほっとした。

「モー」モーはぼくの食事を中断《ちゅうだん》させ、生肉の危険性《きけんせい》を指摘《してき》した。

「そうだったね。寿司《すし》はおいしいけど、これが生で食べられる魚かは不明だ」

避難所《ひなんじょ》へ引き返すと、うれしいことにかまども魚を拒絶《きょぜつ》せず、おいしそうな懐《なつ》かしいにおいを室内に広げた。炎《ほのお》で魚は青緑色から灰色《はいいろ》に変わり、つるつるしていた身もこんがりと焼けた。

「うまい」ぼくはひと口ひと口を大切に味わった。治癒力《ちゆりょく》がぐんと回復《かいふく》するのがわかる。

「まだ食べ足りないな」東側のビーチに出て、さっきと同じように針《はり》を投げ、水面が泡立《あわだ》つのを待った。前回より少し時間がかかったが――釣《つ》りには忍耐力《にんたいりょく》が必要だなんて知らなかったよ――数分もすると、泡《あわ》がぶくぶくと移動《いどう》してきた。針《はり》にかかるのを待ち、手応《てごた》えを感じて引きあげる。今度は下顎《したあご》の出《で》っ張《ぱ》った、ピンク色の小さな魚が手に飛び込《こ》んできた。

「おいしそうな鮭《さけ》に見えるけど」ぼくは今夜の夕食に向かって話しかけた。「味も見た目のとおりか見てみよう」

避難所《ひなんじょ》へ向き直り、畑にふと目をやると、三ブロック分の小麦が実っていた。

飢餓《きが》のあとは収穫祭《しゅうかくさい》だ。ぼくは黄金色の穂《ほ》を刈《か》り取《と》り、ビーチ脇《わき》の作業台まで運んだ。小麦の穂《ほ》を横一列に三つ並《なら》べると、ほかほかのパンができあがった。しかも味は最高だ！　オーブンから出したてのバゲットのように、パリッと香《こう》ばしい。

これだけだったんだな、とぼくはしみじみ思った。作業台に小麦の穂《ほ》を三つ並《なら》べるだけで、焼けたパンができるとはね。

「モー」丘《おか》の上から声がした。

「うん」ぼくは笑いながらモーを見あげた。「水を引いたおかげで、成長がうんと速くなった」

「モー」今度の声にはたしなめるような響《ひび》きがある。

「まあ、たしかに先に畑を見に行っていれば」ぼくは認《みと》めた。「釣《つ》り竿《ざお》を作るためにあれほど大きな危険《きけん》を冒《おか》す必要はなかったね。でも、それだと自分の中に勇気を見いだすこともなかったよ」

第12章　危険《きけん》と報酬《ほうしゅう》

「おはよう」ぼくは草をはんでる友たちに呼《よ》びかけた。「何を発見したか見てくれ」

昨日の生鮭《なまざけ》を掲《かか》げる。

「変わったところがわかるかい？　そのとおり！　何も変わらないんだ！　この世界では食べ物が傷《いた》まないんだよ」

「メー」フリントはクラウドとともに別の草むらへ顔を向けた。

「きみたちにとってはたいしたことじゃないだろうけど、ぼくがいた世界では、食べ物の保存《ほぞん》は大きな問題だった。ずっと昔は乾燥《かんそう》させたり、塩漬けにしたり……香辛料《こうしんりょう》が使われるようになったのも、防腐《ぼうふ》のためじゃなかったかな。たしかそう聞いたことがある。いまも食べ物は必ず冷凍《れいとう》するか、冷蔵《れいぞう》するかで、保存料《ほぞんりょう》が添加《てんか》される場合もあるけど、そうすると物によっては傷《いた》んだ食べ物と同じくらい危険《きけん》だ。でもこれなら――」生鮭《なまざけ》をくんくんかいでみせる。「食料を保存《ほぞん》する方法に悩《なや》まずにすむ。必要な量を必要なだけ、いつまでも貯蔵《ちょぞう》できる。これで飢《う》えには打ち勝ったも同然だ」

「ブフン」モーが鼻を鳴らし、喜ぶのはまだ早いよと忠告《ちゅうこく》する。

「まあね」ぼくはうなずいて、バックパックから釣《つ》り竿《ざお》を取りだした。「畑はまだちっぽけだし、魚は自動で釣《つ》れるわけじゃない」

アウトドア用のかまどを作製《さくせい》して、脂《あぶら》ののった鮭《さけ》で朝食にしたあと、島の南岸で午前中いっぱい釣《つ》りをした。もとの世界で釣《つ》りに興《きょう》じる人があれほどいるのも納得《なっとく》だ。魚がかかるのをじっと待つ楽しみに、竿に手応《てごた》えを感じる興奮《こうふん》、そして竿を引きあげるあの瞬間《しゅんかん》の、何が釣《つ》れたかなというわくわく感。

ここの海にはさまざまな生き物がいるのを発見してから、わくわく感はさらに増《ま》した。鮭《さけ》と青緑色の小さな魚に加え、もとの世界で見たことのある魚が二種類いた。ひとつ目はオレンジと白のストライプ模様《もよう》、ふたつ目は黄色く、とげとげしていて形はまん丸だ。すでに言ったように、ぼくはもとの世界で釣《つ》りをしたことはないようだが、それでも〝クマノミ〟と〝フグ〟

ぐらいは、映画《えいが》か水族館で観たことがあった。どちらも調理はできず――寿司《すし》を食べてあたるのもいやだったので――のちのち何か必要になったときのためにしまっておいた。

皮肉にも、三つ目の食べられなかったものは、ぼくが釣《つ》りをはじめた理由そのものだった。イカのやつにはほとほとうんざりさせられた。魚みたいに針《はり》には引っかからないし、どうにか手でつかまえたかと思うと、するりと逃《に》げられる。何度か失敗したあと、浅瀬《あさせ》まで来たやつを斧《おの》で殴《なぐ》り殺すのに成功した。ところが最後の最後まで人をおちょくるように、イカは身ではなく、あの黒い臓器《ぞうき》らしきものを残していった。それはイカスミで、ぼくの口は食べることを断《だん》固拒絶《こきょぜつ》した。

「まあいいさ」ぼくはモーに向かって肩《かた》をすくめ、バックパックの中に鮭《さけ》が三匹《さんびき》、青緑色の魚が六匹《ろっぴき》入っているのを確認《かくにん》した。「念のために、もうちょっと釣《つ》っておこうかな」

針《はり》を海へ投じ、水面に泡《あわ》が立つのを待った。数分後、ぶくぶくと泡《あわ》が近づき、ぼくは軽い手《て》応《ごた》えが来るのを待った。でも、このときの手応《てごた》えは軽いどころじゃなかった。それは重くて力強く、魚よりはるかに大きいものが糸の先にいるかのようだったんだ。

「うわっ！」ぼくは釣《つ》り竿《ざお》を取り落としそうになった。今度こそ女王イカや、海の巨大《きょだい》モンスターじゃないだろうな？「勇気を出せ」息をのみ込《こ》み、ぶるぶる震《ふる》える竿を引きあげる。

泡立《あわだ》つ水面から飛びだしたのは、思ってもみなかったものだった。魚でも、モンスターでもなく、履《は》き古した革《かわ》のブーツが二足。「ぼくのものかな？」モーに尋《たず》ねた。「海で目覚めたときに脱《ぬ》げたのが、水流に乗ってここまで流れてきたのか？」

そうでなければ、ほかの誰《だれ》かが履《は》いていたことになる……その瞬間《しゅんかん》、自分のまわりの世界がひどく大きくなったように感じた。

ボディペイントされた靴《くつ》ごと足を入れてみると、サイズはぴったりだ。「ぼくのものらしい。この世界では足のサイズがみんな同じなら話は別だけど」試しにちょっと歩いてみる。

「履《は》き心地も抜群《ばつぐん》だ。靴底《くつぞこ》のおかげで、足に負担《ふたん》がかからないのがありがたいよ」

「ブフン」モーが憤慨《ふんがい》して歩き去る。

「わかってるよ、これは牛革製《ぎゅうかわせい》だって言いたいんだろう」ぼくはモーのあとを追って弁明《べんめい》した。

「でも、捨《す》てるわけにもいかないよ。まあ、ぼろぼろだけど足を保護《ほご》できるし……」

その言葉に足を止める。

保護《ほご》。

　数日前なら、頭が働くこともなかったろうけど、いまや栄養と休息をたっぷり取ったぼくの脳《のう》みそは、ブーツが足を保護《ほご》するという事実から新たなアイデアに飛びついた。

「ねえ」モーがクラウドと一緒《いっしょ》に昼食を食べている場所へ大股《おおまた》で向かい、尋《たず》ねる。「この世界では、ほかの素材《そざい》からも着るものが作れるのかな？」

「メー」毛がすっかり戻《もど》ったクラウドが返事をする。

「ううん、羊毛の話をしているんじゃないんだ」ぼくはヒツジに言い返した。「鉄だよ。鎧《よろい》を作りたいんだ」

「モー」ウシは、それはなんだと尋《たず》ねてきた。

「鎧《よろい》っていうのは、衣服の上から身につけて、ゾンビのパンチやクモの牙《きば》から体を保護《ほご》してくれるものなんだ」

「メー」クラウドが質問《しつもん》する。

「ぼくにもわからない。この世界では鎧《よろい》を作ることができるのかな。だけど、飢餓《きが》を克服《こくふく》したんだ、ここで生きていくうえで最後に不可欠《ふかけつ》なものは安全だよ」

　ブーツを脱《ぬ》ぎ、それで水平線を指し示《しめ》す。「それに、モンスターの襲撃《しゅうげき》をやるべきことのチエックリストからはずしたあとは、どうすればもとの世界に戻《もど》れるかっていう、あの大きな問題に、おびえることなく取り組める」

「モー」ウシが声をあげる。

「うん」ぼくは足もとの地面に目をやって返事をした。「穴掘《あなほ》りに励《はげ》まなきゃならないようだ」

大量の松明《たいまつ》と替《か》えのツルハシ数本をバックパックに詰《つ》め込《こ》み、ぼくは地下へおりていった。灰色《はいいろ》のブロックを崩《くず》していくだけの単調で退屈《たいくつ》な作業だ。新たな種類の岩に何度か出くわしたが、すべてぬか喜びに終わった。灰色《はいいろ》や白、それに薄《うす》いピンクの斑点《はんてん》入りながらも、どれもまるっきり役立たずで、名前さえつける気が起こらなかった。

そのうち、ようやく単調さが破《やぶ》られて、土の層《そう》にぶつかった。シャベルを使って土をすくい、最後のブロックをどけると、奥《おく》に鉄鉱石《てっこうせき》の壁《かべ》が現《あらわ》れる。「あったぞ！　これで作業完了《さぎょうかんりょう》だ」ぼくは叫《さけ》んだ。それはまだはじまりにすぎないことに気づきもせずに。

オレンジの斑点《はんてん》入りのブロックが八つ並《なら》ぶうしろに、ぼくは新たな鉱石《こうせき》を見つけた。石炭や鉄のブロックのように、灰色《はいいろ》の岩に赤い点々が散っている。「へえ、なんだかかっこいいな」ツルハシを振《ふ》りおろすと、小さなサクランボのような斑点《はんてん》はキラキラと光を撒《ま》いた。

さて、もしもきみがもとの世界に類似《るいじ》の物質《ぶっしつ》があるのを知っていたら、どうか未来の冒険者《ぼうけんしゃ》のためにここにメモを書き込《こ》んでおいてほしい。ぼくはこの赤い石に似《に》たものを見たことも聞いたこともなかったので、単に〝レッドストーン〟と呼《よ》ぶことにした。

ずっと、ずっとあとになるが、ぼくはこのレッドストーンはこの世界で最も価値《かち》があり、有用な鉱物《こうぶつ》であることを学ぶ。でもこのときは、その採掘《さいくつ》の仕方さえ知らなかった。石のツルハシで何度か叩《たた》くと、赤い岩は消滅《しょうめつ》してしまったのだ。

ひょっとすると、鉄のツルハシを使わなければだめなのかな。そう思い当たり、鎧《よろい》の前に鉄《てつ》製《せい》の道具を作ることに決めた。

避難所《ひなんじょ》まで階段《かいだん》をのぼったあと、かまどに鉄鉱石《てっこうせき》を投げ込《こ》み、製錬《せいれん》された延《の》べ棒《ぼう》を、森側の作業台へと運んだ。鉄のツルハシを一本作製《さくせい》してから、対モンスター用に鎧《よろい》を作ることは本当にできるのか試してみた。

九十秒後、その答えが判明《はんめい》する。

「できたぞ！」ぼくは鉄製《てっせい》のヘルメットをモーへと持ちあげて叫《さけ》んだ。かぶってみると驚《おどろ》くほど軽く、まるで装着《そうちゃく》していないかのようだ。ヘルメットって、重くて暑苦しいものじゃなかったっけ？

「どう？」草をはむウシのまわりを自慢《じまん》げに歩いてみせた。「軽いうえに、モンスターの攻撃《こうげき》を防いでくれるんだよ」

「モー」友だちが用心するよう忠告《ちゅうこく》してくれた。

ぼくは大丈夫《だいじょうぶ》だと手を払《はら》った。「しっかりテストするまで過信《かしん》はしないさ。さて、これを試す機会が訪《おとず》れるまで、採掘《さいくつ》を続けよう」

ぐっすりひと晩眠《ばんねむ》ったあと、ぼくはクリスマスの朝のように、はやる気持ちを抑《おさ》えて階段《かいだん》をくだった。地下でたくさんのプレゼントが待っているのだから、似《に》たようなものだ。鉄鉱石《てっこうせき》と不思議なレッドストーンのことを思うだけで、ぼくの足は軽やかにはずんだ。

結論《けつろん》から話そう。レッドストーンは鉄のツルハシで採掘《さいくつ》することができた。しかし、地下に作った作業台で試してみると、それを使ってできるのは松明《たいまつ》だけだった。しかも、真紅《しんく》の火の粉を噴《ふ》いて燃《も》える炎《ほのお》は、石炭製《せきたんせい》の松明《たいまつ》よりもはるかに暗いのだ。

「がっかりだな」ぼくは残りのレッドストーンをしまい、つややかに光る鉄製《てっせい》のツルハシに向き直った。「けれど、きみが役に立つのはわかったぞ」

それに、鉄のツルハシの性能《せいのう》は石から大進化していた！　採掘《さいくつ》の速さがあがっただけでなく、耐久性《たいきゅうせい》も二倍増《ま》しになっていたんだ。

これで本当に鉄器時代が到来《とうらい》したな。次々に石をどけながらぼくは思った。より頑丈《がんじょう》な道具に防具……ほかには何が作れるだろう！

半日後には、チェストプレートとかブレストプレートと呼《よ》ぶんだろうか、とにかく鉄製《てっせい》の胸《むね》当《あ》てができるだけの鉄が集まった。これもヘルメットと同じで羽のように軽く、この世界のドアやトラップドアと同様に継《つ》ぎ目がなく、それでも自在《じざい》に腕《うで》を動かすことができた。「動きやすい」ぼくは戦うまねをして、モーに石の斧《おの》を振《ふ》りあげて見せた。「あと何度か採掘《さいくつ》したら、ファンタジー小説のヒーローみたいな格好《かっこう》になるぞ。それか暗黒時代の勇者だな」

暗黒時代という言葉に、モーが不思議そうな目を向けた。

「いや、暗黒っていうのは明かりがなくて暗いって意味じゃないよ」ぼくは説明した。「戦乱《せんらん》や疫病《えきびょう》で文化がすたれた時代を指すんだ。人々は戦いに明《あ》け暮《く》れ、身を守るために鉄の甲冑《かっちゅう》を着込《きこ》んで手には……」

ぼくの声は小さくなって消えた。全身武装《ぜんしんぶそう》した戦士のイメージが頭に浮《う》かび、それまですっかり忘《わす》れていた、戦士に欠くことのできない武器《ぶき》がありありと見えた。「剣《けん》だよ！」モーに、ヒツジたち、耳を傾《かたむ》けてくれるものすべてに向かって叫《さけ》ぶ。「剣《けん》、、、を作らなきゃ！」

光の速さで地下への階段《かいだん》を駆《か》けおりた。「ああ、お願いします、どうか剣《けん》を作ることができますように」祈《いの》りを唱えて、延々《えんえん》と続く石の壁《かべ》を掘《ほ》っていった。

灰色《はいいろ》の壁《かべ》が崩《くず》れ落《お》ち、くすんだオレンジ色の斑点《はんてん》が現《あらわ》れた。鉄鉱石《てっこうせき》だ。地上へ戻《もど》っている場合じゃない。いまこの場で答えを知らなければ。新たに作ったかまどは、地下の狭苦《せまくる》しい穴《あな》ぐらをサウナに変え、ぼくは汗《あせ》をだらだら垂《た》らして作業台に素材《そざい》を並《なら》べた。

そして、思ったとおり剣《けん》ができた！　鉄の延《の》べ棒《ぼう》ふたつの下に棒《ぼう》を一本置いただけで、美しくも必殺の武器《ぶき》が誕生《たんじょう》したんだ。

「きみがいれば勇気百倍だ」ぼくは剣《けん》に語りかけた。

きみはすでに知っているかもしれないけれど、実は、この世界では木材や石でも剣《けん》を作ることは可能《かのう》だった。だから、もっと早く思いついていればよかったと、ちょっとばかり自分に腹《はら》を立てたよ。でも、過去《かこ》の失敗をくよくよしても仕方ない。ぼくはいまの成果に目を向けることにした。

「きみに名前を授《さず》けよう」ぼくは両刃《りょうば》の剣《けん》に告げた。「アーサー王は石から剣《けん》を引き抜《ぬ》いたあと、命名してなかったっけ？　ぼくも岩を砕《くだ》いて剣《けん》を作ったんだから、その資格《しかく》はあるだろう。アーサー王の剣《けん》はエクスカリバーだったよな、どういう意味かは知らないけど。だったらぼくのは……」

ぼくはすごくて強そうな名前を、思いつくままに次々とあげていった。斬撃《スレイヤー》、嵐呼《ストームブリュワー》び、永遠《ファイヤー・オブ・ジ・エターナル・フレーム》の炎の閃光。結局落ち着いた名前は、さほどかっこよくはないものの、この武器《ぶき》がどういうものかよく表すものになった。

「きみの役目はぼくを守ることだから」ぼくは告げた。「ここに、守り手《プロテクター》と命名する」

芝居《しばい》がかったそぶりで空を斬《き》りつけ、付け加える。「待っていろよ、闇《やみ》の怪物《かいぶつ》どもめ。怒《いか》りの刃《やいば》を味わわせてくれるぞ」

「チイッ」

ぼくは凍《こお》りついた。自分のブーツが妙《みょう》な音を立てたのか？

「キイッ」

いや、違《ちが》う。何か別のものだ。しかも音がしたのはすぐそばだ。岩壁《いわかべ》の先に何かいるに違《ちが》いない。

「お客さんらしいぞ」剣《けん》に向かって言い、鉄のツルハシに持ち替《か》えて音の源《みなもと》を探《さぐ》った。

前にこう話したのを覚えているだろうか？　この島では、音があらゆる方向から聞こえてくるように感じると。それは地下でも同じだった。前方を掘《ほ》り進んだのは方向違《ほうこうちが》いだったらしく、しばらくすると音は小さくなっていった。向きを変えて別の場所を少し掘《ほ》ったところで、目の前にあった石のブロックが不意に消えた。石が掘《ほ》りだされたのでも、崩《くず》れ落《お》ちたのでもない。モンスターが死んだときのように、文字どおりふっと消えたのだ！

そして石があった場所には、銀色のとげとげした小さな生き物がいた。カニとヤマアラシをかけ合わせたような姿《すがた》だ。「やあ、こんにちは」てっきり無害な生き物だと思い、ぼくは足を踏《ふ》みだした。「初めまして——痛《いた》っ！」そいつの小さな歯が革《かわ》のブーツを突《つ》き破《やぶ》り、ぼくは飛びすさった。

「おいちょっと……」言いかけてふたたび噛《か》まれ、「ひぃぃ！」と情《なさ》けない声をあげた。

「あっちへ行け！」わめいて階段《かいだん》へとさがるが、小さな生き物はしつこく追ってきて噛《か》みついた。

「いいかげんにしろよ！」ひぃ、ぎゃっ、と悲鳴をあげる合間に警告《けいこく》する。「ぼくは本気だぞ！　この剣《けん》をぼくに使わせるな――」

それでも攻撃《こうげき》してきたので、剣《けん》でなぎ払《はら》うと〝カニアラシ〟はあっさり死んだ。

「もっと華々《はなばな》しい戦いでデビューを飾《かざ》れなくて残念だったな」ぼくは剣《けん》に話しかけた。「でも、音の源《みなもと》はこれでわかった」

その言葉を合図に、ふたたび〝チイーッ〟と音が響《ひび》いた。

「勘弁《かんべん》してくれよ」どうやら、つま先をかじるあの生き物には連れがいたらしい。ぼくは剣《けん》を構《かま》えて、じりじりとトンネルを戻《もど》った。今度はツルハシで叩《たた》くまでもなく、ふたつの石が白煙《はくえん》をあげて消えた。中から出てきた二匹《にひき》が地面を這《は》ってくる。「これで」両方を剣《けん》で片付《かたづ》け、ぼくは言った。「鉄の靴《くつ》を作る必要があることはわかった――」

「チイッ」

冗談《じょうだん》だろう。いったい何匹《なんびき》のカニアラシが石の中に潜《ひそ》んでいるんだ？

「キィキイッ」今度の音はすぐ近くだ。

「ちょっと待てよ」ぼくはしばし耳を澄《す》ました。これはカニアラシが噛《か》みつく音とはちょっと違《ちが》う。ネズミの鳴き声に近い感じだ。

「やれやれ」ぼくはぼやいた。「お次はネズミにつま先をかじられるのか」

ツルハシを手に、剣《けん》は腰《こし》に挿《さ》し、ぼくは目の前にある石壁《いしかべ》を砕《くだ》いた。崩《くず》れ落《お》ちたブロックの向こう側に真っ暗な洞窟《どうくつ》が現《あらわ》れ、息をのむ。開口部から吹《ふ》きだした湿《しめ》った熱風とともに、小さな茶色い生き物がバサバサと飛んできた。

コウモリだ！　ぼくはとっさに剣《けん》を引き抜《ぬ》いた。コウモリは人の生き血を吸《す》うんじゃなかったか？　こいつが狙《ねら》うのはぼくの喉《のど》か、目玉か？　答えはどちらでもなく、闇《やみ》の使者はバサバサとぼくの脇《わき》をすどおりし、地上へ向かって階段《かいだん》を飛び去った。

「地下のお客さんは、あれで最後であってくれよ」それ以上物音は聞こえず、ぼくはほっとした。

ふたつ目の岩を取りのぞき、自分がとおれるだけの入り口を作った。洞窟《どうくつ》の中に入る前、足もとの床《ゆか》に松明《たいまつ》を置いた。揺《ゆ》らめく明かりが、巨大《きょだい》な洞窟《どうくつ》の壁《かべ》と天井《てんじょう》にかろうじて届《とど》く。

石炭にレッドストーン、それにうれしいことに鉄鉱石《てっこうせき》が、すべて近くの壁《かべ》に埋《う》まっているのが目に入った。「大当たりだ！」ぼくは叫《さけ》び、光の輪から走りでた。松明《たいまつ》をさらにともすと、さらなる鉄に、さらなる石炭、さらなる……。

カラッ。

ぼくは立ちすくんだ。

カランコロン。

骨《ほね》が鳴る音？　いいや、そんなはずはない。ここは地下だぞ。

ひゅっ、と矢音が闇《やみ》を裂《さ》いてぼくの肩《かた》に命中する。矢はチェストプレートが食い止めてくれ、ぼくは振《ふ》り返《かえ》った。大きく見開かれたぼくの目に、骨《ほね》を鳴らして明かりの中へ進み出るスケルトンの姿《すがた》が映《うつ》る。

「なんでここに？」剣《けん》を持ちあげて問いかけた。「おまえは地下にも湧《わ》いて出るのか？」

敵《てき》の返事は次なる矢で、鉄に覆《おお》われたぼくの胸部《きょうぶ》に当たった。ぼくは顔をしかめ、剣《けん》を振《ふ》りかざして突進《とっしん》した。途中《とちゅう》で矢が二本、そう、二本だ、こっちへ飛んできた。一本は目の前にいるスケルトンが発射《はっしゃ》したもので、もう一本はその背後《はいご》の暗がりから放たれた。

えっ……どこに……。

驚《おどろ》いたものの、ぼくはひるむことなく突《つ》き進んだ。けれど、ふたたび矢を二本浴びてうしろへよろめいた。いまや二体目のスケルトンも姿《すがた》が見えた。暗がりから出て、ぼくの胸《むね》を矢で狙《ねら》っている。

「おまえたちは――」矢がチェストプレートに刺《さ》さって言葉が切れた。「おまえたちは、そもそも地下にいるはずじゃないだろう！」

気が動転し、この状況《じょうきょう》がまだ信じられず、まごまごしているうちにまた二発くらった。これではいい的《まと》だ。

正面から相手をしていたら、いずれやられてしまう。どんなに速く走っても剣《けん》で戦える距離《きょり》まで接近《せっきん》できそうにないし、鎧《よろい》と驚異的《きょういてき》な治癒力《ちゆりょく》にも限界《げんかい》がある。弓の攻撃《こうげき》に、いつまでも耐《た》えられるわけじゃない。

「追えるものなら」ぼくはくるりときびすを返し、洞窟《どうくつ》の開口部へ駆《か》けだした。「追ってみろ！」

右へ左へと矢をかわし、洞窟《どうくつ》の外へと身を躍《おど》らせる。骸骨《がいこつ》たちのカランコロンという音が、背後《はいご》に迫《せま》った。

よし、これでいい。ぼくは出入り口の横に身を隠《かく》した。

切羽詰《せっぱつ》まった状況下《じょうきょうか》で、冷静に頭を働かせることの大切さはすでに学んでいた。これはそれを実践《じっせん》に移《うつ》す最初のチャンスだ。距離《きょり》は弓矢を有利にし、剣《けん》を不利にする。だが、狭《せま》い出入り口はこっちに有利に働いてくれる。

一体目が頭蓋骨《ずがいこつ》をのぞかせるなり、ぼくは刃《やいば》を叩《たた》きつけた。スケルトンはこっちへ向き直り、ぼくの脚《あし》に矢を放つ。防具に守られていない太腿《ふともも》に深々と突《つ》き刺《さ》さり、ぼくは息をのんだ。

「こいつ！」

続く一撃《いちげき》でスケルトンは倒《たお》れ、その煙《けむり》が消える間もなく、二体目の脳《のう》なし野郎《やろう》がのこのこと現《あらわ》れた。今度は矢で反撃《はんげき》されないよう、ぼくは隅《すみ》に身を隠《かく》して至近距離《しきんきょり》から襲《おそ》いかかった。

「くらえ、骨野郎《ほねやろう》！」雄叫《おたけ》びをあげて二体目も片付《かたづ》ける。

それからぼくは石壁《いしかべ》に寄《よ》りかかると、おおあわてでポーチから魚を取りだした。軽食用に携《たずさ》えていた一匹《いっぴき》だけで、ほとんどの傷《きず》はふさがり、胸《むね》に突《つ》き刺《さ》さっていた矢はすべて消えた。だけど鎧《よろい》に開いた穴《あな》はそのまま残ってしまった。

「修理《しゅうり》する方法を考えなきゃ」ぼくはつぶやいた。守り手《プロテクター》に目をやると、こちらもところどころ刃《は》こぼれしている。

ぼくは足もとへ視線《しせん》をおろした。スケルトンたちはいくつか戦利品を残している。弓がひとつに矢が二本、それに真っ白な骨《ほね》が二本だ。乾《かわ》いた骨《ほね》を左手にのせて調べていると、白い粉のイメージが右手に現《あらわ》れた。

さて、きみがすでに骨粉《こっぷん》の使い道を知っているのなら、おめでとう。きみはこの世界でも立《りっ》派《ぱ》に農作物を育てられるだろう。けれどそのときのぼくは、死んだスケルトンの粉なんてどうでもよく、連中に地下で遭遇《そうぐう》したことに頭を抱《かか》えていた。

「どうしてやつらがいたんだ？」怒鳴《どな》りながら観察室のドアを勢《いきお》いよく開けて、外へ出る。

「モンスターたちは地下でも発生するのか？」

「モー」草をはむウシの声はこう返すかのようだ。〝いたのなら、そうだよね〟

「地下は安全だと思ってた」ぼくはいらいらとウシの前を行ったり来たりした。「地上のモンスターたちから身を守るために、地下資源《ちかしげん》を採《と》りに行ったのに！」

モーは素っ気なく鼻を鳴らした。

ぼくはため息を吐《つ》いた。「ああ、そうだね。地上で身を守るのに役立つものは、地下でも役立つ」チェストプレートをはずして調べると、チーズおろし器みたいに穴がぽこぽこ開いていた。「どこへ行っても敵《てき》がいるのにはうんざりだけどね」

　モーがもう一度鼻を鳴らす。

「うん。早く現実《げんじつ》を受け入れれば、その分早く心構《こころがま》えができる」ぼくは傷《きず》ついた防具をふたたび身につけ、激戦《げきせん》を乗り越《こ》えた剣《けん》を引き抜《ぬ》いた。「大きな報酬《ほうしゅう》には大きな危険《きけん》がつきものだ」

第13章　世界が変化したら……

「変えなくちゃ」ぼくはモーに向かって宣言《せんげん》した。「地下でもモンスターが発生することがわかったんだ、五つのPの計画《プラン》と準備《プリペア》の部分を変えなきゃならない」

「モー」ウシの声は〝それはどうかなあ〟と少し否定的《ひていてき》に聞こえた。

「戦うために新たな計画が必要だ。これからは地下での戦いが増《ふ》えると思う」ぼくは続けた。

「それを考えに入れると、治癒力回復《ちゆりょくかいふく》のために食料をもっとたくさん準備《じゅんび》しなきゃな」森を見《み》渡《わた》し、日没後《にちぼつご》の光景を頭に浮《う》かべた。「それに、夜間のモンスター観察を再開《さいかい》しよう。あいつらの行動で見落としている点がないか確《たし》かめたい。それからもうひとつ――」剣《けん》に視線《しせん》を落とす。「いまある素材《そざい》をすべて試して、作れる武器《ぶき》がほかにないか確認《かくにん》しよう」

剣《けん》を収《おさ》め、代わりに骨を手に持った。「これだって役に立つかもしれないしね」

結局、実験は失敗に終わり、作業台に置いてみても、骨と骨粉《こっぷん》からは何ひとつできなかった。しかも今度は失敗を空腹《くうふく》や寝不足《ねぶそく》のせいじゃないときてる。

「なんなんだよ?」役に立たない白い粉をつかみ、ぼくはモーに愚痴《ぐち》をぶちまけた。「食べられもしないし、焼くこともできない、何かの材料にもならないのなら、なんの意味があってこの世界に存在《そんざい》するんだ?」

怒《いか》りに駆《か》られて骨粉《こっぷん》を地面に投げつけ、ぼくはぎょっと跳《と》びあがった。平らだった緑の地面から、背《せ》の高い草と花が突如《とつじょ》にょきにょきと生えたのだ。

ぼくは残りの骨粉《こっぷん》を見おろした。

「メー」フリントがぼくの物思いを終わらせた。

「肥料《ひりょう》」ぼくは草を叩《たた》いて種を採取《さいしゅ》した。「これは作物用の肥料《ひりょう》なんだ!」

草にも栄養が必要だったとは!

「コッコッコッ!」振《ふ》り返《かえ》ると、ニワトリが二羽近づいていた。「何かご所望でしょうか?」ぼくはふざけてばかていねいに尋《たず》ねた。「入り江《ラグーン》での水浴びに飽《あ》きたのでしたら――」

「コッコッコッ」鳥たちはぼくの言葉をさえぎり、その目をぼくの手にじっと注いでいる。

「種？」そう言えば、とぼくはふと思い出した。あのニワトリ、クリーパーに吹《ふ》き飛《と》ばされたやつも、ぼくが手に持っていた種を見つめなかったっけ？　そうだ、爆発《ばくはつ》の前にぼくはそれを不思議に思ったんだ。

「これがほしいんだね」手を差しだした。「ほら」くちばしで手のひらをつつかれ、種は消えた。次に起きたことをきみがまだ見たことがないのなら、信じてくれ、これはぼくの作り話じゃない。二羽のニワトリのまわりに、よくアニメに出てくるようなハートマークが飛び交ったんだ。「これ、きみにも見えてる？」ぼくはモーに尋《たず》ねた。

恋《こい》に落ちたニワトリたちは目と目を見つめて歩み寄《よ》り、体をぶつけて離《はな》れたかと思うと、そのあいだから小さなニワトリが顔をのぞかせた。

「ははぁ、ここじゃ赤ちゃんはこうやってできるのか！」

もう一度種を差しだしても、ニワトリたちはもう見向きもしなかった。「なるほど」ぼくは言った。「満腹《まんぷく》なんだね。これは畑に蒔《ま》こう」

畑に駆《か》け戻《もど》り、水を引いた溝《みぞ》のわきを新たに耕《たがや》し、種を植えた。それから骨粉《こっぷん》の残りを取りだし、青々と穂《ほ》を伸《の》ばす小麦に振《ふ》りかけてみた。すると小麦はすぐさま実った。「ますますいいぞ」ぼくは言った。その日自分がどれほど前進することになるのかを知らずに。

小麦を収穫《しゅうかく》すると種が新たに四つかみ分——そう、四つかみ分だ——採《と》れた。「すごいぞ！」ぼくは種をふたたび植え、急いで友へ報告《ほうこく》に向かった。

「みんな！」黄金色の穂《ほ》を振《ふ》って呼《よ》びかける。「種がいつもよりたくさん採《と》れるときもあるんだ！　もう種を探《さが》さなくても、畑を広げられるぞ」

「モー！」モーは珍《めずら》しく、ぼくに負けじとうれしげな声をあげた。それどころか、ヒツジたちと一緒《いっしょ》にこちらへ突進《とっしん》してくる。

「おいおい、どうしたんだ？」動物たちの背後《はいご》に目をやり、追いかけられているのではないことを確《たし》かめる。そうしながら、持っていた小麦の穂《ほ》を剣《けん》に持ち替《か》えた。

すると動物たちはぴたりと止まった。ヒツジたちは目までそらしている。それでぼくはピンときた。

「これがほしいんだな」小麦の穂《ほ》を持ちあげてみせると、動物たちの視線《しせん》がさっと集まる。

「ニワトリたちと同じで、きみたちも……あの……その……そういうことなんだろう」

急に気恥《きは》ずかしくなり、自分の角張《かくば》った顔が赤面しているんじゃないかと気になった。小麦の穂《ほ》をフリントとクラウドに差しだすと、ハートマークが飛んで目と目が合い、島に新たな住人が誕生《たんじょう》した。

「おめでとう！」ぼくは雨雲色のかわいらしい子ヒツジに挨拶《あいさつ》した。「このおかしな小島へようこそ、雨降り《レイニー》」モーに向き直り、養わなきゃならない家族が増《ふ》えたよと軽口を叩《たた》きかけた。けれど、モーが尻《しり》を向けるのを見て口をつぐんだ。

たぶん、小麦がなくなって興味《きょうみ》を失っただけだろう。そうであってほしかった。爆発《ばくはつ》で死んでしまったパートナーを、自分は授《さず》かることのない子ウシを思っているのではないよう願った。

「モーの分は明日また持ってくるよ」暮《く》れる空に目をやり、ぼくは言った。「約束する」

モーはこの島で一頭だけのウシだ。丘《おか》へ戻《もど》りながらそう考え、気持ちが沈《しず》んだ。ぼくがこの島でひとりきりの人間であるように。でも、仲間のいない者同士が集まれば、それも仲間だろう？

その夜はモンスター観察をやめにすべきだった。モーの仲間、それに最初のニワトリたちの死を思い出したせいで、クリーパーの攻撃《こうげき》の恐《おそ》ろしさがまざまざと心によみがえった。ベッドへ直行して頭をすっきりさせ、次の夜から新たな気分で観察すればよかったんだろう。けれど、あの攻撃《こうげき》の記憶《きおく》が、次なる発見につながったのも事実だった。

それが起きたのは夜も半分過《す》ぎた頃《ころ》だ。爆発時《ばくはつじ》の光景が頭の中で何度も再生《さいせい》されるのをぼくは止められずにいた。すぐそばで発生するモンスターや、窓《まど》の外を無音ですーっと通過《つうか》する現《げん》実《じつ》のクリーパーに意識《いしき》を集中させようとしても、まぶたに焼きついた情景《じょうけい》にかき消される。爆《ばく》発《はつ》の轟音《ごうおん》と傷《きず》の痛《いた》みを頭から振《ふ》り払《はら》うことができなかった。ウシは肉と革《かわ》に化してしまい、ニワトリたちは……。

ぼくははっと現実《げんじつ》に引き戻《もど》され、まばたきをして過去《かこ》を払《はら》いのけた。トンネルを走って避難《ひなん》所《じょ》へ向かい、アイテムがしまってあるチェストの蓋《ふた》を開ける。あった。羽だ。それに火打石があったこともすっかり忘《わす》れていた。

自分を責《せ》めるな。ぼくはおのれにそう言い聞かせ、ふたつのアイテムを観察室へ持っていった。このふたつは別々のときに手に入れたものだし、たくさんある素材《そざい》をすべて覚えていられるわけじゃない。ぼくは作業台に羽と火打石をのせ、そのあいだに棒《ぼう》を一本置いた。それに、こうして戦いに集中できるようになったいまだからこそ、気がついたんだ。

「やったぞ！」ぼくは新品の矢、四本を掲《かか》げて、窓《まど》に向かって叫《さけ》んだ。「おまえたち、これが見えるか!?」モンスターたちに見えるかどうかはさておき、連中がすぐにその威力《いりょく》を知るのは確実《かくじつ》だ。「今度はおまえが射《い》られる番だぞ」近くのスケルトンに宣言《せんげん》する。「おまえと、おまえのモンスター仲間全員がだ！」

挑発《ちょうはつ》するかのようにクモが窓《まど》の前をササッと横切った。「矢が一本しかなかったときは、おまえの兄貴《あにき》を倒《たお》すのに苦労したけど、今度はそうはいかないぞ」四本の矢を振《ふ》ってみせる。「それに、こっちはもう矢の作り方を知ってるんだ！　木から棒《ぼう》が採《と》れる限《かぎ》り、砂利《じゃり》から火打石が採《と》れる限《かぎ》り、ニワトリから……」

新たなアイデアにふけって言葉を切る。種をやればニワトリは増《ふ》え、種は畑で増《ふ》やすことができる。

「モー！」近づいてきたウシはぼくの計画を察したらしい。

「そうだよ」ぼくは応《おう》じた。「羽はニワトリから取れるし、ニワトリはただで増《ふ》やせるんだ！」

モーはぽかんとした顔でこっちを見ている。

「つまりね」ぼくは説明した。「道具とか武器《ぶき》とか、これまでぼくが作製《さくせい》したものはすべて、たくさんの労力と時間をかけて、木材や石、鉄なんていう材料を集めてこなけりゃならなかった。けれど、ニワトリの繁殖《はんしょく》に必要なのは畑で余《あま》った種だけだ。だから〝ただ〟なんだよ。ただで羽が増《ふ》やせて――」この新たな発見にぼくの胃袋《いぶくろ》がぐうと音を立る。

「肉もただで手に入るってことだ！　これから地下の洞窟《どうくつ》で戦うとなると、食べ物のストックも大量に必要になる。それに――」いまやぼくの口からはよだれが出ていた。「ローストチキンはおいしいしね！」

「ブフン」モーが鼻を鳴らして、ぼくの高揚《こうよう》した気分に水を差す。

「きみを食べようなんて思わないよ」ぼくはむきになって言い返した。「彼《かれ》らもね」モーの背《はい》後《ご》にいるヒツジの家族を指し示《しめ》す。「きみたちはぼくの仲間だ。友だちだよ。けれど、ニワトリたちはただの鳥で、それに……それに……どれがどれだか区別さえつかない。きみには区別がつくのか？」

モーはだんまりを決め込《こ》んだ。

「食料は重要なんだ！」ぼくは言《い》い募《つの》った。「じゅうぶんな量の鉄と石炭を確保《かくほ》するには、手に入るものはなんだってほしい」モーと口論《こうろん》しているあいだに、頭の片隅《かたすみ》にあった考えがふくらんだ。それはしばらく前から思案していたことで、ぼくは思い切って口に出した。

「あれを見てくれ」松明《たいまつ》をともした木を指さす。「あの木を松明《たいまつ》で明るくしてからというもの、木の近くでは一匹《いっぴき》も、ただの一匹《いっぴき》も、モンスターが発生していない。それはつまり、松明《たいまつ》の明かりの中ではやつらは発生しないってことだ。だったら、島全体を松明《たいまつ》で照らせるだけの石炭を集めることができれば、安全問題にピリオドを打てる」

ぼくはポーチから石炭の塊《かたまり》を取りだした。「これを大量に集めるには、洞窟《どうくつ》で採掘《さいくつ》作業に励《はげ》まなきゃならない。そして、あそこにはモンスターたちがうじゃうじゃ潜《ひそ》んでいる」遠くにいるニワトリたちに石炭を向ける。「だから羽と食料が必要なんだ」

「モー」それでもモーの声は不満げだ。

「どうしてきみがぼくに文句《もんく》をつけるのさ？」ぼくは背《せ》を向けて避難所《ひなんじょ》のほうを向いた。「自分はただで草を食べ放題なのに！」

「モー」ウシは言い返そうとしたが、ぼくは中に入ってドアを叩《たた》き閉《し》めた。

「せっかくいい気分だったのに」ぶつぶつ言いながらベッドに入り、迷《まよ》いやためらいを頭から追《お》い払《はら》おうとした。「モーになんと言われようと、目が覚めたら採掘《さいくつ》に行くぞ」

翌朝《よくあさ》はモーに邪魔《じゃま》されることなく採掘《さいくつ》へ向かい、それからまるまる一週間、邪魔《じゃま》されることはなかった。そう、一週間だ。ここまでは一日、一日の記録に徹《てっ》していたけど、ここからは省略すべきところは省略しよう。なぜなら日課ができたからだ！

予想のつかないこの世界で目覚めて以来初めて、ぼくは七日間連続で、おおかた予定どおりの一日を過《す》ごした。朝起きると、鎧《よろい》を身につけて道具と武器《ぶき》を取り、パンと魚をポーチにしまい、意気揚々と地下へ向かう。

毎日、ぼくのバックパックは山ほどの鉱物《こうぶつ》でいっぱいになった。石炭、鉄鉱石《てっこうせき》、それにあの神秘的《しんぴてき》なレッドストーン。この石の用途《ようと》はいまだに謎《なぞ》ながら、最初のふたつはぼくのかまどを忙《いそが》しく働かせた。鉄のブーツ、それにおそろいの脚当て《レギンス》を作る方法をぼくは学んだ。二日目には見てくれだけは立派《りっぱ》な戦士となり、穴《あな》だらけの鎧《よろい》についても、四日目には修理《しゅうり》の仕方がわかった。

金床《かなとこ》って聞いたことがあるかい？　ハートマークと同様、ぼくはマンガでしか見たことがなかった。悪者の頭の上に、よくどすんと落ちてくるやつだ。さて、ぼくは鉄の延《の》べ棒《ぼう》を圧縮《あっしゅく》して鉄ブロックを作る方法を学んだあと、クラフト枠《わく》上部にその鉄ブロックを横に三つ、鉄の延《の》べ棒《ぼう》を中央にひとつ、下部に横三つ配置した。すると、この重たく頑丈《がんじょう》な修理《しゅうり》器具が完成した。金床《かなとこ》を使うと足し算の式みたいなクラフト枠《わく》が現《あらわ》れて、修理《しゅうり》したいものと新たな材料などを組み合わせて、新品同様にすることができるようになった。

ぼくは鎧《よろい》と道具を修理《しゅうり》した。古くなった弓も、消滅《しょうめつ》したスケルトンが残していった、これまた古い弓と組み合わせて修繕《しゅうぜん》した。鉄を製錬《せいれん》するのに石炭が必要なのを考えると、クモの糸と棒《ぼう》だけでできる弓は実に手軽だ。

ゾンビ相手の戦いで、ぼくは初めて完全勝利を収《おさ》めた。それは安全な距離《きょり》からではなかった。一日目、鉱石《こうせき》を掘《ほ》りだしていると、あのいやになるほど聞き慣《な》れたうめき声が聞こえてきた。

「戦う準備《じゅんび》はできてるか?」ぼくはわが剣《けん》、守り手《プロテクター》に尋《たず》ねた。

「ぼくはもちろんできてる!」

緑色の生ゴミは両手を突《つ》きだして松明《たいまつ》の光の中へ寄《よ》ってきて、ぼくは鋭《するど》い鉄の一撃《いちげき》を浴びせんと待ち構《かま》えた。「おまえのダメなところを教えてやろうか?」最初の一刀でゾンビをうしろへよろめかせ、ぼくは言った。「それはおまえの腐《くさ》った脳《のう》みそじゃ、恐《おそ》れることさえできないってとこだ」四度の斬撃《ざんげき》で片付《かたづ》ける。ぼくの足もとにはゾンビ肉が浮遊した。

「戦いは始まったばかりだぞ」ぼくは剣《けん》に向かって胸《むね》を張《は》った。

その週は大量の腐《くさ》った肉に加えて、クモの糸とスケルトンの骨も手に入った。三つ目の戦利品は畑の土を肥《こ》やし、畑からはさらに種が採《と》れ、そして種からは……もう言わなくてもわかるよね。

ニワトリの数はどんどん増《ふ》え、島中を追いかけまわしているうちに、囲い込《こ》むことを思いついた。鶏舎《けいしゃ》というと、柵《フェンス》で囲まれた場所というイメージがあったので、木材と棒《ぼう》からフェンスを作製《さくせい》する方法を学び、牧草地に四角形の囲い地を作った。種を見せてニワトリたちを中へ誘《ゆう》導《どう》したあと、両開きのフェンスゲートをしっかり閉《と》じて完成だ。

羽を集めるのは先延《さきの》ばしにしていた。もっとニワトリの数が増《ふ》えるまで待ったほうがいい。だから、数少ない矢は残してあった。これを使うのは、接近戦《せっきんせん》を絶対《ぜったい》に避《さ》けなければならない唯一《ゆいいつ》の敵《てき》に対してのみだ。

最初に地下でクリーパーを見たのは、洞窟《どうくつ》に入って五日目の朝のことだ。狭《せま》いトンネルの出入り口を抜《ぬ》け、遠くまで延《の》びた松明《たいまつ》の列を過《す》ぎたあたりで、暗がりに動くものがあるのに気がついた。相手のほうが先に気づいたらしく、音と両腕《りょううで》のない爆弾《ばくだん》はこちらへ前進してきた。

ぼくはパニックを抑《おさ》え込《こ》み、数歩さがると、弓を取って狙《ねら》いを定めた。相手がシューッと音を立てた瞬間《しゅんかん》、矢が突《つ》き刺《さ》さる。クリーパーはうしろへよろめいたが、すぐにふたたびこっちへ突進《とっしん》してきた。「ぼくもスケルトン相手に同じ間違《まちが》いを犯《おか》したよ」そう言って、ぼくはとどめの矢を放った。

敵《てき》が煙《けむり》と化して消えたあと、そこに何かが漂《ただよ》っているのが見えた。それは灰色《はいいろ》の粉末で、研究室で調べてもらわなくても、その正体は見当がついた。火薬だ。

火、道具、鉄。これまでのぼくの発見は、どれも人類の進化をなぞっている。となれば、次に作れるようになるのは圧倒的《あっとうてき》な戦力となる銃《じゅう》しかないじゃないか！

「これですべてが変わるぞ！」

でも、何も変わらなかった。少なくとも、この時点では。

ぼくの言葉を信じてほしい、本当に、考えうる限《かぎ》りの実験を試したのだ。松明《たいまつ》で着火しようとさえした。ぼくにとって幸いなことに、この世界ではそれで自爆《じばく》することはなかった。

「順序《じゅんじょ》があるのかもしれないな」火薬を手に取り、ぼくはモーに言った。「たぶん、先に銃《じゅう》を作らなきゃならないんだ」

火薬はいったん脇《わき》に置き、木材と鉄の組み合わせをすべて試した。できあがったのはすでに持っているものばかりで、持てるものに感謝《かんしゃ》しよう、とお説教されているようでうんざりした。仕方がない、絶対《ぜったい》に必要なわけでもないしな。結局そう考えて、銃《じゅう》作りはやめにした。防具と武器《ぶき》はたくさんあるし、剣《けん》の腕前《うでまえ》もぐんとあがっているんだ。

だったら、ここでやめてもいいんじゃないかって? 掘《ほ》りだした石炭で島中を明るくして、モンスターが発生しないようにすれば、わざわざ地下に潜《もぐ》る必要なんかない、と?

けれど、石炭はかまどの燃料《ねんりょう》としても必要だ。すべての防具に武器《ぶき》、道具、それに修理《しゅうり》に使う金床《かなとこ》にも、かまどで製錬《せいれん》した鉄が要《い》る。それでも、きみはこう反論《はんろん》してくるかもしれないな。石炭で島を照らせば、戦うために鉄を溶《と》かす必要もなくなるだろう、って。

戦う第一の理由は、ニンジンが手に入るからだ。

そう、ニンジンだ。ゾンビが死ぬときに落としていくのは、腐肉《ふにく》だけじゃない。ごくたまにだけど、鉄の延《の》べ棒《ぼう》や古びた道具を落とすことがあって、たしか六日目の終わり頃《ごろ》だったか、ぼくが最後に始末したやつは、緑の葉っぱがついたオレンジ色の根菜をあとに残した。それがなんなのか、ひと目でわかったよ。

「ああー」拾いあげてぼくは言った。「ウサギがいたらこれで繁殖《はんしょく》できるんだろうな」

ウサギはいないにしても、ニンジンは新たな食料源《しょくりょうげん》となった。畑に植えて骨粉《こっぷん》を撒《ま》くと、すぐに増《ふ》えるんだ。これで小麦の種をさらに養鶏《ようけい》にまわすことができる。

第二に、ブルーストーンを見つけたからだ。青い斑点《はんてん》入りだからそう呼《よ》んでいる石で、石炭やレッドストーンと同じく洞窟《どうくつ》で見つけたものだ。まだ使い道ははっきりしていないんだけれど、この新たな鉱物《こうぶつ》の発見は、地下にはまだ知らない素材《そざい》が眠《ねむ》っていることを暗示《あんじ》している。

このへんが、採掘《さいくつ》を続ける実際的《じっさいてき》な理由。けれど本当は――そのときはまだ認《みと》められなかったけれど――ぼくはこのおかしな世界に来て初めて、自分の思いどおりにいろいろやれるのが、嬉しかったんだ！

自分のしていることも、どうすればいいのかもちゃんとわかった。勝利をひとつひとつ積み重ね、強くなっている実感があった。なすすべもなくやられっぱなしだったあとで、それがどんな気分かは、きみにもわかるだろう。その高揚感《こうようかん》に背《せ》を向けることができるか？

ぼくはこの暮《く》らしをいつまでも続けていたかもしれない。けれど、この世界のほうがそうさせてはくれなかったんだ。

その日は目覚めるなり左手に違和感《いわかん》があって、何かがおかしいことに気がついた。寝違《ねちが》えたかな？　いいや、そんなはずはない。この世界では寝返《ねがえ》りを打つことなんかできないのだから。それともぼくが覚えていないだけで、眠《ねむ》っているあいだ体の向きを変えているのかな？

左手をぶんと振《ふ》り払《はら》ってから、部屋の中を歩いて鎧《よろい》をまとい、朝食を取って、普段《ふだん》やることをすべてやってみたけれど、違和感《いわかん》は消えなかった。

しびれが切れたときのような、たくさんの針《はり》で刺《さ》される感覚とは違《ちが》って、腕《うで》がざわざわして落ち着かない。これまで感じた経験《けいけん》がないという、ただそれだけのことが、なんだかいやだった。

ぼくは普通《ふつう》が好きだ。ようやくこの世界で普通《ふつう》の日々が送れるようになったんだ、変化なんか求めていない。

いつものように地下におり、ツルハシを取りだして鉱物探《こうぶつさが》しに取りかかった。採掘《さいくつ》は順調に進み、しばらくのあいだは左手のことも忘《わす》れていた。と、ゾンビのうめき声が聞こえた。

「今日、一匹目《いっぴきめ》の獲物《えもの》だぞ」生ける屍《しかばね》がよろよろと明かりの中に現《あらわ》れ、ぼくは愛剣《あいけん》に向かって言う。「さっさと片付《かたづ》けよう」と剣《けん》を振《ふ》りかざした。『普通《ふつう》の日々』が終わりを告げたのを知るのはその直後だった。それまではガン、ガン、ガン、ガン、と四度打ち込《こ》めば倒《たお》せたのに、この歩く腐肉《ふにく》には少なくともその倍は剣《けん》をくらわす必要があった。しかもそいつに殴《なぐ》られ、ぼくは手痛《ていた》いダメージを受けたんだ。

ぼくは体を震《ふる》わせてあとずさり、ゾンビが煙《けむり》になるのを見つめた。「特別なやつだったのかな?」剣《けん》に向かって問いかける。「たまたま異常《いじょう》に強いスーパーゾンビだったのか?」

〝それはどうかな〟とでも言うように、矢がぼくの眼前《がんぜん》をかすめた。矢が飛んできた方を向くと、スケルトンが一体だけいる。ぼくはまっすぐ突進《とっしん》することにしたが、何本か矢をくらい、顔をしかめた。この骸骨野郎《がいこつやろう》も手強さではゾンビと変わらないのを、ぼくはすぐに思い知らされたんだ。

「何が起きてるんだ?」七度も八度も剣《けん》を叩《たた》きつけ、ようやく相手が骨粉《こっぷん》のもとになったところで、ぼくは思わず口走った。

長らく忘《わす》れられていた友のごとく、パニックがふたたび訪《おとず》れ、ぼくは地上へ引き返した。

「何かが起きてる。モンスターたちが簡単《かんたん》にはやられなくなった。すべてが変わったんだ!」

モーはただ穏《おだ》やかにこちらを見あげ、いつものひと声をあげた。

「少なくともきみは普段《ふだん》と同じか」少しほっとして言った。モーに刺激的《しげきてき》な会話を期待することはできないだろうけれど、いつもと変わらぬ落ち着いたふるまいは、ぼくの張《は》り詰《つ》めた神経《しんけい》をほぐしてくれた。

「うん」ぼくは息を吸《す》い込《こ》んだ。「すべて、っていうのはちょっと大げさだったかな」左手を見おろす。「けれど、いくつかの変化があるのはたしかだ」

モーはのんびりしたまなざしをぼくに向けたあと、ゆっくり歩きだした。ぼくはそのあとを追い、おしゃべりを続けた。「そんなことがあると思うかい？　この世界が文字どおり、ひと晩《ばん》で変わるなんてことが？」

見まわして、ほかは何もかも変わっていないのを確《たし》かめる。「もしもそうなら」モーの穏《おだ》やかさを自分の中に取り入れながら、尋《たず》ねた。「ぼくはどうすればいい？」

「モー」ウシは当然のことのように答えた。

「〝自分も変わればいい〟だって？」ぼくは思わず言い返した。「禅問答《ぜんもんどう》じゃないんだぞ」

「モー」ウシはぼくの左手のほうへ視線《しせん》をやった。

ぼくはざわざわする左手を持ちあげ、モーの言葉の重みを嚙《か》みしめた。「自分も変わればいい」ゆっくりと繰《く》り返《かえ》す。「モンスターたちが手強くなったのなら、それに立ち向かう新たな方法が、この世界にはきっとあるはずだ！」

銃《じゅう》だ！　望みは薄《うす》いが可能性《かのうせい》はゼロではない。「ありがとう」ぼくは礼を言って丘《おか》を駆《か》け戻《もど》った。「きみは的確《てきかく》なアドバイスの宝庫《ほうこ》だ！」

もう一度、ぼくは前日の木材と鉄の組み合わせをすべて試してみた。そしてまたも、銃《じゅう》を作ることはできなかった。けれど、その日は別のものを作ることに成功した。

「盾《たて》だ！」ぼくはささやいて、高さと幅《はば》のある板を見つめた。さて、それまでは右手でものを持つことはできても、左手では道具も武器《ぶき》も持てなかった。しかし、もしかしてこのざわざわする感覚が意味するものは……？

左手を伸《の》ばしてみると、盾《たて》をしっかりつかみ、ぼくは息をのんだ。

「やったぞ！」歓喜《かんき》の声をあげ、友たちに見せようと走りでた。「これはぼくの盾《シールド》、モンスターたちの運命は尽きた、ぼくの防御《ぼうぎょ》は本物《リアルド》、それを可能《かのう》にするのがこの盾《シールド》」

〝メー〟、〝モー〟、〝メー〟と審査員《しんさいん》たちは全員、辛《から》い採点《さいてん》だ。

「はいはい、ぼくの前世はラッパーじゃなかったらしい」くすりと笑って言った。「けれど、ぼくは身を守るすべをさらに得た。モーからの大切な教訓と一緒《いっしょ》にね」

「メー」問いかけたレイニーはすでに大人のサイズだ。なんて成長が早いのだろう。

「よくぞきいてくれた」ぼくはモーを指し示《しめ》して高らかに告げた。「世界が変化したら、自分も変われればいい、ってことさ」

第14章　自分のまわりを常《つね》に警戒《けいかい》しろ

盾《たて》ができたのはいいにしても、使いこなすのは簡単《かんたん》じゃなかった！

まず、やたらに大きく、視界《しかい》がさえぎられた。何かにつまずいて転《ころ》びたくなければ、ずっと持っているのはやめるべきだろう。次に、手に持っていると歩く速度が極端《きょくたん》に落ち、敵《てき》から逃《のが》れるのは不可能《ふかのう》になる。さらに、盾《たて》を掲《かか》げているあいだは、右手の剣《けん》が使えない。つまり、攻《こう》撃《げき》と防御《ぼうぎょ》を切り替《か》えねばならないんだ。

このまったく新たな戦闘法《せんとうほう》は技術《ぎじゅつ》を要した。闇雲《やみくも》に剣《けん》で叩《たた》きつけるのは終わりだ。これからは一撃一撃《いちげきいちげき》を考えて繰《く》りだし、攻撃《こうげき》のタイミングを計る必要がある。もとの世界でも、本物の武装《ぶそう》した戦士はそうして戦っていたのだろう。ぼくと同じで、彼《かれ》らもはじめは文句《もんく》を並《なら》べただろうけど、ぼくと同じで、最初の戦いのあとは文句《もんく》を言うのをやめたと思う。

地上で一日訓練したその翌日《よくじつ》が、ぼくの初めての戦いとなった。勇気を奮《ふる》いたたせて地下へ戻《もど》り、洞窟《どうくつ》に入ったとたん、スケルトンの射貫《いぬ》くような視線《しせん》にぶつかった。相手が弓を持ちあげる。ぼくは盾《たて》を持ちあげた。

バン！

折れた矢の衝撃《しょうげき》で左手が震《ふる》えた。盾《たて》に当たったのは偶然《ぐうぜん》か？　前をのぞくと、骸骨《がいこつ》は次の矢をつがえている。一発目はたまたま敵《てき》の狙《ねら》いがはずれたんだろう――。

バン！

次の矢もはじき返された。

「たまたまじゃないぞ」三番目の矢も足もとに落ち、ぼくは叫《さけ》んだ。「運よく盾《たて》に当たったのでもなければ、敵《てき》の狙《ねら》いが悪いんでもない」

ぼくは頭の側面に張《は》りついている耳から耳まで届《とど》かんばかりの大きな笑みを浮《う》かべ、敵《てき》のほうへゆっくり進みでた。「この盾《たて》は使えるぞ！　ちゃんと、立派《りっぱ》に、見事に……」形容詞《けいようし》を並《なら》べるのをやめて、盾《たて》の上からのぞいてみた。

スケルトンは、矢を放ちながら後退《こうたい》を始めただけでなく、混乱《こんらん》しているかのように右へ左へとふらついている。「もしかして、あわててる？」

無駄《むだ》だというのにぼくの移動《いどう》する壁《かべ》に矢を発射《はっしゃ》する以外は、返事をすることもできず、スケルトンはカランコロンとあたりに音を響《ひび》かせた。ぼくは続く矢も防ぐと、相手が新たな矢をつがえる瞬間《しゅんかん》を見計らい、剣《けん》を叩《たた》き込《こ》んだ。スケルトンはよろめいたあと、さらに次の矢を放つ。ぼくはそれもブロックし、もう一度一撃《いちげき》を浴びせた。さらに矢と剣《けん》の応酬《おうしゅう》があったが、骸骨野《がいこつや》郎《ろう》が死ぬのはもう確定《かくてい》だ。

「畑のニンジンと小麦になりかわって」新たな骨《ほね》に向かって言った。「きみに心からの感謝《かんしゃ》を」

「ウアアア……」うなり声がこだまし、ぼくの一方的な謝辞《しゃじ》を終わらせた。顔をあげると、ゾンビがこっちへやって来るのが見える。ぼくは盾《たて》を構《かま》え、最初のパンチはダメージなしで受け止めた。スケルトンのときと同じ要領だ、と自分に言い聞かせ、剣《けん》で攻撃《こうげき》しようと盾《たて》をさげた。

ボカッ！

とたんに、腐《くさ》った拳《こぶし》がぼくの顎《あご》を直撃《ちょくげき》した。

「おい、今はぼくが攻撃《こうげき》する番だろう」ぼくは怒鳴《どな》ってもう一度盾《たて》をかざした。次のパンチを盾《たて》でかわし、再攻撃《さいこうげき》を試みる。

「うっ！」チェストプレートと脇腹《わきばら》にダメージをくらい、肺《はい》から息が押《お》しだされた。

「グゥゥゥ……」ゾンビはうなり、盾《たて》を連打した。その勢《いきお》いにあとずさり、ぼくは接近戦《せっきんせん》では盾《たて》はむしろ邪魔《じゃま》だと気がついた。スケルトンとの戦いが息の合ったダンスだったとしたら、こっちはボクシングの試合だ。「これじゃだめだな」ぼくはうしろへ数歩さがって言った。

盾《たて》をバックパックにしまい、雄叫《おたけ》びをあげる。「前の戦い方に戻《もど》すぞ！」そして敵《てき》の顔面に斬《き》りつけた。

体の動きが軽くなったぼくは、間合いを広げた。「おまえの耐久力《たいきゅうりょく》があがったのなら、こっちはその分、頭を使えばいい」踏《ふ》みだして剣《けん》で叩《たた》きつけ、即座《そくざ》にしりぞき、相手が前進するのを待つ。

「適応《てきおう》だよ」再度《さいど》一撃《いちげき》を浴びせ、ぼくはゾンビに教えてやった。「昔のえらい人もそんなことを言ってるだろ？　生き残るための鍵《かぎ》は、強さではなく、適応力《てきおうりょく》だって」

ぼくの忠告《ちゅうこく》にも耳を貸《か》さず、腐《くさ》ったでくのぼうは、そいつとその仲間がこれまでやってきた唯一《ゆいいつ》の行動をただ繰《く》り返《かえ》した。のろのろとぼくのほうへ前進してきたのだ。「適応力《てきおうりょく》があったから、ぼくの先祖《せんぞ》は地上を征服《せいふく》したんだ」ぼくは説き聞かせ、剣《けん》をゾンビに叩《たた》き込《こ》んだ。「そして適応力《てきおうりょく》がなかったから、サーベルタイガーや古代の巨大熊《きょだいぐま》、それに人間よりもはるかに強かった肉食獣《にくしょくじゅう》たちは、いまでは博物館に陳列《ちんれつ》されている」

「グルル……」さらなる一撃《いちげき》にあとずさり、ゾンビがうめく。

「ぼくがこの世界を征服《せいふく》したら」ぼくはとどめを刺《さ》そうと剣《けん》を振《ふ》りかざした。「おまえもそこの仲間入り――」

「グワアアアッ」ゾンビは悲鳴をあげ、ぼくの刃《やいば》をくらってよろめき、消えた。

「へっ？」思わずすっとんきょうな声が出た。ゾンビは死んで煙《けむり》になったわけじゃない。後方へ落下したように見えた。ぼくは調べてみようと足を一歩踏《ふ》みだした。

「うわわわっ！」危《あや》うく落ちかけ、崖《がけ》っぷちで急停止する。それまでゾンビとの戦いに気を取られ、まわりをよく見ていなかった。

戦っているあいだに、いつの間にか洞窟《どうくつ》の奥深《おくふか》くへ入り込《こ》み、松明《たいまつ》の明かりが届《とど》く範囲《はんい》を離《はな》れて、道が折れ曲がった先へ進んでいた。気温と湿度《しつど》が上昇《じょうしょう》したことにも、前方が明るいのにも気づかなかった。ゾンビが崖《がけ》から落ちて初めてぼくは足を止め、視線《しせん》をめぐらせた。

眼前《がんぜん》には地下《ちか》峡谷《きょうこく》が広がっていた。広々としていて奥《おく》が深く、その光景はこの島の丘《おか》やビーチよりはるかに壮大《そうだい》だった。しばらくのあいだ、ぼくは目を丸くしてこの世界を見つめることしかできなかった。

溶岩《ようがん》が崖《がけ》の数箇所《すうかしょ》から滝《たき》となって流れ落ち、下にはぐつぐつと沸騰《ふっとう》する溶岩湖《ようがんこ》ができていた。なるほど気温が高いわけだ。青い筋《すじ》を描《えが》いて崖《がけ》や天井《てんじょう》から湧《わ》きでる水が、まぶしいオレンジ色の奔流《ほんりゅう》に衝突《しょうとつ》して蒸気《じょうき》をあげている。足もとをのぞき込《こ》むだけでめまいがし、一歩でも踏《ふ》みはずしたらと想像《そうぞう》して、思わず体を引いた。

慎重《しんちょう》に下をのぞいたぼくは、溶岩《ようがん》と水のそばに、わずかながら乾《かわ》いた地面があるのに目をとめた。これを探検《たんけん》せずにいられるか？　好奇心《こうきしん》を持つのは悪いことじゃないだろう？

もちろんそうだ、とぼくは判断《はんだん》した。用心を怠《おこた》らない限《かぎ》りは、だけど。

崖《がけ》のすぐ内側にトンネルを掘《ほ》り、数段《すうだん》ごとに窓《まど》を開けて、自分の現在地《げんざいち》を確認《かくにん》しつつ下におりていく。やがて起伏《きふく》はあるが安全な地面にたどり着き、ぼくは顔をあげて驚嘆《きょうたん》した。最初に発見した洞窟《どうくつ》は、かつては途方《とほう》もなく広大に思えたけれど、この地下峡谷《ちかきょうこく》と比《くら》べるとウサギの穴《あな》だ。

下の熱気は容赦《ようしゃ》なく、息を吸《す》うたびに肺《はい》が焼けるのを感じた。鎧《よろい》の下で噴《ふ》きだした汗《あせ》がブーツに流れ落ちる。でも不思議と喉《のど》の渇《かわ》きは覚えなかった。少なくとも、この世界では脱水症《だっすいしょう》状《じょう》におちいることはないらしい。そう考えながら、目をちくちく刺激《しげき》する汗《あせ》をまばたきで散らす。そういえば、汗《あせ》をかいてもくさくならないのは助かるな。

ここの熱気を鎮《しず》める方法があれば、もっと助かるけれど。

ふと目をやると、少し先の地面に水が流れていた。あそこに足を浸《ひた》したら冷たそうだ……。

「うわっ！」

流れに入るや、足を取られて溶岩湖《ようがんこ》に運ばれそうになり、ぼくは悲鳴をあげた。水が上から流れ落ちている場所までバシャバシャと戻《もど》ると、丸石のブロックをめぐらせて流れを堰《せ》きとめる。

青い流れが止まり、その下から現《あらわ》れたものにぼくは目をみはった。水の底はなめらかな黒い石に覆《おお》われていたんだ。もとの世界でぼくが地質学者《ちしつがくしゃ》だったとは思わないけど、たしか、溶岩《ようがん》が固まったものは黒曜石《こくようせき》と呼《よ》ぶんじゃなかったか。名前はともかく、黒紫色《くろむらさきいろ》の輝《かがや》きを放つ石は美しく、ぼくはお土産《みやげ》に持って帰るために掘《ほ》りだそうとした。けれど、鉄のツルハシでは採《さい》掘《くつ》できなかったんだ。岩のブロックが素手では採取《さいしゅ》できなかったのと同じだった。

「まあ、きみは逃《に》げないしね」つややかな黒い岩肌《いわはだ》に向かって肩《かた》をすくめたそのとき。

「グゥゥ」と返事があって、ぼくは凍《こお》りついた。

すばやく剣《けん》と盾《たて》を手にして警戒《けいかい》する。もちろん、うなったのは黒曜石《こくようせき》じゃあない。腐臭《ふしゅう》を放つあのおなじみの敵《てき》がどこか近くにいる。

ぐるりと向きを変え、四方を確認《かくにん》したが異常《いじょう》はない。溶岩《ようがん》の明かりに照らしだされた中に、危険《きけん》は見当たらなかった。「グワアアア」またもうめき声がこだまする。死に損《ぞこ》ない野郎《やろう》は岩《いわ》壁《かべ》の裏《うら》にいるのか？　それとも……。

対岸に相手の姿《すがた》が見えるかと、ぼくは溶岩湖《ようがんこ》の縁《ふち》へそろそろと近づいた。これが大きな間違《まちが》いだった。沸騰《ふっとう》する液体《えきたい》の向こう側に視線《しせん》を注いでいたら、〝ウンフ〟と踏《ふ》ん張《ば》るような声が、どこからともなく聞こえた。

ぼくは用心しているつもりだった。溶岩湖《ようがんこ》からは二ブロック離《はな》れていたんだ、ぎりぎりのところに立っていたわけじゃない。誤《あやま》って落下する危険《きけん》はない。そう思うだろう？

「グルルル」うめき声があがり、続いて……。

ドン！

腐敗《ふはい》した拳《こぶし》がぼくの背中《せなか》を突《つ》き、体がぐらりと傾《かたむ》いて、ぼくは溶岩《ようがん》の中へ転げ落ちた。

視界《しかい》が赤一色に染《そ》まり、流れる炎《ほのお》が喉《のど》に流れ込《こ》んで息をふさぐ。それは言語に絶《ぜっ》する拷問《ごうもん》で、ぼくは生きたまま焼かれていた。最初にアドレナリンの衝撃《しょうげき》があり、続いて、これまで体験した中で、最悪の苦痛《くつう》が襲《おそ》ってきた。殴《なぐ》られたことも、嚙《か》みつかれたこともある。爆弾《ばくだん》で吹《ふ》き飛《と》ばされたことさえあるが、そんな苦痛《くつう》は溶岩《ようがん》に焼かれるのに比《くら》べれば、蚊《か》に刺《さ》されたようなものだった。体中の細胞《さいぼう》が、神経《しんけい》の末端《まったん》が、感覚器官が、いっせいに断末魔《だんまつま》の叫《さけ》びをあげるところを想像《そうぞう》してほしい。

けれども、溶岩《ようがん》にどっぷりと浸《つ》かり、全身の組織《そしき》が同時に攻撃《こうげき》にさらされたことが、結果としてぼくの命を救った。皮膚《ひふ》を焼き潰《つぶ》され、痛みさえ感じなくなってしまったごくわずかな一瞬《いっしゅん》、ぼくは体を動かした！

赤い炎《ほのお》が視界《しかい》をなめる中、黒曜石《こくようせき》の岸まで死にものぐるいで手足をばたつかせた。いつ溶岩《ようがん》から這《は》いだしたのか、その後も体は燃《も》え続けていたのかもよくわからない。わずかに残った意識《いしき》は水の流れにのみ向けられた。ふらふらとよろめいて前進し……。

助かった！　流れ落ちている水の中に突《つ》っ込《こ》むと、瞬時《しゅんじ》に熱が引き、冷水が肌《はだ》を癒《いや》してくれた。

ドン！

拳《こぶし》がぼくを水から叩《たた》きだし、炎《ほのお》のほうへと戻《もど》す。あわてて振《ふ》り返《かえ》り、癒《い》えはじめたばかりの目を向けた。見えたのは、こっちへ突《つ》きだされる緑色の腐《くさ》った手だ。ぼくはとっさに剣《けん》でなぎ払《はら》った。肉と骨《ほね》の衝撃《しょうげき》が振動《しんどう》となって刃《は》に伝わる。

視界《しかい》が晴れるのと同時に、よろめくゾンビの姿《すがた》が目に映《うつ》り、ぼくは幸運にもそいつが溶岩湖《ようがんこ》に背《せ》を向けているのに気がついた。反射的《はんしゃてき》に突進《とっしん》し、ぼくはゾンビの体を盾《たて》で押《お》した。

「ガウッ」徘徊《はいかい》する屍《しかばね》がうめき声をあげる。ぼくは踵《かかと》をめり込《こ》ませてじりじり前進し、ついに炎《ほのお》の海へと敵《てき》を突《つ》き落とした。

勝利を祝う間も、ゾンビが燃《も》えるさまを見る間もなく、ぼくはバランスを崩してよろめいた。痛覚《つうかく》が再生《さいせい》されて、激痛《げきつう》が押《お》し寄《よ》せる。喉《のど》からうめき声に悲鳴、絶叫《ぜっきょう》がほとばしった。

流水に体を浸《つ》けて、一瞬《いっしゅん》だけ安堵《あんど》したものの、おぼれかけた記憶《きおく》がすぐによみがえった。

なにか食べるんだ！

魚とパンをがつがつ食べると、全身がもとどおりになるのが感じられた。でも体の神経《しんけい》がふたたびつながっていく一方で、心の神経《しんけい》の方はずたずたにされたままだった。もうごめんだ！　安全なトンネルへと走りだし、胸《むね》に誓《ちか》った。どんな理由があれ、二度と地下になんか来るものか！

勇気をむしり取られ、心に恐怖《きょうふ》を植えつけられ、ぼくは階段《かいだん》を駆《か》けあがった。途中《とちゅう》で聞こえた〝グゥゥゥ〟といううなり声が、ぼくの足を凍《こお》りつかせる。

連中はぼくを待《ま》ち伏《ぶ》せしてるんだ！　そう思うと、剣《けん》が風に吹《ふ》かれた草のようにぶるぶる震《ふる》えた。ここはあいつらの巣窟だ！

そのとき声がした。耳からではなく、頭の中に聞こえる声。

〝モー〟

あのどこか間の抜《ぬ》けた穏《おだ》やかな声が、記憶《きおく》の中を漂《ただよ》う。この上のどこかに、つらいときも、楽しいときも、一緒《いっしょ》にいてくれた友だちがいる。ぼくが恐怖《きょうふ》に屈《くっ》するのを見たら、モーやヒツジたちはなんと言うだろう？

勇気の炎《ほのお》を消すな。

気持ちが静まり、剣《けん》の震《ふる》えは止まり、ぼくは階段《かいだん》の残りをあがった。上から見おろして初めて、この地下峡谷《ちかきょうこく》には無数の出入り口があるのに気がついた。その巨大《きょだい》さと溶岩滝《ようがんたき》の壮大さに目を奪《うば》われて、ぼくは些細《ささい》な事実を見落とし、それにより命を失いかけたのだ。実際《じっさい》、さっき声を聞いたゾンビは、峡谷《きょうこく》の向かい側にある出入り口から、こっちをにらんでいた。

「なるほど、おまえのお仲間はあそこから現《あらわ》れたんだな」下を見て、流れ落ちる水のすぐ上にも穴《あな》があるのを確認《かくにん》する。ちょうどゾンビが一体出入りできる大きさだ。

「〝ウンフ〟は、あそこから飛びおりて着地したときの声だったわけだ」

「ウアアア」モンスターがうめく。ぼくは自分の粗忽《そこつ》さを恥《は》じて首を横に振《ふ》った。

「少なくともこれでひとつ学んだし」ため息をついて続けた。「それを文字どおり、頭に焼きつけられた。自分のまわりを常《つね》に、常に警戒《けいかい》しろ」

第15章　自然の恩恵《おんけい》を求めるなら環境《かんきょう》を守れ

崖《がけ》っぷちに立ち、勇気と自信が戻《もど》るのを感じながら、ぼくは声を張《は》りあげた。「ぼくはまだ帰らないぞ、聞こえるか？　いまから下へ引き返す！」

「ウアアア」ゾンビがうめき、ぼくは手招《てまね》きしてみせた。

「こっちへ来い」そのまま前進させて、溶岩湖《ようがんこ》に落としてやる。「こっちへ来てぼくをつかまえてみろ」

さらに腕《うで》を振《ふ》り、ダンスまでして挑発《ちょうはつ》したが、溶岩湖《ようがんこ》まであと一歩なのに、ゾンビは何度かうめいただけで、背後《はいご》の暗がりへ姿《すがた》を消した。

「腐《くさ》った頭でも、こういうときは察しがいいな」ぼくは肩《かた》をすくめた。

物見遊山の観光客気分は捨《す》て、油断《ゆだん》のないハンターの目で、すべての横穴《よこあな》に物陰《ものかげ》、敵《てき》が隠《かく》れていそうな場所を上から確認《かくにん》しておく。それに加えて、鉱物《こうぶつ》が眠《ねむ》っている箇所《かしょ》も心にとめ、石炭に鉄、そして……。

あれは鉄かな？

ぼくは峡谷《きょうこく》の底にじっと目を凝《こ》らした。溶岩湖沿《ようがんこぞ》いの壁面《へきめん》に、きらきら光る斑点《はんてん》交じりの岩がある。きっと鉄だ――それ以外の何がある？――けれど、見慣《みな》れたオレンジ模様《もよう》よりも、若干《じゃっかん》、色が明るい気がする。

状況認識《じょうきょうにんしき》だ。自分に言い聞かせ、トンネルを下へと戻《もど》っていった。周囲で起きていることを意識《いしき》して対応《たいおう》するのを、正式にはそう呼《よ》ぶんじゃなかったか？　ふたたび谷底におり立ち、ぼくはあらゆる方向をきょろきょろと見まわした。さらに耳もそばだて、溶岩《ようがん》がぼこぼこと泡《あわ》を噴《ふ》く音以外に、物音がしないのを確《たし》かめた。

黒曜石《こくようせき》の床《ゆか》にそろそろと進み、足裏《あしうら》を焼く地熱に体を震《ふる》わせた。足を一歩滑《すべ》らせたら……。モンスターを一体見落としたら……。

溶岩湖《ようがんこ》からじゅうぶんに距離《きょり》を取って足を止め、壁面《へきめん》に近づく方法を思案した。内側からトンネルを掘《ほ》って近づいても、途中《とちゅう》で溶岩《ようがん》に突《つ》き当たる可能性《かのうせい》がある。丸石のブロックを使い、足場を組むこともできるが、落下したり、また背後《はいご》から突《つ》き落とされたりする心配があった。危険《きけん》を冒《おか》してやるか？　これはそれだけの価値《かち》があることか？

どちらの方法も気が進まなかった。ほんの十分前に溶岩《ようがん》に焼かれて死にかけたのだ。あのシヨックを引きずっていなければ、三番目の方法があることにもっと早く気づいただろう。黒曜《こくよう》石《せき》の上に立つぼくの前には溶岩《ようがん》があり、背後《はいご》には流れ落ちる滝《たき》の水をためた池があった。解決《かいけつ》策《さく》はずっと目の前にあったのだ。

「溶岩《ようがん》を水で冷やすんだ！」水と溶岩《ようがん》に交互《こうご》に目をやり、大声をあげた。「水をかければいいだけじゃないか！」

トンネルの入り口へ引き返しかけ、そこで立ち止まり、やれやれと頭を振《ふ》る。「どうして地上に戻《もど》る必要が？　必要なものはすべてここにあるじゃないか」

新しく作業台を作って黒曜石《こくようせき》の床《ゆか》に置き、さてお次はかまどだと思ったとたん、作業台が炎《ほのお》に包まれ、ぼくはうしろへ飛びのいた。「なるほど」作業台は煙《けむり》と化して消え、ぼくはつぶやいた。「高熱を発する黒曜石《こくようせき》の上に直接《ちょくせつ》、木製品《もくせいひん》を置いてはだめなんだな」

丸石のブロックを床《ゆか》に敷《し》き――ぼくの足裏《あしうら》もじわじわと焼かれていたので、こうしたほうが楽だ——ほどなくかまどの中で鉄の延《の》べ棒《ぼう》が完成した。

それでバケツを作ると、水を汲《く》んで黒曜石《こくようせき》ブロックの端《はし》まで行って、溶岩《ようがん》に流した。

思ったとおり、うまくいった。まわりが暗くなり、冷やされた溶岩《ようがん》がつややかな黒曜石《こくようせき》に変わる。

水で溶岩《ようがん》を冷やす作業をさらに二回繰《く》り返《かえ》したあと、ぼくはまだ熱の残る岩に足を踏《ふ》みだした。「さあて」新たな謎《なぞ》の鉱物《こうぶつ》に走り寄《よ》る。「きみの正体は何かな？」

壁《かべ》に松明《たいまつ》を設置《せっち》し、ぼくは息をのんだ。「金だ！」

その言葉は、目の前にある宝《たから》と同じくらいきらきらと輝《かがや》きを放った。もとの世界で、金は富《とみ》の純然《じゅんぜん》たる象徴《しょうちょう》だった。人々はそれを身につけ、貯め込《こ》み、そのために殺人を犯《おか》した。英語には金《ゴールド》を使った言いまわしが数々ある。ゴールドラッシュに絶好《ゴールデン》のチャンス、そしていまは金鉱熱《ゴールドフィーバー》がぼくの心をわしづかみにした。

「全部ぼくのもの」催眠《さいみん》にかかったかのようにつぶやいた。「全部ぼくのものだ！」

ぼくは親の仇のように岩に襲《おそ》いかかり、夢中《むちゅう》で掘《ほ》り返した。金鉱石《きんこうせき》がふたつ、三つ、四つ、五つ……。

六個目《ろっこめ》の鉱石を掘りだしたとき、その背後《はいご》にあったものにぼくはあんぐりと口を開けた。やはり斑点《はんてん》のある岩だが、白と水色の模様《もよう》が星のように燦然《さんぜん》と輝《かがや》いている。

「これは」二、三度ツルハシで叩《たた》くと、光沢《こうたく》のある宝石《ほうせき》が転がりでた。「ダイヤモンドだ！」

数分後、ぼくは片手《かたて》に金の延《の》べ棒《ぼう》を、反対の手にはダイヤモンドを握《にぎ》りしめて、地上へ駆《か》けあがった。

「ぼくは大金持ちだ！」高らかに宣言《せんげん》し、牧草地で勝利のダンスを踊《おど》る。

動物たちはこちらにちょっと目をやっただけで、ふたたび草をもぐもぐとやりだした。

「わからないかい？」宝《たから》の山をみんなに見せて問いかける。「これがどういうことかわからないのか？」

モーはちらりと見て鼻を鳴らした。

「そりゃまあ」ぼくはウシの態度《たいど》にもめげずに反論《はんろん》した。「この島では何も買えないさ。でも見てごらんよ！　こんなに美しいんだよ、それに……役にも立つ！」作業台に駆《か》け寄《よ》り、声を張《は》りあげた。「鉄は石より硬《かた》いだろ、それなら……」

きんぴかのヘルメットを持ちあげる。「ほら、できた！」

「モー」ウシの指摘《してき》に、ぼくはふたつのヘルメットを見比《みくら》べた。たしかに、黄金のやつは華《はな》やかだが、やわらかくてもろそうに見える。これでは鉄よりも防御力《ぼうぎょりょく》は低いだろう。

「たぶん、そこまで鉄に劣《おと》るわけじゃないさ」ぼくは負け惜《まお》しみを言って作業台へ引き返した。採掘《さいくつ》したダイヤモンドふたつを一本の棒《ぼう》の上に置くと、最高の強度と鋭《するど》さ、それに美しさを備《そな》えた剣《けん》ができあがった。

「そら!」新たな剣《けん》をぶんと振《ふ》る。「これならどうだ?」

モーは何も言わず、ヒツジの夫婦からも無視《むし》された。レイニーだけは〝メー〟と愛想よく返事をしてくれた。

「言っただろう、役に立つって」まばゆい刃《は》をほれぼれと眺《なが》める。「いままでご苦労だった、守り手《プロテクター》」そう言って型落ち品となった鉄の剣《けん》をしまう。「これからはこの〝閃光《フラッシュ》〟の時代だ」

大いばりで丘《おか》へと歩き、首だけうしろへめぐらせて声を張《は》りあげる。「ダイヤモンドと金で、ほかには何ができるか楽しみに待っててくれ!」

武器《ぶき》に鎧《よろい》、ほかにもまだ考えたことさえない道具や装置《そうち》が作れるかもしれないと、そのときのぼくはすっかり浮《う》かれていた。飢餓《きが》、恐怖《きょうふ》、睡眠不足《すいみんぶそく》と、この島でぼくはさまざまなものに苦しめられたけど、今度は欲《よく》に取り憑《つ》かれてしまったんだ。

「ウィアー・イン・ザ・マネー」古い映画《えいが》のメロディを思い出しながら口ずさむ。「ラ、ダ、ディ、ディ、ディー……」

大股《おおまた》で地下へおり、用心もせずに暗がりへ向かいかけた。だが、そこで前方に人影《ひとかげ》が見えた気がした。それはゾンビでもスケルトンでもなかった。とんがり帽《ぼう》をかぶって黒衣に身を包み、驚《おどろ》いたことに、健康そうな肌《はだ》をしている。あれは人間だ！

「おーい！」呼《よ》びかけ、剣《けん》をしまって駆《か》けだした。ぼくはもうひとりじゃない！　仲間ができたんだ！

手が届《とど》く距離《きょり》まで近づくと、ぼくは矢継《やつ》ぎ早《ばや》に質問《しつもん》した。「きみはどこから来たんだい？ ここへはどうやって？　どうして――」

いきなり、ぼくのチェストプレートにガラスがぶつかり、砕《くだ》け散《ち》った。新たな〝友〟にガラス瓶《びん》を投げつけられたのだ。

突然《とつぜん》体の動きが鈍《にぶ》り、手脚《てあし》が鉛《なまり》のように重くなる。「いいったい、なああにをしたああ……」ろれつがまわらない。するとふたつ目のガラス瓶《びん》が飛んできて、ぼくの顔面で割《わ》れた。

吐《は》き気が襲《おそ》いかかる。

それに痛《いた》みもだ。

これは毒だ！

血液《けつえき》が沸騰《ふっとう》し、両の肺《はい》は引き絞《しぼ》られ、ぼくは武器《ぶき》をつかもうと手探《てさぐ》りした。

「ハハハハ」相手はしゃがれた笑い声をあげ、ぼくが苦しむのを楽しんだ。こいつは本能《ほんのう》のみで動く低能《ていのう》な獣《けもの》ではない。こいつは思考し、感情《かんじょう》を持ち、みずからの意志《いし》でぼくに危害《きがい》を加えた。こいつはもといた世界では悪と見なされる存在《そんざい》だ。

「ウ、ウ、魔女《ウィッチ》」つかえながら言った直後、そいつの手のひらに次の小瓶《こびん》が現《あらわ》れた。

ぼくのダイヤモンドの刃《やいば》がひらめいた。ウィッチがよろめいてあとずさる。吐《は》き気の波と戦いながら、ぼくは嘲笑《あざわら》う敵《てき》を斬《き》って煙《けむり》に変えた。

何か、食べなければ！

ところが、バックパックはからっぽだった。欲《よく》に目がくらみ、補充《ほじゅう》するのを完全に忘《わす》れてしまっていたんだ。最後にウィッチがいた場所に漂《ただよ》っていた、砂糖《さとう》みたいな白い粉の塊《かたまり》をつかみ取ると、よろよろと階段《かいだん》をあがりだす。

パシッ！

ぼくの体内で次の戦いが始まった。

パシッ！

毒に冒《おか》されて体力がみるみるさがる。

パシッ！

間に合うのか？　体力がゼロになる前に地上にたどり着けるか？

見えない壁《かべ》のように邪魔《じゃま》をする苦しみにあらがい、おぼつかない足取りで避難所《ひなんじょ》へ戻《もど》るや、チェストの上に倒《たお》れ込《こ》む。

魚があった！

残りふたつの鮭《さけ》をお腹《なか》に収《おさ》めると、毒が消えた。「うう」うめきながら、体をふたつに折って前へ進み、なめらかな岩壁《いわかべ》に頬《ほほ》をくっつけて冷やした。ふたたび体を動かせるようになるまでしばらくかかり、頭が働くまでにはさらにかかった。なんてことだ、この世界にいる人間はウィッチだけなのか？

「地下にいったい何がいたかわかるかい」体を引きずり、牧草地のさわやかな風に当たって言った。

「モー」友が気づかわしげな声を返す。

「ありがとう、批判《ひはん》しないでくれて」痛《いた》みを思い出し、体がぴくりと痙攣《けいれん》した。ぼくはバックパックからバケツを取りだし、お礼の言葉を重ねた。「それにありがとう、いつも牛乳《ぎゅうにゅう》をくれて」バケツをひとつ満たしたあと、さらにふたつ作って搾乳《さくにゅう》した。「ゾンビ肉を食べたあとの食あたりに効《き》いたように、ウィッチの毒も解毒《げどく》できるよう期待しているよ」

「モー」物惜《ものお》しみしない友は、ぼくの暗い顔つきに気づいたらしい。

「うん、そうなんだ」ぼくは同意した。「単に新しいモンスターと戦ったってだけじゃない。あれは別だ」ひと呼吸《こきゅう》置き、自分の感情《かんじょう》を見つめて言葉に変えていく。「本当に落ち込《こ》むよ、だって……ようやく自分と同じ相手を見つけたのに」

「モー」心やさしい動物はぼくの言葉を訂正《ていせい》した。

「ああ、またもきみの言うとおりだ」ぼくはうなずいた。「ぼくと同じじゃないね、見た目が同じなだけだ。そして見た目が自分に似《に》ていても、相手が友好的だとは限《かぎ》らない」

ギュルルル。牛乳《ぎゅうにゅう》のにおいに反応《はんのう》して、腹《はら》の虫が鳴いた。「何か食べて、体を完全に癒《いや》さなきゃな」ぼくは釣《つ》り竿《ざお》を取りに屋内へ戻《もど》った。

出てきたところで、小麦が実っているのに気がついた。パンがひとつあれば治癒《ちゆ》は完了《かんりょう》するだろう。

小麦の穂《ほ》を三束、組み合わせようとしたところで、手を止める。以前、ぼくが手持ちの食材であらゆる組み合わせを試したのは覚えているかな？　あのときは小麦と砂糖《さとう》、牛乳《ぎゅうにゅう》を合わせてみたけれど、なぜかうまくいかなくて、そこから成功の鍵《かぎ》は分量だと気づいただろう？　さて、いまは小麦の量が増《ふ》えただけじゃなく、砂糖《さとう》もふた山、牛乳《ぎゅうにゅう》はバケツに三杯《さんばい》、それに卵《たまご》が十三個《じゅうさんこ》ある。

「これならうまくいくんじゃないか？」作業台に食材を並《なら》べる。四秒後、ぼくは叫《さけ》んだ。「たやすいもんさ《ピース・オブ・ケーキ》！」

そう、まさに文字どおりだ！　キツネ色のスポンジにたっぷりの生クリームが塗《ぬ》られ、赤い飾《かざ》りまでついたケーキが宙《ちゅう》に浮《う》いていた。

「答えがあるのはわかっていたんだよ」ぼくはモーに言って、巨大《きょだい》な四角いケーキを地面に置いた。そう、地面にだ。パンはそのまま食べられるのに、なぜかケーキはどこかに置いて、切り分けて食べるしかないのだ。誰《だれ》か理由を教えてくれ。

ひと切れ口に入れ、ぼくはゾンビのように低くうなった。「んんん」

きみがデザート好きなら（もしも嫌《きら》いならきみはどうかしていると思うけど）ひと月近くデザート抜《ぬ》きでいるところを想像《そうぞう》してくれ。魚とパン、ニンジンのみで生きていたところに、しかも調味料なしで、天にものぼるようなおいしさが口いっぱいに広がるところを！

「うーん」甘《あま》くてやわらかなケーキを味わい、ぼくは満足の声をあげた。

「ああ」モーに話しかける。「甘《あま》いものは久《ひさ》しぶりだよ。最後に口にした甘《あま》いものは……」

つかの間、言葉が喉《のど》につかえた。「リンゴだ」

急に、ケーキが味気なく思えた。どれほどの砂糖《さとう》も、あの思い出の苦さを消すことはできなかった。

「リンゴ、おいしかったな」ぼくはしょんぼりとつぶやいた。「甘《あま》くて、シャキシャキしてて。なのに、ぼくはリンゴがなる木をすべてかまどにくべたんだ」シラカバの苗木《なえぎ》を植えたように、オークの苗木《なえぎ》も植えておけばよかった。

「もう二度とリンゴを食べられない」力なく首を振《ふ》った。「苗木《なえぎ》なんて価値《かち》はないと、ぼくが思い込《こ》んだせいで」

金のヘルメットをはずしてじっと見つめる。「価値《かち》か」ぼくはモーに語りかけた。「価値《かち》は、自分が求めているもの、手に入れるのが大変なものにこそあるんだね。それがやっとわかったよ。いまのぼくにとって、一個《いっこ》のリンゴは、この世界にある金とダイヤモンドを全部合わせたよりも価値《かち》がある」

「モー」ウシは気の毒そうにため息をついた。

「ありがとう。だけど、自分の間違《まちが》いを後悔《こうかい》するだけじゃだめだ。同じ間違《まちが》いを二度と犯《おか》さないよう、肝《きも》に銘《めい》じなきゃ」

ほかの動物たちに顔を向け、ぼくは宣言《せんげん》した。「今後はこの島を半分に分ける。この〝絶望《ぜつぼう》の丘《おか》〟から東のビーチまではぼくのものだ。手を加えるのも、開拓《かいたく》するのも、何をするのも自由だ。けれど、牧草地から西側にかけては、島は自然のままにする。ぼくが発見したときの状《じょう》態《たい》に戻《もど》し、穴《あな》はすべて埋《う》め、木は植え直し、足跡《あしあと》以外はぼくの痕跡《こんせき》を残さないようにする」

ぼくは〝モー〟、〝メー〟とあがる歓声《かんせい》に応《こた》えた。「自然の恩恵《おんけい》がほしいなら、環境《かんきょう》を守らなくちゃいけないんだ」

第16章　すべてのものに値段《ねだん》がある

はじめ、家をまるまる一軒《いっけん》建てるつもりはなかった。ただ鶏舎《けいしゃ》を移動《いどう》させたかっただけだ。環境保護宣言《かんきょうほごせんげん》をしたとき、島の西側にある鶏舎《けいしゃ》のことを計算に入れてなくて、いざ引《ひ》っ越《こ》し先を探《さが》すと、選択肢《せんたくし》は限《かぎ》られていたんだ。東側のビーチでは狭《せま》すぎ――畑を広げればそれこそぎゅうぎゅう詰《づ》めになる――となると、あとは丘《おか》の上しかなかった。

丘《おか》にあがるのは久《ひさ》しぶりだった。頂上《ちょうじょう》で巨大《きょだい》グモに遭遇《そうぐう》したとき以来か。あのときのぼくは怖《お》じ気づき、お腹《なか》をすかせ、正気を失いかけていた。いまでは完全武装《かんぜんぶそう》し、腹《はら》は満たされ、休息も取り、収納《しゅうのう》しきれないほどのアイテムを持っている。そうしてようやく心が満ち足り、ぼくは次なる宝物《たからもの》をめでることができるようになった。景色だ。

この美しい島を見渡《みわた》して、以前は落胆《らくたん》したなんて信じられない。黄色に青色、それに緑と、この島を成す色彩《しきさい》の中に、赤や黄色の花が散らばっている。それになんと緑豊《みどりゆた》かなのだろう。森林の濃《こ》い緑はより明るい彩りの牧草を鮮《あざ》やかに引き立て、さらにその牧草は黄色味を帯びた小麦の穂《ほ》とは異《こと》なる色味を持つことに、これまで気づかなかった。なんという眺《なが》め、なんという感動だ。

そよ風ひとつ取っても心地いい。これまではそのありがたみがわからなかった。けれど、狭《せま》苦《くる》しい地下に長いこと閉《と》じこもっていたあとでは、頬《ほほ》をそっとなでる風が心を洗《あら》うかのようだ。

「ぼくはどうして丘《おか》の上にもっと来なかったのかな?」モーに問いかける。はるか下の牧草地から届《とど》いた返事を耳にして、もっと大事な質問《しつもん》があると気がついた。「どうしてここに住まないんだ?」

どうしてこれまでそれを思いつかなかった?

「避難所《ひなんじょ》で縮《ちぢ》こまっている必要がどこにある?」モーに向かって訴《うった》えた。「屋内にいればモンスターたちは襲《おそ》ってこない。まあ、ゾンビは襲《おそ》おうとするけど、ドアを攻撃《こうげき》されるだけだし、それは避難所《ひなんじょ》にいようと、家にいようと同じことだ」

家。

家を持つのを考え、ぼくはぞくぞくした。丘《おか》の上に立つマイホーム。ちゃんとした人間らしい暮《く》らし。

「新たな目標が決まったぞ！」動物たちに宣言《せんげん》し、さっそく計画に取りかかった。

必要になる資材《しざい》をすべてそろえるのも含《ふく》め、家の建築《けんちく》にはまるまる四週間かかった。

最初は石造《いしづく》りの家を考えた。地下の採掘《さいくつ》で出た石がチェスト数個分《すうこぶん》あったんだ。問題は、白やピンクの斑点《はんてん》が入った見栄えのいい石が足りないことで、地味な丸石では……地味だった。それに、地下に住んでいる気分にさせられる。ぼくは明るくて開放的な空間を求めていた。そこで家の材料にはシラカバを選び、森林ふたつ分の材木を伐採《ばっさい》した。一本切り倒《たお》すたび、その場所に苗木《なえぎ》を植えた。自然をもとの姿《すがた》に戻《もど》す約束はしっかり心に刻《きざ》まれている。

苗木《なえぎ》を植樹《しょくじゅ》していると、オークの木を絶滅《ぜつめつ》させてしまった罪悪感《ざいあくかん》が胸《むね》を突《つ》いた。「軽率《けいそつ》だったよ」作業しながら動物たちに後悔《こうかい》を吐露《とろ》する。「こんなふうに苗木《なえぎ》を植え直していたら、ずっとリンゴだけで暮《く》らすこともできたのに」

〝メー〟と返事をしたのはレイニーだ。

「そのとおりだね」ぼくはまた一本植えた。「オークの木を保存《ほぞん》していたら、ぼくは新たな道具を作ることもなかったし、新たな発見もなかった。きみが生まれることとさえなかったかもしれない」

失敗は前進をうながす。それはこれからも何度も立ち返ることになる深遠な真理だ。

「あれが失敗じゃなかったと言ってるわけじゃないよ」ぼくはすぐさまモーに弁明《べんめい》した。「けれど、失敗はいい教師《きょうし》にもなるってことだ。最高の教師《きょうし》かもしれないな」

植え直しが終わり、家造《いえづく》りに必要な木材が整った。そして堂々たる構造《こうぞう》のわが家が完成した！　幅《はば》十二ブロック、奥行《おくゆ》き十二ブロック、高さ十二ブロックの四階建てだ。

かつて地面に〝HELP《ヘルプ》！〟と記した地点の真上に建設《けんせつ》し、両開きの立派《りっぱ》な玄関扉《げんかんとびら》を開くと、ガラス窓《まど》に囲まれた広い室内へと続き、天井《てんじょう》の溶岩《ようがん》が明かりを投げかける。冗談《じょうだん》なんかじゃなく、本当に溶岩《ようがん》を四ブロック分のガラスケースに封入《ふうにゅう》したんだ。このアイデアは、わが家を建てることにしたそもそものきっかけからひらめいた。そう、鶏舎《けいしゃ》だ！

丘《おか》の上に家を建ててしまったので、肝心《かんじん》の鶏舎《けいしゃ》の引っ越《こ》し先《さき》に困《こま》った。「どうすればいいかな？」こういうときに頭をかければいいのにと思いながら、モーに尋《たず》ねた。「島が広がるわけはないしな」

「モー」その返事は明らかに、〝広げればいいんじゃない?〟と聞こえた。

この白黒模様《しろくろもよう》の友だちは、打てば響《ひび》くような答えを返してくると、ぼくはつくづく思った。

「広げればいい、か」つぶやいて、石でいっぱいのチェストへと駆《か》け戻《もど》った。

ゴールは明確《めいかく》だったけれど、そこへたどり着くまでにはいくつかの試行錯誤《しこうさくご》があった。最初、ぼくは南側の海にブロックをひとつずつ沈《しず》めて埋《う》め立《た》てようとした。これは時間が無限《むげん》にかかるだけでなく、石を抱《かか》えて水に潜《もぐ》るたびに、おぼれかけた記憶《きおく》が浮《う》かびあがった。

もっといい方法があるはずだ。水に十九度目か二十度目か潜《もぐ》ったあと、ぼくは考えた。この世界では大概《たいがい》そうだが、案の定、別の方法があった。

「いっぺんに埋《う》め立《た》てできたらな」ぼくは動物たち相手にぼやいた。

「水に溶岩《ようがん》を流したときみたいに」と言ってから、自分の言い間違《まちが》いに気づいて訂正《ていせい》する。

「じゃなくて、溶岩《ようがん》に水を流したときみたいに」

「メー」黒曜石色《こくようせきいろ》のフリントにさえぎられ、ぼくはいまの言い間違《まちが》いについて考え直してみた。

「ワオ」ぼくは息を吐《は》いた。「本当にうまくいくと思う?」

さらに〝メー〟と声があがり、〝モー〟のひと声で心が決まった。

「失敗は最高の教師《きょうし》」ぼくはからのバケツを握《にぎ》って地下へ向かった。「それが単なる言い間違《まちが》いでもね」

ぼくはこの世界で困難《こんなん》なことや、危険《きけん》なことを多々やり遂《と》げてきたけれど、島の拡張《かくちょう》はいともたやすいことだと判明《はんめい》した。なぜ鉄製《てっせい》のバケツで溶岩《ようがん》がすくえるのか、なぜバケツから空《あ》けたとたんに溶岩《ようがん》がまたどろどろと高温に戻《もど》るのか、なぜ水の上に溶岩《ようがん》をこぼすと黒曜石《こくようせき》ではなく丸石のブロックになるのか、そんなことはぼくにきかないでくれ。とにかく、いま述《の》べたことがそのまま起きたのだ。丘《おか》の南岸からは、またたく間に岩の台地が突《つ》きだしていた。そこは鶏舎《けいしゃ》を移《うつ》すのにじゅうぶんな広さがある上に、溶岩《ようがん》は安全に運べるという事実は、ぼくに新たなアイデアを与《あた》えた。

三杯分《さんばいぶん》を運んでガラスに封《ふう》じ込《こ》め、一階部分を溶岩《ようがん》で照らしだす。ちなみに、一階の床《ゆか》には黒曜石《こくようせき》を使用した。皮肉なことに、溶岩《ようがん》を冷やしたこの石は、溶岩《ようがん》そのものよりも採集《さいしゅう》しにくいとわかった。結局、最後に残ったダイヤモンドで作ったツルハシでしか掘《ほ》りだせなかったものの、最終的には溶岩《ようがん》で照らされた、なめらかな漆黒《しっこく》の玄関広間《げんかんひろま》が完成した。そしてここまではまだ一階だ。

そのひとつ上の階にはキッチンエリアを設《もう》けた。各角にかまどを置き、どの壁沿《かべぞ》いにもチェストと作業台が並《なら》んでいる。上階の床《ゆか》と天井《てんじょう》にも使用した木製《もくせい》のハーフブロックは、棚《たな》にもなることがわかった。合わせて八つの棚《たな》を作製《さくせい》し、それぞれの壁《かべ》にふたつずつ設置《せっち》した。ぼくはそこにケーキが並《なら》んださまを頭に描《えが》いた。おいしく、しかも賞味期限《しょうみきげん》のないケーキを、床《ゆか》に置いて食べるよりよほどよさそうだ。

三階はというと贅沢《ぜいたく》な寝室《しんしつ》になっている。奥《おく》にはダブルベッドがあり、それを取り囲むようにカーペットを敷《し》いてある。そう、カーペットだ。羊毛での実験で、ブロックをふたつ横に並《なら》べると四角形の薄《うす》いカーペット三枚《さんまい》になり、床《ゆか》の上に敷《し》けることがわかったんだ。しかも色は五色ある。羊毛の標準色、黒、灰色《はいいろ》、白に加え、花から採《と》った染料《せんりょう》で染めた赤と黄色だ。花を手でつかむと、染料《せんりょう》が入手できるのだ。初めてベッドを作製したとき、白い羊毛が赤い毛布《もうふ》に変わったのを思い出し、ぼくはカーペットを染《そ》めて、市松模様《いちまつもよう》に並《なら》べた。もっとも、部屋の中央部分には敷《し》いていない。そこはあったかい湯船のための場所だ。

いや、きみの聞き間違《まちが》いじゃないよ。

バスタブはこの家の中でもぼくの最高傑作だ。ぼくは溶岩流《ようがんりゅう》を固めた黒曜石《こくようせき》の上で作業台が燃《も》えたのを思い返し、熱を安全に利用する方法を思案した。そうしてできあがったのが、複雑《ふくざつ》ながらも目を見張《みは》るような大仕掛《おおじか》けだ。

それは建物全体の骨格《こっかく》を成している。透明《とうめい》なガラス製《せい》の骨組《ほねぐ》みの中に、溶岩《ようがん》と水が入っているんだ。溶岩《ようがん》は一階と二階では照明になり、三階では二階の溶岩《ようがん》がそのまま湯を沸《わ》かすのに利用できるというわけ。湯気を立てる風呂に体を浸《ひた》す心地よさといったら。なんたる贅沢《ぜいたく》！　全身の筋肉《きんにく》がほぐれて、知らないうちに張《は》り詰《つ》めていた神経《しんけい》がゆるむ。熱いバスタブはぼくのお気に入りとなり、四階の床《ゆか》にトラップドアをつけ、一日の仕事を終えると、鎧《よろい》を脱《ぬ》いで、そこから下の湯船に飛び込《こ》めるようにした。

最上階は作業部屋だという話はしたかな？　そこはほかの階より広くし——縦横《たてよこ》ともに十四ブロックある——壁《かべ》の代わりに床《ゆか》から天井《てんじょう》までフェンスをめぐらせ、かまどからの熱気を潮風《しおかぜ》が冷やしてくれるようにした。

キッチン同様、各角にかまどを置き、壁沿《かべぞ》いにチェストと作業台を並《なら》べ、そして大切な金床《かなとこ》を置いた。

屋上へあがると、水平線のかなたまで見渡《みわた》すことができ、それが次なるアイデアへとつながった。監視塔《かんしとう》だ。

すでに家の裏手《うらて》には、余《あま》るいっぽうの丸石を使って外階段《そとかいだん》を作っていた。はじめは屋上まであがれるようにして終わるつもりだったけれど、丸石がまだうんざりするほど残っているのを目にして、流れる雲を見あげ、こう思ったんだ。ここでやめることはないだろう？

上へ上へと階段《かいだん》を築《きず》き、誤《あやま》って落下したときの用心に、およそ十ブロックごとに床《ゆか》を張《は》って新たな部屋を設《もう》け、枠《わく》だけの窓《まど》に松明《たいまつ》を置いた。そこから吹《ふ》き込《こ》む風は上昇《じょうしょう》するにつれて冷たくなって、翌朝《よくあさ》には、ぼくは歯をがちがちと鳴らしていた。「この階で最後にしよう」バックパックに入っている丸石が底を突《つ》くと、ぼくはつぶやいた。

そして最後の石を置き、屋根で覆《おお》われていない四角い天井《てんじょう》を見あげると、そこは真っ白。ぼくは雲の世界にいた。

別に、詩人を気取っているわけじゃない。塔はあまりに高く伸《の》びて、湿気《しっけ》をはらんだ白雲に突《つ》っ込《こ》んでいたんだ！　雲が目の前をゆっくりとおり過《す》ぎたあと、ぼくは下を見おろし、小さく悲鳴をあげた。果てしなく広がる青に取り囲まれて、ぼくの島がぽつんと小さく見える。緑と茶色の島以外に、陸地は見当たらなかった。角張《かくば》った水平線の端《はし》まで、ただ海があるばかり。

ぼくはこの世界に本当にひとりきりなんだ、としみじみ感じた。

それでもエチケットとして、わが家に最後の設備《せつび》を取り付けた。

その部屋は監視塔《かんしとう》と同じく、家の裏手《うらて》、外階段《そとかいだん》の右側にあり、家の一階にあるドアから出入りできるようになっている。スペースは広くして、建築素材《けんちくそざい》にはすべて砂岩《さがん》を使った。シラカバの代わりに砂岩《さがん》を使したのは実用的な理由からだ。そのほうが清潔《せいけつ》にしておきやすいからで、この部屋は可能《かのう》な限《かぎ》り清潔《せいけつ》にしておきたかった。

なにせトイレがある化粧室《けしょうしつ》なのだから。

ドアの右手には洗面所《せんめんじょ》があり、手を洗《あら》える。奥《おく》の天井《てんじょう》にはトラップドアをつけ、換気《かんき》ができるようにした。その真下の床《ゆか》にもうひとつトラップドアがあり、それが水洗《すいせん》トイレになっている。

トイレといっても、水ブロックの上に蓋《ふた》があるだけだ。けれども、その下に掘《ほ》られた穴《あな》は海まで続いている。

そして水洗《すいせん》トイレの仕組みは成功した！　茶色い土ブロックをトイレに流すと、ちゃんと海側から出てきた。

「モー！」ぼくはビーチから家まで駆《か》けあがり、ウシを呼《よ》んだ。「モー、こっちに来てくれ！見せたいものがあるんだ」

モーは鼻を鳴らした。ぼくの発明より、目の前に広がる牧草のほうに興味《きょうみ》があるらしい。

「とにかく来てくれよ！」ぼくは食いさがった。「本当にすごいんだから」返事はないので、ぼくはポーチから小麦の穂《ほ》を引《ひ》っ張《ぱ》りだした。

「モー！」ウシはようやく興味《きょうみ》を示《しめ》し、ぼくについて西側の斜面《しゃめん》をあがった。餌《えさ》で釣《つ》るのはずるい気もするけど、ぼくの発明を見ればモーもわかってくれるだろう。

両開きドアの中へと案内し、トイレ設備《せつび》のほうへ小麦の穂《ほ》を振《ふ》る。「どうだい？」仕組みを説明して問いかけた。

「モー」ウシの単調な返事は、高揚《こうよう》した気分に水を差した。

「必要ないのはわかってるよ」ぼくは認《みと》めた。「使うことはないんだしな。でも、これを作ったのは……」ぼくは懸命《けんめい》に理由を探《さが》した。「作ったのは……ああもう、理由なんてわからないよ」

本当にわからなかった。

考えるのをやめると、理由など、そもそもないと認《みと》めざるをえなかった。使いもしない部屋をなぜあれほど頑張《がんば》って作った？　作業のあいだは考えもしなかった。考えるよりも先に取りかかり、完成させていた。どうしてだ？　それにどうしてあんなにモーに見せたがった？

頭のどこかでは、この部屋を別の目的で使おうとしていたのか？　いつか必ず答えを見つけると誓《ちか》ったのに、いまは避《さ》けようとしている、あの大きな問題に関わることか？

自分の心の声には耳を傾《かたむ》けろ！　ぼくはそのときその場でそう気づくべきだった。腹《はら》の底にわだかまる疑念《ぎねん》を無視《むし》するべきじゃなかった。話題をすり替《か》えるべきじゃあなかったんだ。

「とにかく、これで建築《けんちく》作業は終わったんだし」モーに小麦の穂《ほ》を食べさせて、ぼくは宣言《せんげん》した。「そのお祝いをするぞ！」

寝室《しんしつ》へ駆《か》けあがり、チェストから道具を取りだす。「お祝いのごちそうと言えばローストチキンだろう」

単にタイミングの問題だったのかもしれない。けれど、斧《おの》を手に戻《もど》ったとき、食べ物をもらってモーのまわりに飛んでいたハートは消え、モーは悲しげな表情《ひょうじょう》で、長く低く〝モー〟と鳴いた。

「やめてくれよ」ぼくはドアへ向かった。「これは前にも話し合っただろう」

「モー」ウシは考えを変えるよう、なおもぼくに訴《うった》えた。

「自分が何をしてるかはわかってるよ！」ぼくはぴしゃりと言って、鶏舎《けいしゃ》へ進んだ。

建築《けんちく》に費やしたひと月のあいだも、ニワトリの繁殖《はんしょく》は続けていた。小麦が実って種の余剰《よじょう》が出るたび、それを使ってニワトリを増《ふ》やした。いまではフェンスの中に四十羽近いニワトリがぎゅうぎゅう詰《づ》めになっている。

ただで手に入る食料だ。ぼくはそう思いながら、ニワトリたちをかき分けて真ん中へ進んだ。鳥たちは密集《みっしゅう》しており、まさに川の流れに逆《さか》らって〝かき分ける〟ようだった。ぼくが近づくと、当然のように餌《えさ》を求めて見あげるやつもいた。ぼくの手がからっぽでも、斧《おの》が振《ふ》りおろされても、一部の鳥はじっと見ていた。

逃《に》げもせずに。

怖《こわ》がりもせずに。

ニワトリたちはそこに集まり、周囲を見たり、顔を見合わせたり、ぼくを見あげたりしたまま、鉄の斧《おの》に裂《さ》かれて羽とピンク色の肉に化していった。

あの目を忘《わす》れることは決してないだろう。ぼくを信用しきっていたあのつぶらな瞳《ひとみ》を。あの甲高《かんだか》い鳴き声を忘《わす》れることは決してない。

血は一滴《いってき》も流れなかった。これもまたこの世界のおかしなところだ。でも、見えないだけで血は流れたのだ。そしてぼくはこの手を血で汚《よご》した。

最後に残った三羽の小さなニワトリが、刃《は》の欠けた斧《おの》を見あげた。

「これはただで手に入る食料だ」ぼくはため息をついた。そして、これで最後だと斧《おの》を振《ふ》りおろし……囲いのゲートを砕《くだ》いた。

「行けよ」小さなニワトリたちに告げる。「きみたちは自由だ」

鳥たちは動こうとしない。「行けよ！」ぼくはわめいた。「行け！　行けったら！」

自分たちの群《む》れが虐殺《ぎゃくさつ》されたのにも無頓着《むとんちゃく》なふうに、三羽はちょこちょこと歩きまわるだけだ。

「だったらもういいさ！」ぼくは怒鳴《どな》り、ふたたび斧《おの》を振《ふ》りかざした。フェンスに叩《たた》き込《こ》み、丸石の床《ゆか》しかなくなるまで解体《かいたい》する。するとようやく鳥たちは、地面をつついてビーチへ去っていった。

ローストした鶏肉《とりにく》はやわらかで味わい深く、ぼくの胃はむかむかした。ほおばりながらぼくは思った。これが罪悪感《ざいあくかん》の味なんだな。

夕食後は、黄昏《たそがれ》に染《そ》まる丘《おか》をくだり、友たちに会いに行った。動物たちがまだぼくの友でいてくれるといいけれど。ぼくの姿《すがた》は彼《かれ》らの目にどう映《うつ》っただろう？　自分で感じているように、悪人そのものに見えただろうか？

「ぼくは新たな命を増《ふ》やすことを選び、それを取りあげることを選んだ」沈《しず》む夕陽を見据《みす》えて、ぼくは切りだした。「その必要はなかったのに。自分がそうしたかったから、ぼくはそれを選んだ」

そのとき、モーが何も言わずにぼくを見あげた。〝これで学んだ？〟

「うん」ぼくは目を合わせるのは避《さ》けて返事をした。「学んだよ、ただのものなんて存在《そんざい》しない。すべてのものに値段《ねだん》はある。そしてお金の代わりに自分の良心で支払《しはら》わなければならないときもあるんだ」

モーは満足して視線《しせん》をはずした。

「言っておくけど」ぼくは続けた。「肉は最後のひとつまで料理して食べるよ。無駄《むだ》にするのは命を奪《うば》うよりなお悪いことだ。これからは、飢《う》え死《じ》に寸前《すんぜん》でほかに選択肢《せんたくし》がない場合をのぞいては、無害な動物に対して決して手をあげないと誓《ちか》う」

するとモーはほんの少しこちらへ身を寄《よ》せ、ぼくに許《ゆる》しを与《あた》えてくれた。

第17章　大切なのは失敗しないことではなく、それをどう乗り越《こ》えるか

がばっと飛び起きたのは悪夢《あくむ》のせいだと言いたいところだ。そのほうがかっこいいからね。

けれど、初めてベッドで目覚めたときと同じで、ぼくは何も覚えていなかった。悪夢《あくむ》を見たのだとしても、前日の自分の所業《しょぎょう》に比《くら》べればかわいいものだろう。ニワトリたちの甲高《かんだか》い声はまだ耳にこびりついていて、ぼくは罪悪感《ざいあくかん》を引きずってのろのろと一階へおりた。

そして、そこでクリーパーと鉢合《はちあ》わせしたんだ。そいつは開けっぱなしになっていた玄関《げんかん》扉《とびら》の真ん前に立っていた。シューッ、と音を立て、体が明滅《めいめつ》する。

ぼくはすぐさま飛びすさり、化粧室《けしょうしつ》に転がり込《こ》んだ。耳を聾《ろう》する爆発《ばくはつ》が起きた。木が引き裂《さ》け、ガラスが砕《くだ》け散《ち》る！

ぼくにけがはなかったけれど、振《ふ》り返って目に飛び込《こ》んできた光景に戦慄《せんりつ》した。

入り口は破壊《はかい》され、窓《まど》からも天井《てんじょう》からもガラスがなくなっていたんだ。ガラスブロックに封入《ふうにゅう》されていた溶岩《ようがん》が、どろどろと天井《てんじょう》から流れ落ち、床《ゆか》を覆《おお》って化粧室《けしょうしつ》へ向かってきている。ぼくはおおあわてで木製《もくせい》のドアを閉《し》めたが、すぐにめらめらと燃《も》えだした。ぼくは閉《と》じ込《こ》められ、しかも何ひとつ携《たずさ》えていなかった。寝《ね》る前にすべてチェストにしまっていたんだ。脱出口《だっしゅつこう》を掘《ほ》る道具はおろか、入り口をふさぐ丸石のブロックひとつなかった。

換気口《かんきこう》を見あげたけれど、ジャンプしても届《とど》きそうにない。ぼくは残る唯一《ゆいいつ》の選択肢《せんたくし》に視線《しせん》を落とした。トイレだ。

ドアが燃《も》え盛《さか》る赤い流れにのまれるのと同時に、ぼくは蓋《ふた》を開けて便器に飛び込《こ》んだ。水流がぼくの体をとらえ、下水路の中を運ぶ。ぼくは海中に吐《は》きだされ、急いで浮上すると、あえぎながら息を吸《す》い込《こ》んだ。

ぼくの家はどんどん燃《も》えていた。溶岩《ようがん》から火が木に燃《も》え移《うつ》ったんだ。まさに野火のような勢《いきお》いで木材のブロックからブロックへと火の手がまわり、建物全体が炎《ほのお》にのまれかけている。

なんでもいいから消火する方法はないのか？　バケツで水をかけたらどうだ？　でも、バケツも未使用の鉄も、すべて家の中だ。

どうする？　どうする!?　炎《ほのお》は飢《う》えた獣《けもの》のようにぼくの大切なわが家をむさぼり、あとには不燃性《ふねんせい》のものだけが、骨《ほね》の残骸《ざんがい》さながらに中空に浮《う》いていた。窓《まど》も、チェストも、かまども、すべて流れる溶岩《ようがん》のブロックに囲まれている。

丘《おか》の光景はいまや火山そのものだ。島の東側では高温のマグマが斜面《しゃめん》を這《は》い落ち、ぼくの大切な畑をたいらげている。これでは西側の斜面《しゃめん》も……。

「メー！」

そうだ、動物たちは!?

心臓《しんぞう》を轟《とどろ》かせ、ぼくは泳いで島の西側へまわった。紅《くれない》の川は、すべてを食《く》い尽《つ》くしながら斜《しゃ》面《めん》をくだっている。じきに牧草地と森に到達《とうたつ》するだろう。木が！　大切な木が！　ぼくの友たちはどこに……。

ウシとヒツジの家族が、なにごともないかのように、みんなで草をはんでいるのが見えた。

「逃《に》げろ！」ぼくは声を張《は》りあげた。「みんな逃《に》げるんだ！」

ぼくの警告《けいこく》もどこ吹《ふ》く風で、動物たちはむしゃむしゃと口を動かし続けている。

「あれが見えないのか!?」ぼくはどろどろと接近《せっきん》する溶岩流《ようがんりゅう》を指さして叫《さけ》んだ。「そこから逃《に》げなきゃ死ぬんだぞ！」

またひとりごとを言っているようとでも言いたげに、動物たちはこちらにぼんやりと目を向けた。

ぼくが溶岩《ようがん》の流れを止めなければ。

壁《かべ》を作るか？　でも材料がない……。

溝《みぞ》を掘《ほ》るんだ！

丘《おか》の中腹《ちゅうふく》へ駆《か》けあがり、動物たちとマグマのあいだの地面を死にものぐるいで掘《ほ》った。土のブロックがベルトのポーチへひゅんひゅん飛び込《こ》んでいく。ついに溶岩《ようがん》は牧草地に達し、ぼくとの距離《きょり》は残り二ブロックになる。熱で毛先が縮《ちぢ》れ、顔がじりじり焼かれた。

マグマはぶくぶくと気泡《きほう》を破裂《はれつ》させ、あざ笑うかのように接近《せっきん》した。

間に合った！　ぼくは溝《みぞ》から飛びだし、それと入れ違《ちが》いに熱い溶岩《ようがん》が流れ込《こ》む。一瞬《いっしゅん》のあいだ、これで急場をしのいだぞ、とぼくは思った。そのとき溶岩《ようがん》が土に突《つ》き当たって跳《は》ね返《かえ》り、一滴《いってき》がぼくの皮膚《ひふ》に飛んだ。刺《さ》すような痛《いた》みにあわててあとずさると、うしろにいたレイニーにぶつかった。

「おいおい、こんなところにいたら——」ぼくの言葉を無視《むし》し、子ヒツジは脇《わき》をすり抜《ぬ》けた。

「やめろ！」ぼくはレイニーを押《お》し戻《もど》した。ほんの数歩先にマグマが流れているというのに、子ヒツジにはそれが見えないかのようだ。「戻《もど》るんだ！」ぼくは考えなしの動物を押《お》した。

「手伝ってくれ！　きみたちの子どもを救うんだ！」白と黒の親ヒツジに向かって懇願《こんがん》したぼくは、腹《はら》を殴《なぐ》られたような衝撃《しょうげき》を受けた。クラウドもフリントも、のんびりと溶岩《ようがん》に近づいていくじゃないか！

「みんなどうしたんだよ!?」わめきながら、必死になって動物たちを押《お》し返《かえ》した。やっとクラウドを木立まで戻《もど》したところで、耳に届《とど》いた声に全身が凍《こお》りついた。

「モー」

牧草地へ視線《しせん》を投げると、ぼくのウシが、ぼくの良心が、世界で一番のぼくの友だちが、煮《こ》えたぎるマグマに向かって進んでいる。

「モー！」ぼくは絶叫《ぜっきょう》し、全速力でウシに体当たりした。「頼《たの》むから理解《りかい》してくれ！」ぼくは懇願《こんがん》した。「このまま進んだら死ぬんだぞ！　それがわからないのか!?　死んじゃうんだぞ！」

モーは耳を貸《か》さず、足を止めない。

「頼《たの》むよ、モー！」哀願《あいがん》しながら、ぼくはウシとヒツジのあいだを走って往復《おうふく》した。「後生《ごしょう》だからぼくの言うことを聞いてくれ！　みんなお願いだ！　お願いだあああ！」

そのとき〝グワッ〟といやな声が聞こえ、振《ふ》り返《かえ》ると、ニワトリのうちの一羽が、炎《ほのお》があふれる溝《みぞ》に足を踏《ふ》み入れたところだった。鳥は一瞬《いっしゅん》にしてオレンジと赤の火の玉と化し、続いて羽と焼けた鶏肉《とりにく》が見えたかと思うと、次の瞬間《しゅんかん》にはすべて消えていた。

「見ただろう！」ぼくは半狂乱《はんきょうらん》で泣きわめいた。「いまのが見えなかったのか!?」

動物たちには見えなかったらしい。彼《かれ》らの脳《のう》か、もしくはこの世界の欠陥《けっかん》だろう。まさに致《ち》命的《めいてき》な盲点《もうてん》。残酷《ざんこく》すぎる冗談《じょうだん》だ。

「止まれ、モー！」ぼくは怒鳴《どな》った。「このばか野郎《やろう》！」突《つ》きだした拳《こぶし》がモーの顔面に当たった。

全身を真っ赤に明滅《めいめつ》させ、ウシは〝モー！〟と悲鳴をあげて、溝《みぞ》とは反対方向に走り去った。

「ごめんよ」ぼくは泣きながらヒツジたちを叩《たた》いて走らせた。「でも、こうするしかないんだ！」

動物たちは安全な森まで走ると、そこで止まり、さらなる恐怖《きょうふ》がぼくの喉《のど》を絞《し》めあげた。みんなのろのろと向きを変え、こちらへ引き返しだしたのだ。叩《たた》いて追《お》い払《はら》い続けることはできない。また殴打《おうだ》すれば、動物たちを殺してしまうかもしれなかった。それに押《お》し返《かえ》し続けることも不可能《ふかのう》だ。いずれ、一匹《いっぴき》か二匹《にひき》、もしくはみんな、溝《みぞ》の中で丸焼けになるだろう。元凶《げんきょう》を消火しなければ。溶岩《ようがん》を冷却《れいきゃく》するんだ!

丘《おか》へと顔をあげると、わずかな希望の光が見えた。バスタブは、水が入ったままの状態《じょうたい》で、三階部分に残っていた。あれのガラスを壊《こわ》して、真下にある溶岩《ようがん》に水を注ぎかけることができれば……でも、どうやってあそこまで近づくんだ? 丸石造《まるいしづく》りの監視塔《かんしとう》はまだ立っていた。ポーチにある土ブロックを使い、あそこまで橋を作れないだろうか。

ぼくは南の斜面《しゃめん》に向かって駆《か》けだした。そこは唯一《ゆいいつ》、被害《ひがい》が及《およ》んでいないように見えた。長方形の脚《あし》を可能《かのう》な限《かぎ》りすばやく動かして丘《おか》をあがり、そこで見えない壁《かべ》にぶち当たったかのように静止した。

そこから見ると、ぼくの家はごぼごぼと沸《わ》き立つ溶岩《ようがん》の川にすっかり取り囲まれていた。なお悪いことに、家までたどり着けたとしても、一階部分の床《ゆか》にはまだ溶岩《ようがん》が残っている。これではぼくまで丸焼けになるぞ。

土ブロックを握《にぎ》ると、ばかげたアイデアがはっとひらめいた。無鉄砲《むてっぽう》な、一か八かの賭《か》けだ。そんな危険《きけん》を冒《おか》せば、自分の身を救うことはできないかもしれない。

それでも、自分の魂《たましい》を救うことならできる。友だちを失えば、ぼくの精神《せいしん》は崩壊《ほうかい》してしまうだろうから。自分のせいだとわかっていれば、なおのことだ。それに、命を危険《きけん》にさらしてでも、彼《かれ》らを救うことができたら、ぼくが手にかけてしまったたくさんの命への、せめてものつぐないになるかもしれない。

これらはすべて、無意識《むいしき》のうちにした判断《はんだん》だった。冷静に、ひとつひとつ決めていったわけじゃない。そのときは、とにかくバスタブの水にたどり着くことしか頭になかったんだ。ぼくは溶岩《ようがん》にぎりぎりまで駆《か》け寄《よ》ると、土のブロックをマグマにのせた。

そこからどんどんブロックを並《なら》べて、家まで道を作るつもりでいた。しかし、単純《たんじゅん》に計算しても、ブロックの数が足りない。それなら、次のブロックに移《うつ》ってから、後ろのブロックを壊《こわ》して回収《かいしゅう》すれば、最後はバスタブまで階段《かいだん》を作ることができるだろう。

しかし、その考えは甘《あま》かった。叩《たた》いてアイテム化するなり、土のブロックは溶岩《ようがん》の熱で灰《はい》になってしまったのだ。次のアイデアをひねり出す暇《ひま》はなかった。この瞬間《しゅんかん》にも、ぼくの友たちは死《し》の淵《ふち》へふらふらと近づいているんだ！

間隔《かんかく》を空《あ》けて足場のブロックを置き、助走をつけてそこまでジャンプ、また足場を置いて跳《と》び移《うつ》る。それしかない。ぼくは遠くまで手が届《とど》くことに、これまで以上に感謝《かんしゃ》した。ひとつ間《ま》違《ちが》えばそれで終わりだった。

ジャンプ、着地、ブロックを置いて、またジャンプ。

そうやってついに家まであと数歩まで近づき、ぼくは最後のブロックを玄関《げんかん》に置いた。その頃《ころ》には溶岩《ようがん》はかなり外へ流れでていたが、あと少しだけ残っている。

安全になるまで待とう。あとほんの数秒だ。

そのとき、牧草地から〝モー〟と悲しげな声があがった。

脳裏《のうり》をよぎったニワトリの丸焼きが、焼けたステーキに形を変える。その瞬間《しゅんかん》、ぼくは家の中へ飛び込《こ》んでいた。

ただ一箇所《いっかしょ》だけ残っていたマグマの薄《うす》い層《そう》から、ぼくの体に火が燃《も》え移《うつ》った。視界《しかい》が赤く染《そ》まり、自分の皮膚《ひふ》が焼ける異臭《いしゅう》をかぎながら、ぼくは三階目指して階段《かいだん》を駆《か》けあがった。

青い水ブロック四個分《よんこぶん》のバスタブは、部屋の中央にあった。まるで火の海の中にある水の島だ。

チャンスは一度きりだ。成功するかはわからない。失敗したら……。

「モー」

モーは溝《みぞ》の間近にいる。あと数歩進めば……。

「やあああ！」ぼくは煙《けむり》と煤《すす》をたなびかせて、跳《と》びあがった。思い切り体をそらし、拳《こぶし》を突《つ》きだして落下する。時の流れが遅《おそ》くなり、永遠《えいえん》に宙《ちゅう》に浮《う》いているかのように――しまった、ジャンプが短い！

ゴン！　バスタブの冷たい水が火を消し、苦痛《くつう》がやわらぐが、底を叩いた拳《こぶし》の当たりが浅くてガラスが壊《こわ》れない。

「モー！」

手を休めるな！　もう一度叩《たた》くんだ！

ぼくはやけどした手を、かまわずガラスに打ちつけた。

バキンッ！

砕《くだ》けたガラスから水が流れ落ち、溶岩《ようがん》を冷まして黒曜石《こくようせき》に変えてゆく。

さらにガラスを割《わ》ると、ほとばしりでた水とともにぼくの体は落下し、水流に運ばれた。できたばかりで湯気を立てる石の道の上を、どこまでも転がり落ちる。そしてちょうど友だちの足もとで止まった。

「モー」〝ありがとう〟

でも、ぼくは呆然《ぼうぜん》として上の空だった。自分が助けたほかの動物たちにも、ほかのものに対してても。目に映《うつ》るのはかつて立派《りっぱ》だったわが家だけだ。宙《ちゅう》に浮《う》かぶ窓枠《まどわく》から水がザーザー流れるほかは、何も残っていない。すべて焼失してしまった。これまでの成果すべてが。時間も、労力も、工夫《くふう》も、富《とみ》も。すべてが灰燼《かいじん》に帰《き》した。

その瞬間《しゅんかん》、ぼくは何を感じただろうか?

無だ。

ぼくの心は麻痺《まひ》していた。怒《いか》りも、悲しみも感じなかった。ぼくは目の前にある焼《や》け跡《あと》のように、からっぽだった。

だいなしだ。

その言葉に、夜のとばりがおりたかのごとく目の前が暗くなった。だいなしだ。何もかも、ぼくのせいで。

ぼくのせいで。

どれほどの時間、焼《や》け跡《あと》を眺《なが》めていただろう。たぶん、半日以上そうしていたと思う。空腹《くうふく》も、治《なお》りかけのやけどの痛《いた》みも感じなかった。動物たちがそっと鼻をすり寄《よ》せるのにも、彼《かれ》らの声にも気づかなかった。聞きたくも、感じたくも、考えたくも、気にしたくもなかった。ぼくは存在《そんざい》したくなかったのだ。

太陽が沈《しず》み、あたたかだった陽の光が薄《うす》れて肌寒《はだざむ》くなる。ぼくは動かなかった。じっとして押《お》し黙《だま》り、惚《ほう》けたようにしていた。

「ガアアアゥ！」

後頭部を殴《なぐ》られて突《つ》き飛ばされ、ぼくはわれに返った。あわてて振《ふ》り返《かえ》ると、背後《はいご》にゾンビがぬっと立っている。「ありがとう」ぼくは考えることなく礼を言った。

いまやなかば水没《すいぼつ》している観察室へ駆《か》け戻《もど》り、ドアを叩《たた》き閉《し》めた。ゾンビは追ってこない。追えなかったのだ。ぼくは窓越《まどご》しに、ゾンビが溝《みぞ》に落ちて水に足を取られ、立ちあがろうとしては尻餅《しりもち》をつくのを眺《なが》めた。

「いつまでもひとりでやってろ」ぼくはつぶやいた。

最初の夜が思い出された。真っ暗な穴《あな》の中でぼくはお腹《なか》をすかせて縮《ちぢ》みあがって、ブロックをひとつはさんだ向こう側では、ゾンビがぼくを襲《おそ》おうと待ち構《かま》えていた。

なすすべもなく震《ふる》えていたあの頃《ころ》から、ぼくはどんなに前進しただろう？　丘《おか》の上に立つわが家を失ったいまでさえ、ぼくは確実《かくじつ》にあのときより恵《めぐ》まれている。安全な、明かりのともった避難所《ひなんじょ》の中にいて、暮《く》らしを再建《さいけん》するのに必要な技術《ぎじゅつ》はすべて持っているんだから。

そうだ、やり直そう。

その夜、相変わらずバシャバシャやってるゾンビを見据《みす》え、ぼくは言った。「おまえはやめないんだろう。ぼくだってやめるもんか。明日になったら、新しい道具を作って畑を耕《たがや》し、新しいわが家を建てる。そしてこの経験《けいけん》をとおして、もっと強く、もっと賢《かしこ》くなってみせる！」

返事の代わりにゾンビはまた足を滑《すべ》らせて水音を立てた。

ぼくは言った。「ありがとう、ぼくの頭に分別を叩《たた》き込《こ》んでくれて。おかげで、大切なのは失敗しないことではなく、それをどう乗り越《こ》えるかなんだと気づけたよ」

第18章　自分の心の声には耳を傾《かたむ》けろ！

「思うんだけど」翌朝《よくあさ》、ぼくは動物たちに語りかけた。「わが家を失ったのは、この島でぼくに起きた最高の出来事だったのかもしれない」

「メー」レイニーが声をあげる。

「本気でそう思うんだ」ぼくは続けた。「ぼくのやり方に新たな〝P〟が加わったんだからね」

　子ヒツジはいぶかしそうにぼくを見た。

「ごめん、ごめん。五つのPを思いついたのはきみが生まれる前のことだね。計画《プラン》、準備《プリペア》、優先順位《プライオリタイズ》、練習《プラクティス》、それに辛抱《ペイシェンス》。そして今度は――」ぼくは芝居《しばい》がかった仕草で拳《こぶし》を突《つ》きあげてみせた。「不屈の精神《パーシヴィアランス》だ。まあ、絶対《ぜったい》にあきらめるな！　っていう最初の教訓を、単にかっこよく言い直しただけなんだけどね。でもとにかく、これでほかのPと合わせて六つのPだ！」

ぼくが宣言《せんげん》するのと同時に、動物たちは尻《しり》を向けた。

「六つのP」ぼくは堂々と繰《く》り返《かえ》し、草をはむ動物たちのあいだを両腕《りょううで》を広げて歩いた。「ぼくの次なるプロジェクトにまさにふさわしい哲学《てつがく》だ」

「メー」クラウドが声をあげた。

「いいや、違《ちが》うよ」ぼくは白ヒツジに教えてやった。「新しい家じゃない。それはまだだ。最初の家を失った元凶《げんきょう》に取り組むのが先だよ」

丘《おか》の上の水が溜《た》まった焼《や》け跡《あと》を見あげ、問いかけた。「松明《たいまつ》の明かりはモンスターの発生を防ぐと気づいてからどれだけ経《た》った？　島全体を照らそうとぼくは何度計画した？　なのにぼくは実行しなかった。ほかのプロジェクトに気を取られたせいもあるけど、正直なところ、めんどくさかったんだ。そしてその代償《だいしょう》がこれだ。もう二度とめんどくさがりはしないぞ。ぼくの家を破壊《はかい》したクリーパーは、人生における貴重《きちょう》な教訓をまたひとつ与《あた》えてくれた。たとえ面《めん》倒《どう》でも――」

振《ふ》り返《かえ》ると、ぼくが熱弁《ねつべん》を振《ふ》るっているあいだに、動物たちはみんな歩き去っていた。「面《めん》倒《どう》でも、大切な仕事は先延《さきの》ばしにするな！」ぼくは遠ざかるみんなの尻《しり》に向かって叫《さけ》んだ。

かくして、さっそくぼくは島を明るく照らす作業に取りかかった。残っていた石炭全部と木材のほとんどを使って松明《たいまつ》を作り、島中くまなく設置《せっち》する。木立《こだち》の中や牧草地、ビーチ、入り江《ラグーン》にも、丸石のブロックを置いてその上にのせた。念には念をだ。

わかってる。島の西側はそのままの形で保存《ほぞん》するとぼくは誓《ちか》っている。だが、松明《たいまつ》をともしてモンスターから守らなければ、環境《かんきょう》そのものがやつらのさらなる攻撃《こうげき》で破壊《はかい》される危険《きけん》があるとぼくは結論《けつろん》した。理想を守るため、ときには譲歩《じょうほ》が必要だ。

ぼくは自分のその決断《けつだん》に満足している。

「モンスターは一匹《いっぴき》もいない」真夜中の牧草地に立ち、どこまでも続く松明《たいまつ》の火が夜空の星明かりに溶け込《こ》むのを眺《なが》め、ぼくはモーに言った。「島の端《はし》から端《はし》まで、一匹《いっぴき》も発生してないぞ」

「モー」ウシが同意する。ぼくは西の空へゆっくり移動《いどう》する星々を見あげた。「ひと晩中《ばんじゅう》だって、外で星を眺《なが》めていられるんだ」そう考えたところで、はっと気づいた。「そうだ、もう家だって要《い》らないじゃないか」星空を天井《てんじょう》にして、丘《おか》の頂《いただき》でベッドに眠《ねむ》るさまを頭に描《えが》く。「この島は安全で、気候はいつも穏《おだ》やかだ。なんのために頭上を屋根で覆《おお》う必要がある？」

その瞬間《しゅんかん》、雨が降《ふ》りだした——本当だって、作り話じゃないんだ。しかも、たまに降《ふ》るような小雨ではなく、大地を揺《ゆ》るがす雷《かみなり》と、空を裂《さ》く白い稲妻《いなずま》付きの本格的《ほんかくてき》な嵐だった。

「なんのためって、このためだよね」モーと一緒《いっしょ》に木の下で雨宿りをして、ぼくは言った。

雷《かみなり》に打たれるのを想像《そうぞう》するだけでぞっとする。星空のもとで眠《ねむ》りたいのは山々だけど、屋根はあったほうがいいようだ。

けれど、今度は木製《もくせい》の屋根じゃない。屋根だけでなく、建物全体を耐火構造《たいかこうぞう》にするつもりだった。三匹《さんびき》の子ブタの話を覚えているかい？　ぼくは覚えている。三番目の子ブタがレンガの家を建てたことまで。

家には見栄えのよさも必要だろう？　ぼくは、レンガは丸石に劣《おと》らず強度があるのを発見した。それに加えておしゃれだ。

ぼくはラグーンの浅い水底から、沈殿《ちんでん》していた粘土《ねんど》をすべて掘《ほ》りだした。そのあと代わりに砂《すな》を入れ、自然の景観を損《そこ》なわないよう、表面だけ粘土《ねんど》で覆《おお》った。幸運にも、住み心地のいいコテージ一軒分《いっけんぶん》のレンガを作るのに、じゅうぶんな粘土《ねんど》が集まった。

コテージの外観をきみに説明する必要はないだろう。もちろん、きみへ残した本が別の場所へ移《うつ》されたり、きみが原本のコピーを読んだりしているなら別だけど。とにかく、島の形を模《も》してCの形にしたこのコテージに、きみがいるものと考えて話を進めよう。

一階にあるキッチンと作業部屋、二階の寝室《しんしつ》とウォークインクローゼットはすでに見ただろう。玄関扉《げんかんとびら》は鉄製《てつせい》で、各部屋の壁《かべ》にしつらえたトラップドアが換気口《かんきこう》の役目を果たしている。北と南の壁《かべ》には鉄格子《てつごうし》入りの窓《まど》を設《もう》けた。吹《ふ》き抜《ぬ》ける潮風《しおかぜ》が心地いいだろう？

ベッドの横にある植木鉢《うえきばち》は、レンガの組み合わせから作り方を発見したものだ。クローゼットには防具立てもある。天井《てんじょう》を見あげてくれ。ぼくがガラスに色をつけてステンドグラスにする方法を見つけたことがわかるだろう。階下の窓《まど》ガラスも、分厚《ぶあつ》いブロックではなく、薄《うす》い板ガラスを使用している。

けれど、何より興味深《きょうみぶか》いのは壁《かべ》に飾《かざ》られた絵のはずだ。

これは新しいベッドを作製《さくせい》しているときに作ったものだ。引火しやすいカーペットはもう二度と使う気はなく、ぼくはこう考えた。羊毛をちょっといじくりまわして、ほかに何か作れないか試してみようか？

数本の棒《ぼう》と羊毛を組み合わせると、木枠《きわく》に入った白いキャンバスが現《あらわ》れた。奇妙《きみょう》なことが起きたのはそれを手に取ってからだ。壁《かべ》にかけるものだろうと思い、剝《む》きだしのレンガ壁《かべ》にぽんと置くと、突然《とつぜん》カラフルなマス目が壁《かべ》を覆《おお》ったんだ！　ぼくはぎょっとしてあとずさり、そこでようやく絵の全体像《ぜんたいぞう》が見えた。

それはもとの世界にいたのと同じ人間の姿《すがた》で、長身に黒衣をまとった赤毛の男性《だんせい》が山頂《さんちょう》にたたずみ、白い尾根を眺《なが》めていた。「うわあ……」ぼくは圧倒《あっとう》されて息をのんだ。これは、これまで作ったアイテムとは別次元のものだ。ツルハシやベッドのようにありきたりの基本道具《きほんどうぐ》ではない。この絵は芸術作品《げいじゅつさくひん》だ。

「どういうことだ？」ぼくは声に出して自問した。どうしてこの絵が現《あらわ》れたんだ？

手に取ってよく調べようと、絵画を壊《こわ》して回収《かいしゅう》した。すると、キャンバスは真っ白に戻《もど》った。また壁《かべ》に戻《もど》したら、今度はまったく違《ちが》うものが現《あらわ》れた。額縁《がくぶち》の形が変わっただけでなく、ふたりの男性《だんせい》が向き合う白黒の絵になっている。

「えっ……」ささやいて、ふたたび絵画を壁《かべ》からはずした。三度目に戻《もど》すと、額縁《がくぶち》はさっきと同じ横長だが、ひと目でクリーパーだとわかる顔が窓《まど》から屋内をのぞき込《こ》む絵に変わっている。

そのときふと疑問《ぎもん》が生じた。現《あらわ》れる絵を選んでいるのはこの世界か、それともぼくなのか？　はじめのふたつはもとの世界に実在《じつざい》する絵だった。特に最初のやつ、山頂《さんちょう》の男は、以前読んだことのある、怪物《かいぶつ》を生みだした科学者の物語で表紙絵に使われていたものだ。この絵にはぼくの記憶《きおく》の断片《だんぺん》が表れるのか？　これはぼくが何者かを思い出す手がかりなのか？

クリーパーの絵は、戸締《とじ》まりを忘《わす》れるなという戒《いまし》めにそのまま残し、ぼくはもう一枚《いちまい》絵画を作製して、寝室《しんしつ》の壁《かべ》にかけることにした。

今度もぼくの記憶《きおく》につながるものが表れるだろうか？

出現《しゅつげん》した絵にぼくはあんぐりと口を開けた。はじめ、それはもとの世界のものにも、この世界のものにも見えなかった。男性《だんせい》の姿《すがた》らしく、黄色い肌《はだ》に赤いシャツ、水色のズボン、それに水色と赤の三角帽子《さんかくぼうし》といういでたちだ。粗《あら》い輪郭《りんかく》はぱっと見には角張《かくば》っているものの、ところどころに見られる細い線はこの世界のものとは一致《いっち》しない。

そのとき、はっと思い当たった。

「きみはグラハム王か」絵に向かって言う。「コンピューターゲームの『キングス・クエスト』に出てきた」

コンピューター。

もとの世界にあった便利な機器のことは、それまで何度も考えた。冷蔵庫《れいぞうこ》に電子レンジ、テレビ、エアコン。どれも暮《く》らしをより快適《かいてき》にすることに関わる家電だ。けれどコンピューターは別だ。この機械はぼくの暮《く》らしを助けてくれただけじゃない、ぼくの暮《く》らしそのものだった。だから魚の釣《つ》り方も、料理の仕方も、農作物の育て方も知らなかったんだな。ぼくはコンピューターの前で人生を送っていたんだ……。

それはどんな人生だったんだろう?

ぼくはあてどなくコテージの外へ足を踏《ふ》みだして、小降《こぶ》りになった雨の中を歩きだした。自分が歌を口ずさんでいることにさえ気づかずにいた。それは、この島での初めての夜、ゾンビに襲《おそ》われて自分で自分を生き埋《いう》めにしたときに思い出したあの歌だった。

「〝きみは自分を見つけるだろう〟」夢《ゆめ》の中のように、ふらふらと丘《おか》をくだりながら声に出す。いまも歌詞《かし》をすべては思い出せない。隣《となり》の部屋から壁越《かべご》しに聞こえるラジオに耳を澄《す》ますようなものだった。思い出せるのは前と同じフレーズだけだ。

「〝きみは自分に尋《たず》ねるだろう〟」ぼくはモーに歌って聞かせた。「〝おいおい、どうしてここにいるんだ? と〟」そして友を見おろし、問いかけた。「ぼくはどうしてここにいるんだろう?」

そのとき初めて思い至《いた》った。ぼくがこの奇妙《きみょう》なカクカクした世界にいるのには、理由があるのかもしれない、と。これまでは忙《いそが》しすぎて、いや、正直に言うと気が進まなくて、何かに、誰《だれ》かに、意図的《いとてき》に送り込《こ》まれたのだとは考えることさえしなかった。

「ぼくがここにいる理由があるのなら」モーに問いかけた。「それはなんなんだ？」

そう口にするだけで気分が落ち着かなくなった。首筋《くびすじ》がこわばり、胃袋《いぶくろ》は波打ち、新たな住まいとともに築《きず》き直した心の平安は、ゾンビが死んだときの煙《けむり》のように消えた。

ぼくが不安を募《つの》らせるのに気がつき、ウシはおそるおそる〝モー〟と問いかけてきた。

「わからない」そうとしか答えられないのがいやでたまらなかった。「自分がここにいる理由を考えると、どうしてこんなに……不安になって、自分がちっぽけに思えるのかわからない。これまでだって、その答えをずっと探《さが》してきたんじゃなかったか？　立派《りっぱ》な戦略《せんりゃく》を立てたのもそのためだろう？　食料に避難場所《ひなんばしょ》、安全のために努力したのは、大きな問題に集中できる場所を確保《かくほ》するためだ。それをすべてやり遂《と》げ、こうして自由にできる時間ができたんだから……」

急に、崖《がけ》っぷちに立っている気分になった。地下峡谷《ちかきょうこく》で溶岩《ようがん》に落下しかけたときのようだ。

そして、あの恐《おそ》ろしい瞬間《しゅんかん》と同様に、ぼくは安全なほうへとあとずさった。

「こうして自由にできる時間ができたんだから……」考えを一八〇度転換《てんかん》して言う。「いまを楽しまなきゃな！　そうだろう？」

モーはただぼくを見ている。

「どのみち」ぼくは続けた。「そういう難《むずか》しい問題は逃《に》げやしないんだ。ぼくだってひと息ついて、花のにおいをかいだり、夕陽を楽しんだりする権利《けんり》がある」絶好《ぜっこう》のタイミングで沈《しず》みゆく太陽に目をやり、話を結んだ。「日も暮《く》れたことだし、新しい湯船を試してみるか」

ぼくはわが家へ引き返した。誓《ちか》ってもいいが、モーの声はこう聞こえた。〝待って、さっきのことについてちゃんと話をしよう〟

「悪いけど」ぼくはつい早足になった。「ひとりでくつろぎたいんだ」

新しいバスルームは、かつて鶏舎《けいしゃ》があった埋《う》め立《た》て地《ち》に建《た》てていた。家の中に溶岩《ようがん》を置くよりはるかに安全というのもあるけれど、肌《はだ》をなでる海風がここを最高のロケーションにしていたんだ。いまみたいに小雨に打たれるのも風情《ふぜい》があった。

熱い湯に浸《つ》かり、太陽が雲と海のあいだに消えるのを眺《なが》めながら、ぼくはほぼ完璧《かんぺき》なこの瞬《しゅん》間《かん》を楽しもうとした。しかし、それはほぼ完璧《かんぺき》なのであって、まるきり完璧《かんぺき》なわけではなかった。あの問題が、湯船の中にまでつきまとっていた。

誰《だれ》が？　どこで？　なんのために？

ぼくは目をつぶり、風と小雨に気持ちを向けようとした。種を蒔《ま》き直した畑の世話に、鎧《よろい》と道具の修理《しゅうり》と、明日の午前中にやるべきことを考えようとした。花壇や噴水《ふんすい》など、新たな飾《かざ》りつけを想像《そうぞう》しようとした。

どれもうまくいかなかった。問題は、置き去りにはできない。ぼくはそう気がついた。問題から逃《に》げ去《さ》ることはできないのだ。

それでもぼくは逃《に》げようとし、ものの十分のあいだに二度目の逃亡《とうぼう》を試みた。「もう寝《ね》る時間だ」夕方は一日のうちで最も好きな時間になったというのに、ぼくは自分に言い聞かせた。完成したばかりのわが家で初めての夜を過《す》ごそうと、コテージまで歩く。ひと晩《ばん》ぐっすり眠《ねむ》って朝の仕事に励《はげ》めば、いまこの場所に気持ちを集中しておけるだろうと、ぼくは期待した。

松明《たいまつ》が少ない……というか、ほとんど松明《たいまつ》がないことに気づいたのはそのときだ。コテージの中は一階と二階に一本ずつあるだけだ。ほかはすべて島を照らすのに使ってしまった。

「こいつはまずいな」ぼくは大げさに首を振《ふ》って言った。「非常《ひじょう》にまずい」寝室《しんしつ》にある鉄格子《てつごうし》入りの窓越《まどご》しに、モーを見おろして呼《よ》びかける。「そこからでもわかるだろう？　これじゃ暗すぎる！　もっと松明《たいまつ》が要《い》る。ぼくは石炭を掘《ほ》りに行かなきゃ」

「モー」聞こえてきたウシの声がこう聞こえた。〝それは問題から逃《に》げる口実だよね〟

「違《ちが》うよ、重大なことだ」ぼくは反論《はんろん》した。「明かりが足りなくて、モンスターが発生したらどうするんだ？」

長々と響《ひび》く〝モー〟の声が、〝自分の抱《かか》えている問題から逃《に》げちゃダメだ〟と叱責《しっせき》する。

「その話の続きは」ぼくは鎧《よろい》と道具に手を伸《の》ばした。「またあとで」

手にはツルハシを、腰《こし》には剣《けん》と盾《たて》を、バックパックにはパンとニンジンをたずさえ、地下へとおりていった。

地下峡谷《ちかきょうこく》を調べたぼくは、すっかり掘《ほ》り尽《つ》くしてしまったことに気がついた。鉱石が輝《かがや》いていた場所にはぽっかり穴《あな》が開いている。壁面《へきめん》は、飢《う》えた生き物にあちこちかじり取られたかのようだ。でも思うに、それは事実からそう遠くないのだろう。

無数のトンネルも余《あま》すところなく掘《ほ》り返《かえ》されていた。かつては真っ暗だった場所が、いまでは照明付きの通路に変わっている。〝照明付きの〟という部分はあまり考えたくなかった。松明《たいまつ》をがほしいなら、すでにあるやつをその辺の壁《かべ》から回収《かいしゅう》すればいいだけなんだから。

それでも少しのあいだ、ぼくは本気でそうしようかと思案した。二、三本松明《たいまつ》を取って、コテージへ持ち帰り、あの問題を避《さ》ける方法はまた別に探《さが》すことにしようか、と。

「ガアアアゥ」

本当のところ、そのうめき声はぼくの平たい顔に笑みを浮《う》かべさせた。

「ガアアアゥ」

どこか地下の、ぼくが見逃《みのが》していた物陰《ものかげ》に、いい口実になってくれる、生ける屍《しかばね》が生き残っていたらしい。

剣《けん》を引き抜《ぬ》き、ぼくは四方を見まわした。はじめ、見えるものは何もなかった。

「ガアアアゥ！」うめき声はいつもよりやや甲高《かんだか》い気がした。ぼくは注意深く耳を澄《す》まし、峡《きょう》谷《こく》に反響《はんきょう》しているせいかと考えた。そのとき、暗がりから何かが飛びだした。

ぼくは顔面蒼白《がんめんそうはく》になった。壁《かべ》の小さな穴《あな》から、ミニチュアサイズのゾンビが走ってきたのだ。

走って、と言ったが、そいつは本当に走っていた。このチビゾンビは俊足《しゅんそく》だ！　剣《けん》を構《かま》える間もなく、そいつは貨物列車のようにぼくに体当たりした。突《つ》き飛ばされ、うっと声をあげるよりも先に、ぼくは二度目の攻撃《こうげき》をくらった。

しかも、チビゾンビはすばやいだけでなく、タフだった。やっとそいつが煙《けむり》と化すまで、何度剣《けん》を振《ふ》るったかわからない。

「いまのはなんだったんだ？」ぼくはしゃがれた声で言い、食料をがつがつ食べて痛《いた》みを癒《いや》した。チビゾンビが隠《かく》れていた穴《あな》をのぞき込《こ》んだが、めぼしいものは見当たらない。石炭や鉄か、価値《かち》のあるものはなさそうだ。けれども、この穴《あな》は探検《たんけん》するという口実をぼくに与《あた》えてくれた。

穴《あな》の入り口を広げると、中は人ひとりがとおれる広さがあった。慎重《しんちょう》に足を踏《ふ》み入れ、盾《たて》を構《かま》えて矢が飛んでくるのに備《そな》えた。何も起きず、ゾンビのうめき声やクモの気配に耳を澄《す》まして、さらにもう少し待ったが、沈黙《ちんもく》があるのみだ。

ぼくはおそるおそる足を進めた。背後《はいご》の明かりが、前方にあるものを浮《う》かびあがらせる。植物だろうか。岩で覆《おお》われた地面から何かが生えている。近づいてみると、ころんとした形の茶色い小さなものが三つ見えた。ぼくの足が当たったらしく、ひとつは岩からぽんと離《はな》れ、ベルトポーチに飛び込《こ》んだ。顔を近づけてみたところ、それはキノコだった。

「うひゃっ」ぼくは顔をしかめた。毒キノコか幻覚《げんかく》キノコだと思ったのだ。飢《う》えて食べるものに困《こま》っていたかつてのぼくと、なんたる違《ちが》いだろう。あの頃《ころ》なら、こんなものでも喜んで口にしていただろうに。

別の明かりに気がついたのはそのときだ。

きっと溶岩溜《ようがんだ》まりがあるのだろう。だが、一歩進むごとにトンネル内は寒くなった。盾《たて》と剣《けん》を構《かま》え、ぼくは急な下り坂になっている出口から進みでた。

そこで目にしたものにぼくは息を呑《の》んだ。トンネルを出たところには板張《いたば》りの壁《かべ》があり、そこに松明《たいまつ》が――ぼくが作ったものではない――設置《せっち》されていたのだ。

「ぼくのほかにも人がいる！」ぼくは叫《さけ》んだ。けれど、返ってきたのは自分の声のこだまだけだ。さまざまなものが脳裏《のうり》をよぎった。海から釣《つ》りあげたブーツ。水平線の向こうには何があるんだという疑問《ぎもん》。そして不意に呼《よ》び覚まされた鋭《するど》い警戒心《けいかいしん》。

ウィッチ。ここがあいつの隠《かく》れ家《が》だったらどうする？　もっとおおぜい潜《ひそ》んでいたら？

ぼくは好奇心《こうきしん》と警戒心《けいかいしん》を秤《はかり》にかけながら、忍《しの》び足《あし》で前進した。そして明らかに人の手で作られた長い坑道《こうどう》を凝視《ぎょうし》して、腰《こし》を抜《ぬ》かしそうなほど驚《おどろ》いた。

四ブロック×四ブロックの広さに整然と掘《ほ》られた通路。木製《もくせい》の横桁《よこげた》がフェンスをふたつ積み重ねた上に置かれ、等間隔《とうかんかく》で天井《てんじょう》を支《ささ》えている。坑道《こうどう》はどこまで続いているのかわからなかった。先のほうは闇《やみ》の中へ消えている。

誰《だれ》がこれを作ったんだ？　それにいつ作られたんだ？　作った人たちはどこに？　いくつもの疑問《ぎもん》が頭の中を駆《か》けめぐる。

この島にはかつて住人がいたのか？　ぼくみたいな単独《たんどく》の者か、何人かの集団《しゅうだん》が、ここへ来て、坑道《こうどう》を掘《ほ》り、そののち島を去ったんだろうか？　仮《かり》にそうだとしたら、建物や家など、地上にいた痕跡《こんせき》はどこにある？　去る前に島をもとの姿《すがた》に戻《もど》していったのか？　それなら、ぼくがここにたどり着くまでに見つけたほかの鉱物を、彼《かれ》らはなぜ採集《さいしゅう》しなかった？

必要な分だけ掘《ほ》りだしたのだろうか。それとも——ぼくの心臓《しんぞう》の鼓動は速くなった——この島は彼《かれ》らの出発点ではなく、終着点だったのか！

あるいは、坑道《こうどう》の先は海底の下をとおり、どこかへ続いているのかもしれなかった。もとの世界へか、新たな世界へか、少なくとも別の島へ。

まだ誰《だれ》かいるかもしれないと思い、呼《よ》びかけてみようとしたけれど、敵《てき》である場合を考えてやめておいた。

見た目が自分に似《に》ていても、相手が友好的だとは限《かぎ》らない。

ウィッチの隠《かく》れ家《が》かもしれないのに、自分がいるとわざわざ教えてやることはない。

木製《もくせい》のブロックやフェンスの支柱《しちゅう》は、シラカバではなくオークだった。島ではオークのほうが希少だから（その希少なオークをぼくは絶滅《ぜつめつ》させたのだが）これはどこか別の場所から運び込《こ》まれたのかもしれない。

奥《おく》の壁《かべ》に松明《たいまつ》を置《お》き換《か》えて目を凝《こ》らすと、先のほうにこれまで見たことのないものがあった。木と鉄で作られたレールが敷《し》かれていたんだ。ぼくはためらいながら線路に沿《そ》って歩を進め、まわりの物音に耳をそばだてて、数歩ごとに松明《たいまつ》を置いた。

壁《かべ》に埋《う》まった石炭や鉄、レッドストーンはあとで掘《ほ》ることにして、とおり過《す》ぎた。横桁《よこげた》の隅《すみ》にクモの巣が張《は》っている場所もいくつかあり、ぼくの警戒心《けいかいしん》は全開になった。無害な小さいクモが作った可能性《かのうせい》もあれば、でかくて凶暴《きょうぼう》なやつが糸を吐《は》きだした可能性《かのうせい》もあるのだ。

レールに沿《そ》って歩いていると、左右に分かれ道になっている箇所《かしょ》にたどり着いた。左は暗闇《くらやみ》しか見えず、右側には金属製《きんぞくせい》の箱らしきものがある。

ぼくはそれに近づいてみた。箱だと思ったものはトロッコで、中にはぼくが持っているのと同じ、木製《もくせい》のチェストが収《おさ》まっていた。蓋《ふた》を開け、使い古しの鉄製《てっせい》のツルハシと一緒《いっしょ》に出てきたものに、息をのんだ。

それはダイヤモンドでできた鎧《よろい》だったけれど、ダイヤだから驚《おどろ》いたわけじゃない。人間以外のもののために作られた鎧《よろい》だったからだ！　一見したところ、この大きな鎧《よろい》は四《よ》つ脚《あし》の動物用に見える。ウシ用？　それともヒツジ？　でも、モンスターたちに襲《おそ》われることのない動物になぜ鎧《よろい》が要《い》るんだろう？

まだぼくが遭遇《そうぐう》していないモンスターから守るためかもしれない。輝《かがや》く鎧《よろい》を調べ、ぼくは思った。それとも、モンスターではなく、これをつける動物のほうにまだ出会っていないのだろうか。

二番目の説が正しい場合、ここにあるものは島以外の場所から運び込《こ》まれたという考えの裏《うら》付《づ》けとなる。

地上に戻《もど》って、これがモーかフリントの体に合うか試してみようか？　それともここは先へ進むべきか？

カランコロン。

どうするかはその音で決定した。

三本の矢が――そう、三本だ――闇《やみ》の奥《おく》からうなりをあげて飛来し、チェストプレートで覆《おお》われたぼくの胸《むね》に刺《さ》さった。

ぼくは顔をしかめ、きびすを返して坑道《こうどう》を走った。地下でスケルトンと初めて戦ったときのように、角を曲がったところで待《ま》ち伏《ぶ》せする。

カシャン。

カラン。

カチャン。

三組の足音が聞こえ、ぼくは耳を疑《うたが》った。ひとつかふたつならわかる。だが、三体ものスケルトンに出くわしたことはいまだかつてなかった。

覚悟《かくご》はできてるか。ぼくは自分に確認《かくにん》した。ああ、もちろんだ。三体が相手では、防御《ぼうぎょ》と攻《こう》撃《げき》を交互《こうご》にやる余裕《よゆう》はない。満身創痍《まんしんそうい》のハリネズミになるのは避《さ》けられないだろう。

弓を持った三体が出てきたところを、ぼくはダイヤモンドのごとき決意をもって迎《むか》え撃《う》った。

結局、ぼくの体に計何本の矢が刺《さ》さったかは、知らないほうがいいだろう。ぼくも思い出したくはない。残りの食料をすべてたいらげ、地上へまっすぐ戻《もど》らなければならなかったとだけ記しておこう。

「ねえ、みんな」四本脚《よんほんあし》の仲間に呼《よ》びかけた。「これって、誰《だれ》かの体に合うのかな?」

ダイヤモンドの鎧《よろい》をモーとフリントの体にのせてみたが、どちらもサイズが合わなかった。

「じゃあ、どういう動物が着けるんだと思う?」ぼくはみんなに尋《たず》ねた。「シカか? ウマ? 水牛かな?」ウマが最もありえそうだ。もとの世界で、鎧《よろい》を着けたウマの絵を見た覚えがある。

「でも、どの動物の鎧《よろい》かは重要じゃないんだ」ぼくはモーに言った。「本当に大事なのは、ことは別の場所があるに違《ちが》いないってことなんだよ」水平線に視線《しせん》を投げて、胸《むね》がぎゅっと締《し》めつけられるのを感じた。

「まあ、期待するだけ無駄《むだ》かもしれないけどね」ぼくはすぐさま消極的な気分に逆戻《ぎゃくもど》りした。

「ここはもともと広い大陸で、この島以外は海の下に水没《すいぼつ》したってこともありえるじゃないか。

そんな映画《えいが》がなかったっけ？」

動物たちはみんなぼくをじっと見ている。

「なんにしても」ぼくは丘《おか》を引き返しはじめた。「とにかく、あの場所へ戻《もど》ってみよう。ほかにも何が見つかるかわからないぞ」

そのときのぼくには、心の声が伝えようとしていることに耳を傾《かたむ》ける準備《じゅんび》は、まだできていなかった。

第19章　本は世界を広くしてくれる

坑道《こうどう》への二度目の探検《たんけん》は、開始するなり終了《しゅうりょう》した。着いてものの数分で、新たなトロッコを見つけたのだ。途中《とちゅう》で会った二体のゾンビの話は省略しよう。グルル、グサッ、バタン、以上だ。

大事なのは、トロッコの中のチェストに入っていたもののほうだ。数個《すうこ》のレッドストーンとパン一個《いっこ》のことを言ってるわけじゃない。もっとも、いつからそこにあったのか知らないけれど、パンは少しも傷《いた》んでなかった。

ぼくを地上へと駆《か》け戻《もど》らせたのは、二種類の種だった。この世界で見慣《みな》れた緑色の小麦の種には、どちらもまったく似《に》ていない。片方《かたほう》は色が黒くて小粒《こつぶ》、もう片方《かたほう》はクリーム色で少しだけ大きい。

急いで畑に戻《もど》ると、クワで新たに土を耕《たがや》した。種蒔《たねま》きするなり、目に見える違《ちが》いがあった。小麦の種からは数本の苗《なえ》が育ち、一本のニンジンからさえ複数《ふくすう》のニンジンが育つ。でも、これらは違《ちが》った。どちらも一本の太い茎《くき》が伸《の》びただけだ。

数カ月前なら、何日もただ見守り、待っていただろうと思うと、笑ってしまいそうだ。いまはもうそんな必要はない。骨粉《こっぷん》の蓄《たくわ》えがあるのだから。

ひとつ目の種に骨粉《こっぷん》を三つかみかけると、茶色がかった緑色の茎《くき》は腰《こし》の高さまで伸《の》びた。葉っぱや実はつかず、収穫《しゅうかく》できるものは何もなかった。同じ種はまだふたつあり、ぼくはとりあえず、茎《くき》そのものを刈《か》り入れることにした。

ひょっとすると、これは新種の食べ物じゃないか？　とぼくは考えた。もとの世界にあるやつの角張《かくば》ったバージョンではなくて。それか、収穫《しゅうかく》したら見覚えのある果実に変化して――。

ぼくの物思いは断《た》ち切《き》られた。二、三度叩《たた》くと、その植物は何も残さず消えてしまったのだ。

「おいおい、そりゃあないだろう」ぼくは仕方なくもう一度種を植え、骨粉《こっぷん》をかけてやった。そして今度は辛抱強《しんぼうづよ》く待った。行きつ戻《もど》りつしながら、畑のほかの野菜の育ち具合を確《たし》かめ、小麦とニンジンの一部を収穫《しゅうかく》したが、茶色がかった緑の茎《くき》に変化は見られない。

「そっちがそういう態度《たいど》なら、ぼくは鎧《よろい》を修理《しゅうり》してくるよ。戻《もど》ってきたときもそのままなら、モーを連れてきて食べさせるからな」

おどしが効《き》いたのか、茎《くき》かツタかわからないものは、突然《とつぜん》頭を横に垂《た》れ、その先に黄緑と緑の縦縞《たてじま》入《い》りの、大きな真四角の実をつけた。「ふうん、きみはものわかりがいいじゃないか」そう言うと、ぼくは何となく見覚えのある果実を叩《たた》いた。

手にするなり、果実は六切れに分かれた。緑色の分厚《ぶあつ》い皮、真っ赤なみずみずしい断面《だんめん》とそこに散らばる黒い種は、見間違《みまちが》えようがない。もしもきみがスイカを食べたことがないのなら、いつか是非《ぜひ》食べてみてくれ。

「うん、うん、うん」ぼくは食べながら満足の声をあげ、ごちそうの種類がまたも増《ふ》えたことを喜んだ。

「きみのほうは」食べる合間にもう片方《かたほう》の謎《なぞ》の植物に問いかける。「なんになるのかな?」いまのところはなんにもなっていない。「まあ、いいさ。この話はぼくが戻《もど》ってからにしよう」

地下の坑道《こうどう》へおりる前に、スイカの種をもうひとつ植えておいた。計四つとなったツタの列と、いまだ正体不明の茎《くき》を残し、ぼくは新たな発見の夢《ゆめ》とともに地下へ向かった。

しかし、今度の発見は心躍《こころおど》るものばかりではなかった。

前回見つけたトロッコの脇《わき》をすり抜《ぬ》け、さらに坑道《こうどう》を進んでいたとき、三本の矢がぼくの尻《しり》に刺《さ》さった。

「また!?」振《ふ》り返《かえ》ると、またも三体のスケルトンと対面した。今度は襲撃者《しゅうげきしゃ》を待ち伏《ま》《ぶ》せする作戦はやめにし、ぼくは坑道《こうどう》の角を曲がって、木製《もくせい》の支柱《しちゅう》と支柱《しちゅう》のあいだを丸石のブロックでふさいだ。

「ちょっと待ってろ」言い捨《す》てて、新たな作戦を練る。

壁《かべ》に穴《あな》を掘《ほ》り、連中の背後《はいご》にまわって驚《おどろ》かせ、畑の肥料《ひりょう》にしてやろう。

あいにく、驚《おどろ》くことになったのはぼくのほうだった。壁《かべ》をちょっと掘《ほ》っただけで、丸石造《まるいしづく》りの部屋に出て、そこでさらに二体のスケルトンと鉢合《はちあ》わせしたのだ。盾《たて》と剣《けん》で華麗《かれい》に戦う暇《ひま》などない。奥《おく》に出入り口があり、そこから敵《てき》の仲間がやってくる音が聞こえた。ぼくは二体の横を走り抜《ぬ》け、出入り口をブロックでふさいだ。背中《せなか》に矢を浴びながら松明《たいまつ》を壁《かべ》に投げつけ、そのあとようやく骨野郎《ほねやろう》どもを始末する。

骨粉《こっぷん》を拾い集めてから、自分が出くわした奇妙《きみょう》な部屋を見まわし、目を丸くした。中央には小さく奇妙《きみょう》な檻《おり》があり、中では小さく奇妙《きみょう》な火が燃《も》えている。火は明るくもあたたかくもなく、ぼくが奥《おく》にあったふたつのチェストに気を取られさえしなければ、炎《ほのお》の中でクルクルとまわる灰色《はいいろ》の物体に気づいただろう。

だが、ぼくはすぐに〝お宝《たから》だ〟と大喜びでチェストの蓋《ふた》へ手を伸《の》ばしてしまい、とたんに肩《けん》甲骨《こうこつ》のあいだに矢をくらって悲鳴をあげた。「痛《い》てっ！」

あわてて振《ふ》り返《かえ》ると、スケルトンがまうしろに立っていた。「え？　なんで……」ぼくが来た坑道《こうどう》のほかに道なんかないのに、どうやってここまで入ってきたんだ？

盾《たて》を持ちあげるなり、矢がドンと表面に当たり、ラッキーなことに、スケルトンの胸《むね》に跳《は》ね返《かえ》った。

「ワオ、いまの見たか？」それは新たな戦法の発見だった。敵《てき》を自縄自縛《じじょうじばく》ならぬ、自矢自刺《じやじさし》におとしいれるこの戦法には、かなりのコツを要した。まず、敵《てき》のごく近くまで接近《せっきん》しなければならない。次に、盾《たて》をちょうどよい角度に掲《かか》げる必要がある。でもうまくいくと、こんなに愉快《ゆかい》なことはなかった。スケルトンが矢を射《う》っても、射《う》っても、自分に刺《さ》さるばかりなのだ。

ぼくはそれに熱中するあまり、そいつがどういう方法でこの部屋にいきなり現《あらわ》れたのか、考えるのをすっかり忘《わす》れていた。

実は方法もなにもなくて、実際《じっさい》にスケルトンは忽然《こつぜん》と現《あらわ》れていたんだ。ぼくがピンポン球のように矢を跳《は》ね返《かえ》し、ついでに軽口を叩《たた》いてやっているそばから、敵《てき》の隣《となり》にスケルトンがもう一体、いきなり出現《しゅつげん》した。

面倒《めんどう》なことになったのはそこからだ。ぼくはすぐに、痛切に、学んだ。盾《たて》で矢を跳《は》ね返《かえ》す戦法がうまくいくのは、一対一のときだけだったのだ。肩《かた》や胸《むね》、脚《あし》にしこたま矢を受けてから、ぼくは盾《たて》をさげてダイヤモンドの剣《けん》で二体のスケルトンを倒《たお》した。

残る最後の敵《てき》はモンスター発生器《スポナー》だ。部屋の中央にある火の入った檻《おり》を、ぼくはそう呼《よ》ぶことにした。

この奇妙《きみょう》な装置《そうち》はモンスター製造器《せいぞうき》だと気づくべきだった。中でクルクルまわっているのは、何あろう、ミニチュアのスケルトンじゃないか。「このまぬけ」声に出して自分を罵倒《ばとう》し、自分で自分を叩きたくなるのをこらえた。失敗に囚《とら》われずにそこから学ぶんだ。

あいにく、ぼくがここで学んだのは恐《おそ》ろしい事実だった。立ち向かわなければならない新たな脅威《きょうい》が出現《しゅつげん》したのだ。暗がりさえなければモンスターは発生しないというぼくの仮説《かせつ》は、がらがらと音を立てて崩れた。もしもモンスター製造器《せいぞうき》がほかにもあり、スケルトンやゾンビ、音もなく接近《せっきん》して爆発《ばくはつ》するクリーパーが生みだされていたら……。

この部屋と坑道《こうどう》を封鎖《ふうさ》し、この新たな地下世界すべてに背《せ》を向けたくなるにはそれでじゅうぶんだった。

でもその前に、最後のチェストふたつを調べよう。

ひとつ目からは、手のひらサイズのレコードを見つけた。プレーヤーがなければなんの役にも立たないな。ぼくはそう思いつつ、次のチェストを開けた。

「本だ！」

しかもただの本じゃなかった。説明書。アイテムの作り方が記されたガイドブックだ！

この時点まで、独学《どくがく》で学ぶぼくの進歩は、カタツムリ並《なみ》ののろさだった。ぼくの歩みは、観察と実験、それに幸運な、もしくは危険《きけん》な偶然《ぐうぜん》の積み重ねに基《もと》づいていた。そんな苦労はもう終わりだ。この本の中では、すぐに使える知識《ちしき》がぼくに吸収《きゅうしゅう》されるのを待っている。革装《かわそう》の表紙を開くと、翼《つばさ》を授《さず》けられるような心地がした。そして内容《ないよう》に目をとおしたぼくの心は実際《じっさい》に空へ舞《ま》いあがった！

ぼくは地上へ、家へと急ぎ、この新たな知識《ちしき》の泉《いずみ》に飛び込《こ》んだ。

「本を見つけたんだ！」家のフロントポーチに出て、動物たちに声を張《は》りあげる。ぼくは〝音楽の書〟を開いて、ジュークボックスの作り方を読みあげた。これがあればぼくが見つけたレコードをかけることができる。本には、自分でメロディを作れる音符《おんぷ》ブロックの作り方まであった。

そうだね、せっかく見つけた本だけれど、特に役立つ情報《じょうほう》でなかったのは認《みと》めよう。内容《ないよう》も〝音楽の書〟なんて大げさに呼《よ》ぶほどじゃない。ジュークボックスを作ってレコードを再生《さいせい》してみたけど、単調な音の繰《く》り返《かえ》しは、心地よさではゾンビのうめき声といい勝負だった。

音符ブロックのほうは、そうだな、丘《おか》の下の避難所《ひなんじょ》を音楽スタジオに作り替《か》えることもできそうだった。けれど、いまはそんなことをやってる場合か？　もっと役に立つ知識《ちしき》が詰《つ》まった本が、地下でぼくを待っているかもしれないってときに？

知識《ちしき》という富《とみ》に浮《う》かれて足が地に着かず、ぼくはまっしぐらに坑道《こうどう》へ戻《もど》った。三回立て続けでお宝《たから》にありついたんだ、次は図書館だって発見できそうだった。

もちろんそこまでうまくはいかなかったけど、新たなトンネルをいくつか探検《たんけん》して、角を曲がったところで、ぼくは〝うわあ……〟と声をあげた。

その先に開けていた大洞窟《だいどうくつ》と比《くら》べれば、最初に発見した地下峡谷《ちかきょうこく》なんて溝《みぞ》のようなものだ。そこはただ広いだけではなく、開発された採鉱場《さいこうじょう》だった！　坑道《こうどう》がありとあらゆる方向へ延《の》び、木製《もくせい》の橋が中空を交差している。複数《ふくすう》の水音が聞こえるし、遠くにはいくつかの松明《たいまつ》の明かりと、溶岩池《ようがんいけ》のぼんやりとした輝《かがや》きが見えた。

ぼくはそれらとは別の光に気がついた。よく見ると、紫色《むらさきいろ》をしたふたつの細い目が光っていたんだ。ぼくの二倍は身の丈《たけ》があり、全身真っ黒なせいで、見落としかけた。そいつは洞窟《どうくつ》の下のほうにある橋の上にいた。当てやすくはないけど、重力はこっちの味方だから……。

ぼくは弓矢を出して狙《ねら》いを定め、そこで手を止めた。

見た目が自分に似《に》ていても、相手が友好的だとは限《かぎ》らない。

かつて得たその教訓を、ぼくはひっくり返してみた。

見た目が自分と違《ちが》っていても、相手が敵《てき》だとは限《かぎ》らない。

おそらく、あのクリーチャーはここの住人だ。だったら、これから見つかるかもしれない本を全部合わせたよりも、もっと多くの答えを与《あた》えてくれるだろう。

「報酬《ほうしゅう》を得たいのなら危険《きけん》を冒《おか》さなきゃ」声に出して言うと、ぼくは弓矢をさげて洞窟《どうくつ》の底へおりだした。皮肉にも、もうひとつのチェストを見つけたのはそのときだ。中には〝野生の生き物〟というタイトルの本が入っていた。そのときすぐに読まなかったことを、ぼくは後悔《こうかい》するはめになる。

本をバックパックに押《お》し込《こ》み、長身の黒いクリーチャーまであと十ブロックのところへそろそろと近づいた。これだけの距離《きょり》があれば安全だ。相手が襲《おそ》ってきたとしても、矢を二、三本は放てる。それに、ほかのモンスターのようにこっちへ向き直ることもないのを見ると、敵対《てき》的ではないのだろう。

思い込《こ》みは禁物《きんもつ》。なのに、ぼくはそう思い込《こ》んでしまった。

「こんにちは」弓矢を握《にぎ》ったまま、声をかけた。相手は振《ふ》り返《かえ》らない。異様《いよう》に細長い腕《うで》の先に、何か持っているのが見えた。砂利《じゃり》のブロックか？

「こんにちは？」もう一度呼《よ》びかける。反応《はんのう》はない。

さらに一歩近づこうとしたとき、たまたま相手がこちらへ向きを変えた。視線《しせん》がぶつかる。

「ゴワァァァ！」

身の毛もよだつような叫《さけ》び声をあげ、そいつは目にも止まらぬ速さで移動《いどう》した。本当に見えなかったのだ！　じゅうぶんに離《はな》れていたのに、次の瞬間《しゅんかん》には目の前にいて、ぼくを突《つ》き飛ばし、鎧《よろい》をへこませ、肋骨《ろっこつ》にひびを入れた。

肺《はい》の空気が押《お》しだされ、弓矢が手から飛ぶ。

「ギアアアアッ！」相手はふたたび叫《さけ》ぶと、恐《おそ》ろしい力でぼくを殴《なぐ》りつけた。

とにかく逃《に》げるしかなかった。ぼくは一目散に駆《か》けだし、最も近い明かりを目指した。そばの坑道《こうどう》にある松明《たいまつ》だ。

背後《はいご》でしゃがれた叫《さけ》びがあがり、さらに一撃《いちげき》をくらった。ぼくは半死半生の体だった。全身ががくがくと震《ふる》えたが、天井《てんじょう》の横桁《よこげた》が長身の化け物の通過《つうか》をふさぎ、助けられた。

ショックで頭がもうろうとし、つぶやいた。「ぼくが何をした？　何かしたか？」

「ガアアアアッ！」そいつが横桁《よこげた》に頭をぶつけて叫《さけ》ぶ。

「これか？」ぼくは本を取りだして掲《かか》げた。「ぼくはきみの本を盗《ぬす》んじゃったのか？」

「フゴアアア！」

「ほら」手を伸《の》ばし、できるだけそいつの近くに本を落とした。「返すよ！」

だが、相手は拾おうとせず、怒《いか》りを鎮《しず》めてもくれない。

「じゃあ、何が気にくわないんだよ？」ぼくは本を拾いあげた。「なんなんだ？」あとずさりながらそいつに疑問《ぎもん》を投げつける。「おまえはいったいなんなんだ？」

「あいつらはエンダーマンって名前なんだって」どうにか地上へたどり着いてから、〝野生の生き物〟の本を広げ、ぼくはモーに語った。「でも、たいした説明はないな」ぼくは続けた。

「中立的なモンスター、って書いてるだけだ」

「モー」ウシは草を口に入れて言い、ぼくはおやつのパンプキンパイをほおばった。そうそう、ぼくは坑道《こうどう》から戻《もど》る途中《とちゅう》、もう一冊《いっさつ》本を発見したんだ。今度のタイトルは〝食べ物〟。あの謎《なぞ》のツタがカボチャってことと、その料理法までこの本は教えてくれた。

「目を合わせてはいけないんだってさ」甘《あま》いごちそうにかじりつく合間に、ぼくは続けた。

「どうやらそれであいつは激怒《げきど》したらしい。文化の違《ちが》いってやつかな？　それから、ぼくはあいつがものすごいスピードで動くと思ったけれど、実際《じっさい》には瞬間移動《テレポート》なんだって」

先を読みながらぼくは言った。「ここにはエンダーマイトやエンダーパールってもののことも書かれているけど、どういうものかはよくわからないな。エンダーマンは世界を築《きず》いているって、謎《なぞ》めいた話も載ってるよ。どういうことかは聞かないでくれ、ぼくにはわからないんだから。でも、それで砂利《じゃり》のブロックを持ってたのかな」

ぼくは本をおろして思案した。「あの採鉱場《さいこうじょう》はエンダーマンが作ったものじゃない。あいつにはとおれない場所があったんだからね。それにこの本を記したのも、別なやつだと思う。エンダーマンを〝われわれ〟ではなく、〝彼《かれ》ら〟と呼んでいるんだから。だったらどうして……」

その呪わしい言葉にぼくはまたもやぶつかった。どうして？

「まあいいさ」疑念《ぎねん》と不安から目をそむけて、ぼくはごまかした。「必要なことはわかった。エンダーマンに遭遇《そうぐう》したときは、目を合わせるな。こっちが挑発《ちょうはつ》しなければ、あっちから手を出してくることはない。さあ、次を見てみよう」

次の章はもっとなじみのある動物について書かれていた。「この世界には動物がたくさんいるんだな」自分で間違《まちが》いに気づいて言い直す。「いや、かつてはいたんだ。おそらく、大陸が海に沈《しず》むまでは」

「メー」クラウドは寂《さび》しげな声をあげた。

「うん、残念だ」ぼくは先を読んだ。「ヤマネコやオオカミはもう見ることができない。そうそう、ぼくが見つけた動物用の防具は馬鎧《うまよろい》だってさ。それと知ってたかい？　この世界ではブタを乗りまわすこともできたんだって。釣《つ》り竿《ざお》の先にニンジンをぶらさげて操作《そうさ》したそうだ。なるほどね」

ページをめくる。「へえ、水があるところならどこでも魚が釣《つ》れるんだ」そばにいるニワトリたちにちらりと目をやり、罪悪感《ざいあくかん》が胸《むね》を突《つ》くのを無視《むし》して言った。「食料に困《こま》ることはしばらくないけれどね」

モンスターたちについて書かれた箇所《かしょ》に目をとおすと、だいたいは自分で推測《すいそく》したとおりだった。とげとげした〝カニアラシ〟の実際《じっさい》の呼《よ》び名は〝シルバーフィッシュ〟とわかったが、どうもピンとこなかった。

「へえ、クモの糸を集めると羊毛が作れるんだ」ヒツジに目をやり、ぼくは笑い声をあげた。「羊毛に困《こま》ることもなさそうだけどね」

ぼくはほとんどのモンスターについて、知るべきことはすでに知っているようだった。だから洞窟《どうくつ》グモのページにたどり着いたときも、それは地上にいるやつの小型版で、危険《きけん》も少ないのだろうと思い込《こ》んだ。

思い込《こ》みは禁物《きんもつ》。

いまのぼくはそれを知っている。けれど、そのときのぼくは、自分が読みたいところだけを読んでいた。安心感を、優越感《ゆうえつかん》を、もしくは自信を与《あた》えてくれる箇所《かしょ》のみを選んで。不安や疑《ぎ》念《ねん》を抱《いだ》かせる箇所《かしょ》は、すべて読み飛ばした。

もとの世界には、一部の書物の内容《ないよう》が自分たちの考えに反するからと、その本を読むことを禁《きん》じたり、語句《ごく》の一部を削除《さくじょ》させたり、本を焼き捨《す》てたりまでする連中がいたけれど、振《ふ》り返《かえ》ってみると、ぼくも彼《かれ》らと大差なかったのだろう。

水平線の向こうにまだ存在《そんざい》するかもしれない土地や生き物について読んでいると、海から古びたブーツを釣《つ》りあげたときの気分を思い出し、不意に自分が小さくなったように感じた。だから、新たな知識《ちしき》を表面的には歓迎《かんげい》しながらも、ぼくは自分が発見したものの本当の価値《かち》を、まだ受け入れることができずにいた。

本は世界を広くしてくれるということを。

第20章　復讐《ふくしゅう》で傷《きず》つくのは自分だけ

翌朝《よくあさ》、ぼくは足の裏《うら》にバネがついているみたいにはずむ足取りで、次なる成功を確信《かくしん》して、大洞窟探検《だいどうくつたんけん》へとおりていった。気分は最高だった。修理《しゅうり》した道具と武器《ぶき》で武装《ぶそう》し、あらゆる種類の食料をバックパックいっぱいに詰《つ》め込《こ》み、なんでもかかってこいと張《は》り切《き》っていた。

だけど、その〝なんでも〟に、ぼくは長年の敵《てき》を含《ふく》めるのを忘《わす》れていたんだ。

地下で待ち受けるどんなモンスターよりも、本当に警戒《けいかい》すべき相手はほかにいた。そう、ぼく自身だ。

採鉱場《さいこうじょう》に入ると、おなじみの歓迎班《かんげいはん》の出迎《でむか》えに遭《あ》った。ゾンビにスケルトン、クリーパーまで二体いた。ぼくは連中を片付《かたづ》けて、戦利品をちょうだいし、まだ探検《たんけん》していない暗い坑道《こうどう》をくだっていった。

その先は途中《とちゅう》から自然の洞窟《どうくつ》に変わり、流れ落ちる溶岩《ようがん》が内部を照らしていた。丸石で溶岩《ようがん》の流れをふさいだあと、ぼくはなめらかな灰色《はいいろ》の床《ゆか》にダイヤモンドが埋《う》め込《こ》まれているのに気がついた。そう言えば、これまで見つけたダイヤモンドはすべて溶岩《ようがん》の近くにあった。この仮《か》説《せつ》はあとで確《たし》かめよう。ぼくは頭のメモにそう書き込《こ》んだ。

キラキラ光る宝石《ほうせき》三つを手に入れ、洞窟《どうくつ》をさらに進む。しばらく行くと、オーク材の柱で支《ささ》えられた坑道《こうどう》がふたたびはじまった。レールの先にはまたもチェストがあり、またも世界を広げるお宝《たから》が入っていた。

今回見つけた本は一冊《いっさつ》じゃない。なんと三冊《さんさつ》だ！　どれもレッドストーンに関する本で、その呼《よ》び名は実際《じっさい》、正式な名前だとわかった。なんの利用価値《りようかち》もないと長らく思っていた赤い鉱《こう》石《せき》は、実はこの世界で最も役立つ物質《ぶっしつ》らしい。レッドストーンの松明《たいまつ》は薄暗《うすぐら》くて、石炭製《せきたんせい》のやつの劣化版《れっかばん》だと考えていたが、実のところあれは動力源《どうりょくげん》で、レッドストーンダストを使ってエネルギーを伝達できるとある。

そこまでが一冊目《いっさつめ》の内容《ないよう》だ。二冊目《にさつめ》に進むと、レッドストーンは機械の作製《さくせい》に欠かせない材料だとわかった。

そう、機械だ！　石器時代から鉄器時代を経《へ》て、いよいよ産業革命《さんぎょうかくめい》に突入《とつにゅう》だ！　もしもぼくがもう少し辛抱強《しんぼうづよ》く、その場でぺらぺらとページをめくるのではなく、すぐに家に持ち帰って熟読《じゅくどく》していたら、おそらくあんなことにはならなかったのだろう。

けれど、ぼくはそうしなかった。

「シャーッ！」

この音は知ってるぞ。いやというほど耳にしている。

「シュッ！」

顔をあげ、三冊《さんさつ》の本をきちんとしまって剣《けん》を構《かま》え、ぼくは脅威《きょうい》に対峙《たいじ》すべく、くるりとうしろを向いた。

何もない。背後《はいご》には明るく照らされた通路があるだけだ。まわれ右をしたが、前方には闇《やみ》しかなかった。真っ赤な多眼《たがん》は見当たらない。なのに……。

「シィッ！」

ぼくは慎重《しんちょう》に歩を進め、ところどころに松明《たいまつ》を設置《せっち》した。洞窟《どうくつ》グモは小さな厄介者《やっかいもの》にすぎないと、まだなめていたんだ。

当たっていたのは、小さな、という部分だけだった。

そいつは闇《やみ》の中から突然跳《とつぜんと》びかかってきた。青緑色がかった体は地上のクモの約半分の大きさだ。これなら噛《か》まれてもたいしたダメージはないとぼくは油断《ゆだん》した。

それが間違《まちが》いだった!

振《ふ》りおろした剣《けん》が狙《ねら》いをはずし、クモに噛《か》まれた瞬間《しゅんかん》、毒が血液《けつえき》に流し込《こ》まれたんだ。息ができず、火がついたような激痛《げきつう》に襲《おそ》われる。めまいがして四肢《しし》の関節がきしみ、ぼくはよろめいた。剣《けん》を闇雲《やみくも》に振《ふ》りまわし、盾《たて》で敵《てき》の攻撃《こうげき》を跳《は》ね返《かえ》しながら、満身の力を込《こ》めてどうにかクモを斬《き》り裂《さ》く。

毒の痛《いた》みをこらえてバケツに入った牛乳《ぎゅうにゅう》を取りだすと、がぶ飲みした。サイズは関係ないことを、ぼくは身をもって学んだ。しかし、〝シャーッ!〟という音はまだ聞こえる。ぼくは神経《しんけい》を尖《とが》らせて心に誓《ちか》った。次はもうやられないぞ!

またも間違《まちが》いだった。

行く手にどんな脅威《きょうい》が待っていようとやっつけてやると、ぼくは意気込《いきご》んで坑道《こうどう》を進んだ。ただ、敵《てき》がいたのはこの先でなく、下だった。板張《いたば》りの床《ゆか》に開いていた一ブロックの穴《あな》をぼくはまたぎ越《こ》した。平常心《へいじょうしん》を失い、そんな狭《せま》い場所にクモが入り込《こ》めるわけがないと、決めてかかっていたんだ。洞窟《どうくつ》グモの小ささを計算に入れずに。まさにパニックになると思考は停止する、だ。

穴《あな》をまたいだところで、背後《はいご》からクモに跳《と》びかかられた。毒をくらって、ぼくはあわてて振《ふ》り返《かえ》り、二匹目《にひきめ》の攻撃《こうげき》をかろうじて防ぐ。そいつは飛びすさったけれど、一匹目《いっぴきめ》が再度《さいど》噛《か》みついて毒を注入する。ぼくはクモどもの攻撃《こうげき》をかわし、斬《き》りつけ、やっとのことで退治《たいじ》した。

牛乳《ぎゅうにゅう》で解毒《げどく》したあと、パンをいくつも食べて体力を回復《かいふく》する。穴《あな》をのぞき込《こ》むと、もう何も見えない。下に潜《ひそ》んでいるやつはさすがにもういないようだ、と判断《はんだん》したというか、そう願った。

ここでちょっと言わせてくれ。ぼくはモンスターとの戦いで、ここまでボロボロになるのは久《ひさ》しぶりだった。勝つことにも、自分のやり方で戦うことにもすっかり慣《な》れきっていたから、新たな強敵《きょうてき》との対決後、ぼくは明らかに精神的《せいしんてき》にまいっていたんだと思う。

穴《あな》から顔をあげて前方に目を凝《こ》らし、そこにあるものが見えても、瞬時《しゅんじ》に引き返さなかったのはそのせいだ。

その先の坑道《こうどう》は、天井《てんじょう》から床《ゆか》までクモの巣にびっしりと覆《おお》われていた。かつてはあれほど貴《き》重《ちょう》で、命をかけても手に入れたいと思ったクモの糸を、いまは命をかけて取《と》り払《はら》わなければならないとは、ずいぶんな皮肉だ。坑道《こうどう》の行き止まりにはモンスタースポナーがあるのが見えた。洞窟《どうくつ》グモの発生源《はっせいげん》を破壊《はかい》するには、そこへたどり着くしかなかった。

ぼくは少なくとも、まっすぐ歩いて近づくほどまぬけじゃなかったけれど、剣《けん》で斬《き》り払《はら》いながら進むのも、愚かさでは大差なかった。気味の悪い巣をなんとか四つ除去《じょきょ》したばかりのところで、新たなクモが奥《おく》から現《あらわ》れた。しかもそいつはべたつくクモの糸など存在《そんざい》しないかのように、するする前進してきたのだ。

剣《けん》を振《ふ》りおろすと、クモの巣に当たった。そこへ敵《てき》が跳《と》びかかる。ぼくは顔をゆがめた。噛《か》まれたものの毒はくらわず、しかし体を突《つ》き飛ばされてクモの巣に引っかかった。

しまった、動けない！

ぼくは足をばたつかせた。クモの糸が伸《の》びて体がゆっくりと地面に近づく。

クモがふたたびジャンプし、また噛《か》みつかれた。今度は牙《きば》が深々と食い込《こ》んだ。ぼくは毒の痛《いた》みに悲鳴をあげ、絡《から》みつくクモの巣を死にものぐるいで斬《き》りつけた。床《ゆか》に足が着くのと同時にクモが躍《おど》りかかるのを、〝閃光《フラッシュ》〟のダイヤモンドの刃《やいば》が串刺《くしざ》しにした。

クモの巣の壁《かべ》からあとずさり、最後の牛乳《ぎゅうにゅう》を飲み干《ほ》す。食料を取りだすよりも先に、新たに二匹《にひき》のクモが襲《おそ》ってきた。今度はぼくも準備《じゅんび》ができていた。一匹目《いっぴきめ》を叩《たた》き返し、二匹目《にひきめ》も同様にする。ひとりでラケットボールをやる要領だ。クモたちが再度攻撃《さいどこうげき》し、ぼくも殴《なぐ》り返した。盾《たて》を突《つ》きだし、剣《けん》を振《ふ》りおろす。

二匹目《にひきめ》も消滅《しょうめつ》し、顔をあげると、奥《おく》にあるスポナーからさらにクモが二匹《にひき》発生するのが目に入った。「覚えてろよ！」怒《いか》りにはらわたが煮《に》えくり返り、ぼくは怒鳴《どな》った。「次に戻《もど》ってきたときは、おまえたちを全滅《ぜんめつ》させてやる！　一匹《いっぴき》残らずだ！」

地上へ駆《か》け戻《もど》るあいだに、頭を冷やす時間はあったはずだ。へこんだ鎧《よろい》を修理《しゅうり》し、ひびの入った剣《けん》を鍛《きた》え直し、ひと晩《ばん》しっかり休息を取ってから、冷静に合理的な計画を立てる必要があると、そう気がつくくらいには落ち着いていたはずだった。

でも、そうはできなかった。ぼくは追加の食料、それに矢を作るための羽を引ったくるようにつかむと、すぐさま戦いへときびすを返したんだ。牛乳《ぎゅうにゅう》の補給《ほきゅう》にモーのところへ寄《よ》り道《みち》したのが、正気を取り戻《もど》す最後のチャンスだったのに、ぼくは当然のようにそれを黙殺《もくさつ》した。

何度も繰《く》り返《かえ》された鋭《するど》い〝モー〟という鳴き声は、四本脚《よんほんあし》の友がもしも人間だったら、どういう言葉になっていただろう。

〝やめておきなよ。考えなしに地下へ戻《もど》っちゃだめだ！　これまでの失敗と教訓を思い出して！　いったい何度死にかけたと思ってるんだい！　いったん立ち止まって、深呼吸《しんこきゅう》をひとつしてごらん。復讐《ふくしゅう》をしたいからって――〟

そうだ、ぼくは復讐《ふくしゅう》がしたいんだ。

だからぼくはモーの声にも、意識下《いしきか》では自覚していたことにも耳を貸《か》さなかった。あのクリーチャーたちはぼくにふたたび恐怖《きょうふ》をもたらした。なすすべもなくおびえ、ＤＮＡに恐怖《きょうふ》を刻《きざ》みつけられるのがどんな気持ちか思い出させた。

恐怖《きょうふ》は憎悪《ぞうお》を生み、憎悪はぼくを盲目《もうもく》にした。ここでの教訓は一目瞭然だった。復讐《ふくしゅう》で傷《きず》つくのは自分だけ。

けれど、ぼくは教訓を無視《むし》した。痛《いた》い目に遭《あ》ってやっと学ぶことになるとも知らずに。

地下深くへ駆《か》けおり、さっきの坑道《こうどう》まで戻《もど》った。前回またぎ越《こ》えた穴《あな》はブロックでふさぎ、今度は頭上に穴《あな》を開ける。坑道《こうどう》の上に別の通路を作ってクモの巣を迂回《うかい》して、モンスタースポナーを真上から破壊《はかい》する。それがぼくの計画《プラン》だった。

そして計画は見事に失敗した。向こう側に出るなり、クモがぼくの顔めがけて跳《と》びかかったんだ。毒と戦いながら、ぼくはそいつをすばやく斬《き》り裂《さ》いた。大切なのは失敗しないことではなく、それをどう乗り越《こ》えるかだ、だろう？

しかし、そのときのぼくは、失敗を乗り越《こ》えようとすればするほど泥沼《どろぬま》にはまっていった。天井《てんじょう》の穴《あな》をふさいで牛乳《ぎゅうにゅう》をごくごく飲むと、無謀《むぼう》にもプランBへと突《つ》き進んだ。もしもきみなら、次に横の壁《かべ》を掘《ほ》ってまわり込《こ》もうとするだろうか？　上から行ってだめだったのに、横からなら大丈夫《だいじょうぶ》だと考えるだろうか？　もちろんそんなことはしないだろう。脳《のう》みそはそのためにある。

けれど、ぼくはそうした。そして最後のブロックを叩《たた》き壊《こわ》したところで、三匹《さんびき》の毒グモに襲《おそ》われた。どうやってそいつらの息の根を止めたのかは、本当に覚えていない。思い出せるのは、牛乳《ぎゅうにゅう》を取りだそうとして、バケツ一杯《いっぱい》しか持参していなかったのに気づいたことだ。

それからの一分間は、クモの毒がまわるのとぼくの体が回復《かいふく》するのと、どちらが速いかの競争だった。ぼくは胃袋《いぶくろ》に食べ物を詰《つ》め込《こ》めるだけ詰《つ》め込《こ》み、毒で体がやられるよりも先に自己《じこ》治癒《ちゆ》できるよう祈《いの》った。

毒による熱が引き、体が癒《い》えるのを感じたとたん、またも甲高《かんだか》い音が聞こえた。新たなクモが二匹《にひき》、クモの巣の上からぼくに飛びつこうとしている。

撤退《てったい》だ。引きさがれ。逃《に》げろ!

気がついたときには、足を踏《ふ》み入れたことのない真っ暗な坑道《こうどう》を夢中《むちゅう》で走っていた。松明《たいまつ》を取りだす暇《ひま》はなかった。方向感覚を失い、甲高《かんだか》い声が聞こえなくなるまでひたすら走った。

「こ、ここまで来れば大丈夫《だいじょうぶ》……とにかく態勢《たいせい》を立て直そう」

いつの間にか、まわりは岩肌《いわはだ》が剝《む》きだしの洞窟《どうくつ》になっていた。松明《たいまつ》を置くなり、矢が二本、ぼくの背中《せなか》に命中する。

振《ふ》り返《かえ》ると、すぐそばに丸石で作られた小部屋があり、中央にはまたしてもモンスタースポナーが置かれていた。二体のスケルトンがこっちへ向かってくる。

剣《けん》を振《ふ》りかぶり、敵《てき》の体に叩《たた》きつけた瞬間《しゅんかん》、ガシャン、と大きな金属音《きんぞくおん》を立てて輝《かがや》くダイヤモンドの刃《やいば》が壊《こわ》れたのを、ぼくは目《ま》の当《あ》たりにした。

〝閃光《フラッシュ》〟は最強の剣《けん》だった。なのにぼくは修理《しゅうり》を怠《おこた》っていた。度重なる戦闘《せんとう》、特にクモの巣の破壊《はかい》で耐久度《たいきゅうど》が激減《げきげん》していたのに気づいていながら、何もしなかったんだ。ぼくが手入れをしなかったから、〝閃光《フラッシュ》〟はぼくを守ることができなくなってしまった。

ぼくは悪態《あくたい》を吐《つ》き、バックパックとベルトのポーチの中をあさった。斧《おの》はない。予備《よび》の剣《けん》もない。弓と二本の矢があるだけだ。羽は大量にあるが、矢を作るのに必要な火打石はひとつも持ってきていなかった。

さらに二体のスケルトンが出現《しゅつげん》した。四本の矢がぼくの盾《たて》に当たって跳《は》ね返《かえ》る。ぼくはどこへ続くかもわからない真っ暗な洞窟《どうくつ》に転がり込《こ》んだ。うなりをあげる矢に追いかけられてひた走る。

四方の暗い岩壁《いわかべ》は飛ぶように流れ、ぼくは息を切らして走った。

そしてようやく沈黙《ちんもく》が訪《おとず》れた。

頭の中は混乱《こんらん》しきっていた。とにかく食べて体を治《なお》さなくちゃと、食料をたいらげる。

暗い。ひとりぼっちだ。そして帰り道がわからない！

通路から通路へと走りまわり、次々に松明《たいまつ》で照らしたけれど戻《もど》れそうにない。ここはどのあたりなんだ？

パニックで頭が真っ白になった。

「助けてくれ」似《に》たような通路を何度もとおりながら、ぼくは小声でつぶやいた。「頼《たの》むよ、誰《だれ》でもいいから助けてくれ！　お願いだ、誰《だれ》か助けて！」

すべての冒険《ぼうけん》の第一日目、大海原《おおうなばら》で遭難《そうなん》していたときと一緒《いっしょ》だった。ひとりでおびえきり、誰《だれ》かが見つけてくれるのを待っていたときと。

願いはつうじ、ぼくは見つけてもらえた。こちらが望む相手にではなかったけれど。

「ガアアァゥ！」

角を曲がるとうめき声が耳に入った。天井《てんじょう》の低い部屋にまたもやスポナーがある。今度はゾンビだ！　ゾンビがわらわらと発生している！

ぼくは別の洞窟《どうくつ》に逃《に》げ込《こ》んだものの、またも闇《やみ》の中で右往左往《うおうさおう》することになった。

「グワアアア！」

ゾンビたちは執拗だ。歩みはのろいくせに、着実に近づいてくる。連中はぼくを逃《に》がそうとしない。

うなり声が壁《かべ》に反響《はんきょう》した。ぼくからほんの数歩の距離《きょり》に迫《せま》っている。

右手で何かがちかっと光った。クリーパーだ！　ぼくは体をひねり、すばやく矢を放った。

タン！　見事、緑色の顔面に命中する。

だが、相手はまだ死なない。シューッと起爆《きばく》する直前の音がした。あともう一矢――。

「キキイッ！」矢はぼくの目の前を横切ったコウモリに当たった。

ドカン！

ぼくは吹《ふ》き飛《と》ばされた。チェストプレートは壊《こわ》れて消滅《しょうめつ》し、やけどを負った体が剝《む》きだしになる。

浅い水たまりに全身をしたたか打ちつけた。「グルル……」連中はまだぼくを追っている。遠くにある松明《たいまつ》のほの明かりが、ゾンビたちの輪郭《りんかく》をぼんやりと縁取《ふちど》った。

水たまりを走り抜《ぬ》けると、その先は硬《かた》い岩壁《いわかべ》に覆《おお》われた行き止まりだ。右を見ても左を見ても逃《に》げ場はない。戦うすべも残っていない。

腐敗《ふはい》した肉のにおいが鼻をついた。たちこめる死臭《ししゅう》、それに……これは土のにおいだ！

横の壁《かべ》を見ると、そこだけ土のブロックになっていた。ぼくの脳裏《のうり》に最初の夜の記憶《きおく》がよぎる。あのときは自分で自分を生《い》き埋《う》めにし、それで九死に一生を得た！

バックパックから丸石のブロックをつかみだし、自分の前に壁《かべ》を築《きず》く。猛烈《もうれつ》な勢《いきお》いでブロックを積みあげ、残った穴《あな》にゾンビの顔が接近《せっきん》した瞬間《しゅんかん》、最後のブロックを叩《たた》き込《こ》んだ。

第21章　知識《ちしき》は種と同じで、花開くのにそれなりの時間がかかる

「どうやって脱出《だっしゅつ》する？」ぼくは暗闇《くらやみ》に問いかけた。「次はどうすればいい？」

ぼくは追い詰《つ》められ、身動きも取れず、ひとりきり。

いや、まったくのひとりなら、そのほうがましだった。

「ガアアア」壁《かべ》の向こうでゾンビがうめく。まさに悪夢《あくむ》の再現《さいげん》だ。

「最初の夜とおんなじか」ぼくはつぶやいた。

自分でも思いがけないことに、ぼくは頬《ほほ》をゆるめて微笑《びしょう》した。

「最初の夜、か」繰《く》り返《かえ》して、穴《あな》ぐらを明るく照らす松明《たいまつ》を置く。「いまと比《くら》べたら、あのときのぼくには何ひとつなかった」

「グゥゥゥ」ゾンビがうなる。足音が近づくのが聞こえるから、どうやら二体いるらしい。

「バックパックに入ってるもののことじゃないよ」ぼくは笑い声をあげた。手で頭を示《しめ》すことができないのが残念だ。「ここにあるものさ！　頭に刻《きざ》みこまれたたくさんの貴重《きちょう》な教訓、それに苦労して積み重ねた経験《けいけん》だ。きみたちは、ぼくからそれを奪《うば》うことはできない。誰《だれ》にもね。この状況《じょうきょう》は最初の夜とは違《ちが》う、なぜならぼくはあのときとは別の人間だからだ！」

「グルル」モンスターたちがうなる。

「話はまたあとで」ぼくはゾンビがいるほうに背《せ》を向けた。「さあ、仕事だ」

深呼吸《しんこきゅう》をし、六つのPを思い返す。計画《プラン》、準備《プリペア》、優先順位《プライオリタイズ》、練習《プラクティス》、辛抱《ペイシェンス》、不屈の精神《パーシヴィアランス》。

いま最優先《さいゆうせん》すべきことは食料の確保《かくほ》だ。クモの毒はぼくから体力を根こそぎ奪《うば》っていた。めまいがするし、息がくさく、あの寒気が戻《もど》っている。飢餓状態《きがじょうたい》だ。

飢《う》えるのは久《ひさ》しぶりだな。ぼくはそう思いながら、ベルトのポーチとバックパックの中を探《さが》した。

出てきた食料は茶色いキノコがひとつだけ。これは赤い水玉模様《みずたまもよう》のキノコと一緒《いっしょ》に料理しないと食べられないのを、ぼくは本から学んでいた。

食料以外は、シラカバのブロックが二ダース、坑道《こうどう》の支柱《しちゅう》を破壊《はかい》して手に入れたオークのブロックが二十個《にじゅうこ》、からのバケツが三つ、水入りのバケツがひとつ。シャベルと弓、ツルハシはすべてひとつずつで、どれもかなり使用している。大量の丸石、少量の火薬、レッドストーンがいくつか、レッドストーンに関する本が三冊《さんさつ》、羽がひと束。クモの糸は釣《つ》り竿《ざお》が好きなだけ作れるほどあった。

「近くに海があればな」ぼくはぼやいた。けれど力のない言葉のすぐあとに、歓喜《かんき》の言葉が飛びだした。「あるじゃないか！」

〝食べ物〟の本の一文が頭の中で稲妻《いなずま》のようにひらめいた。〝水があるところならどこでも〟どこでもだ！　そしてぼくはこの重大な情報《じょうほう》を、水に関する知識《ちしき》と合体させた。畑に水を引いたときに、ぼくが長々と語ったのを覚えているかい？　あの知識《ちしき》はのちのちぼくの命を救うことになると言っただろう？　そう、それがいまだ。

「水ならバケツに入ってる！」ぼくは声に出して言った。「あともう一杯《いっぱい》あれば水たまりが作れるぞ」

「ウアアア」ゾンビたちの声が、水ならすぐそばにあることを思い出させた……この壁《かべ》の向こう側、連中のすぐそばに。

爆発《ばくはつ》で吹《ふ》き飛《と》ばされたときに落下した水たまりは、この穴《あな》ぐらからほんの数歩のところだ。壁《かべ》から水が流れ落ちているのをちらりと見た気がする。でも、あそこまでどうやって行く？

ぼくは壁《かべ》に横道を掘《ほ》ってまわり込《こ》むことを考えた。

横道作戦は今まで二度やって、二度ともさんざんな目に遭《あ》ったけど、水はすぐそこなんだ。

「大きな報酬《ほうしゅう》には大きな危険《きけん》がつきものだ！」ぼくは大声で言うと、壊《こわ》れる寸前《すんぜん》のツルハシを振《ふ》りあげた。

水源《すいげん》がある場所に当たりをつけて掘《ほ》り進む。「この辺かな……」

左側のブロックを崩《くず》す。水はなく、腐《くさ》った手が二本見えただけだ。

緑色の拳《こぶし》が繰《く》りだしたパンチが鼻に命中し、ぼくは悲鳴をあげた。

「やってくれたな」ぼくは穴《あな》をふさいだ。ゾンビが笑うとは思わないけど、いま聞こえるうめき声は明らかに楽しげだ。連中はブロックをはさんだ向こう側で、ぼくを追って移動《いどう》しているらしい。今度穴《あな》を掘《ほ》る場所を間違《まちが》えてパンチをくらったら、治癒《ちゆ》できるだけの体力は残っていない……。

ガシャン。手の中で鉄製《てつせい》のツルハシが壊《こわ》れた。

「問題ないさ！」まずはその場で作業台を作り、続いて石のツルハシを作製《さくせい》した。「不屈《ふくつ》の精《せい》神《しん》だ！」結果的に、精神力《せいしんりょく》はたいして必要なかった。ガリ、ガリ、ガリ、と一ブロック掘《ほ》ると、その先に地下水のブロックがあったのだ！

からのバケツで水を汲《く》み、穴《あな》ぐらの床《ゆか》に四角い大きな穴《あな》を掘《ほ》った。向かいあった角に二杯《にはい》のバケツをそれぞれ空《あ》ける。すると水は互《たが》いに引き寄《よ》せ合ってあいだの空間を埋《う》め、穴《あな》はみるみる水で満たされた。

「さあ、ここからだぞ」次に新たな釣《つ》り竿《ざお》を作った。

「アアァゥ」ゾンビの片割《かたわ》れがあざ笑うような声をあげる。

「ああ、そうさ」ぼくは怒鳴《どな》り返《かえ》した。「水があるところならどこでもとあったけど、ぼくが作った人工の池で釣《つ》れるかはなんの保証《ほしょう》もない」少しさがって、釣《つ》り糸を投げる。「でも思い込《こ》みは禁物《きんもつ》だ」

何も起きない。水面に泡《あわ》ひとつ立たなかった。

「辛抱《しんぼう》しろ」ぼくは自分に言い聞かせた。「辛抱《しんぼう》して待っていれば――」

来たぞ！　水面がぶくぶくと泡立《あわだ》っている。

「よし、かかってくれ」泡が移動《いどう》して浮《う》きへ向かうのを待つ。浮《う》きが沈《しず》んだ瞬間《しゅんかん》に引きあげると、鮭《さけ》が飛びだし、ベルトのポーチに入った。釣果《ちょうか》に加え、ぼくはここで新たな教訓を得た。知識《ちしき》は種と同じで、花開くのにそれなりの時間がかかる。

昼か夜かはわからないが、とにかく半日もするとベルトのポーチは魚でぱんぱんになった。新たに作ったかまどからおいしそうなにおいが穴《あな》ぐらいっぱいに広がり、ぼくの胃袋《いぶくろ》はすっかり満たされた。

そうそう、無害な動物を殺すのはやめるんじゃなかったのか、と、きみは首をかしげているかもしれないな。でも、数章前に戻《もど》ってもらうとわかるように、あれは〝飢《う》え死《じ》に寸前《すんぜん》でほかに選択肢《せんたくし》がない場合をのぞいては〟って条件《じょうけん》付きだった。理想を守るための譲歩《じょうほ》。一時的に、ベジタリアンから魚菜食主義者《さかなさいしょくしゅぎしゃ》へ変更《へんこう》だ。わかってもらえたかな?

さて、次の優先事項《ゆうせんじこう》に進もう。ベッド作りだ。よい眠《ねむ》りは頭をすっきりさせる。

本で読んだクモの糸から羊毛を作る方法を思い出し、残りのクモの糸を作業台の上に並《なら》べた。どういう理屈《りくつ》かはわからないけど、クモの糸四つで、ふかふかの白いブロックができあがった。それに木材のブロックを組み合わせて、以前作ったのとそっくり同じベッドを作る。毛布《もうふ》も枕《まくら》もやわらかくて、ヒツジの毛と比《くら》べてなんの遜色《そんしょく》もない。

「心配することはないさ」ぼくは自分に言い聞かせて眠《ねむ》りについた。「明日はここを脱出《だっしゅつ》しよう」

だけど、一日眠《ねむ》っただけで状況《じょうきょう》が変わるはずもない。翌朝《よくあさ》目が覚めたぼくは、無理に急いでここを脱出《だっしゅつ》しようとすると、ほぼ確実《かくじつ》にいまより危険《きけん》な事態《じたい》におちいることを悟《さと》った。

武器《ぶき》はひとつもなく、上半身は丸裸《まるはだか》も同然。牛乳《ぎゅうにゅう》がないから、クモの毒から回復《かいふく》するには通《つう》常《じょう》の十倍、食料が要《い》るし、そもそもどの方向へ向かえばいいかもわからなかった。

狭苦《せまくる》しい穴《あな》ぐらから脱出《だっしゅつ》したいのは山々だったけれど、道具や防具を修理《しゅうり》して補充《ほじゅう》し、計画を練る必要があった。好もうと好むまいと、しばらくはこの地下室がぼくの住まいだ。

それからの二日間は魚釣《さかなつ》りに費やした。じゅうぶんな食料を確保《かくほ》すると、次の優先事項《ゆうせんじこう》に移《うつ》った。防具と武器《ぶき》だ。

シャベルを使って壁《かべ》の土ブロック部分を掘《ほ》り返すと、鉄鉱石《てっこうせき》が三つ見つかった。さいさきがいいぞ。そうひとりごちて鉄鉱石《てっこうせき》を採掘《さいくつ》し、さらに奥《おく》へ掘《ほ》り進む。

「うわっ」ブロックを壊《こわ》すと空洞《くうどう》が現《あらわ》れ、ぼくはすかさずあとずさった。モンスターが襲《おそ》いかかってくることも、連中がいる気配もなかった。おそるおそる穴《あな》から顔を出すと、その先の地面には小さな赤い水玉模様《みずたまもよう》が散らばっている。赤キノコだ。

「二日もかけて魚を釣《つ》ったのに、すぐ近くにシチューのもとがあったとはね」ぼくは苦々しくつぶやいた。

けれど、釣《つ》り堀《ぼり》を作る方法を学んだおかげで、これからは二度と飢《う》えることがない。ぼくはそのことを胸《むね》に刻《きざ》んだ。

失敗は前進をうながす。

率直《そっちょく》に言うと、キノコシチューは好きじゃない。どろどろしているし、特徴のない味が苦手だ。でも、少なくとも、食べるために生き物を殺す必要はこれでなくなった。ほらね、ぼくは生き物の命を大切にしてるんだ！

しかも、キノコは勝手に増殖《ぞうしょく》する。薄暗《うすぐら》い場所に植えるだけでどんどん増《ふ》えるのだ。ぼくは手持ちの茶キノコを奥《おく》の暗がりに植えた。これでぼくの良心は救われ、時間の節約になり、採《さい》掘《くつ》に専念《せんねん》できる。

こうして、ぼくは穴《あな》を掘《ほ》り続けた。九日か十日目には、道具と武器《ぶき》を補充《ほじゅう》し、防具一式を新調するのにじゅうぶんな鉄と石炭が集まった。

いよいよわが家を目指す時が訪《おとず》れた。けれど、どうやって帰る？　方向さえわからないし、もと来た道をたどるのは危険《きけん》が大きすぎる。

なのでとりあえず、垂直《すいちょく》方向へ螺旋状《らせんじょう》に階段《かいだん》を掘《ほ》ってみた。これならいずれは地上へ出る。

この真上ではモーやヒツジたちが草をはんでいるのかもしれない。

でも、そううまくはいかなかった。いや、いちおう丘《おか》のふもと付近までは、たどり着いた可《か》能性《のうせい》はあるんだ。というのも、上へ上へと掘《ほ》り進んでいたら、砂《すな》のブロックにぶつかったから。

だけどビーチだ！　と嬉々《きき》としてシャベルで砂《すな》ブロックをどけ、すぐまた落ちてくる黄色いブロックをどんどん除去していった結果、最後は落下してきた海水に地底まで押《お》し流されてしまったんだ。

ぼくは肩《かた》を落として螺旋階段《らせんかいだん》の入り口をふさいで、プランをBに変更《へんこう》した。プランBはモンスターたちのいない坑道《こうどう》に出るまで、ひたすら横穴《よこあな》を掘《ほ》っていくというものだ。

この計画も予定どおりにはいかなかった。一度目の挑戦《ちょうせん》では、溶岩《ようがん》が流れる洞窟《どうくつ》に出た。壁《かべ》には金とダイヤモンドが光っている。「いまはきみたちに用はないな」ぼくはお宝《たから》に向かって苦笑いすると、向きを変えて穴《あな》を掘《ほ》り進めた。今度は求めていた場所に出た。ひっそりとした坑道《こうどう》で、モンスターの姿《すがた》はどこにもない。しかも松明《たいまつ》が設置《せっち》されていないということは、ここはぼくが初めて訪《おとず》れる場所だ。

「きっとわが家は近いぞ」息を吸《す》い込《こ》むと、早くも潮《しお》の香《かお》りがする気がした。坑道《こうどう》に出て左へ曲がったところで、トロッコが目に入った。

ぼくは中に入っているチェストの蓋《ふた》を開けた。鉄の延《の》べ棒《ぼう》が数本、火薬、ありがたいことにパンもある。そして何よりの収穫《しゅうかく》は新たな本だ。その表紙には〝道案内〟と記されていた。

そのとき、ぼくは自分が世界一ラッキーな人間だと思った。

「グルルル…」

突然《とつぜん》、曲がり角からゾンビが現《あらわ》れ、ぼくの顔面に拳《こぶし》を叩《たた》きつけた。ぼくはよろめきながらも、次の一撃《いちげき》は新品の盾《たて》で受け止め、真新しい鉄製《てっせい》の剣《けん》で反撃《はんげき》した。ゾンビは煙《けむり》となって消え、ぼくは誇《ほこ》らしさに胸《むね》をふくらませた。これで完全復活《かんぜんふっかつ》だ。もう怖《こわ》くないぞ。一体でも二体でもかかってこい……。

新たなゾンビが三体、角を曲がってやって来た。

あの先にモンスタースポナーがあるに違《ちが》いない。ぼくは自分が掘《ほ》って出た穴《あな》にあわてて引き返し、壁《かべ》をふさいだ。プランBは中止だ。次のプランCはまだない。この新たな本が助けとなってくれるといいんだけど。

ぼくの願いはまたもつうじた！

本には四つのアイテムの作り方が説明されていた。地図にコンパス、看板《かんばん》、それに、なんと本だ。まずサトウキビから紙を作らねばならないので、いまは地図も本も作れないけれど、一方で看板《かんばん》は木材だけで簡単《かんたん》に作ることができた。それにコンパスも必要なのは鉄とレッドストーンだけだ。

もとの世界のコンパスと違《ちが》って、針《はり》が指すのは北ではない。本によると、針《はり》は常《つね》に、この世界で自分が〝最初に出現《スポーン》した地点〟を示《しめ》しているらしい。ぼくの場合、それは海の中だったから、その意味では役に立たないが、いつも同じ方向を指しているのなら、同じところをぐるぐるまわるのは避《さ》けられる。

コンパスの材料を作業台に並《なら》べながら、自分にとって、レッドストーンは長いことただの邪《じゃ》魔《ま》な石でしかなかったことを思い出した。そう言えば、レッドストーンについて書かれた三冊《さんさつ》の本はバックパックにしまったままだ。

三冊とも、見つけたときにぱらぱらと目をとおしただけだ。何か役立つ情報《じょうほう》を見落としてないか？　ぼくは気になって、一ページずつ念入りに読み返した。

やっぱりだ。最初に読んだときはレッドストーンを使って作れる機械にばかり目を奪《うば》われ、興味《きょうみ》のないところは読み飛ばしていた。

細かな違《ちが》いがものをいう。

ぼくは三冊目の五ページにあった、簡潔《かんけつ》な一文に目を落とした。「レッドストーンの松明《たいまつ》はTNT爆弾《ばくだん》を起爆《きばく》させるのにも使われる」

TNT爆弾《ばくだん》!?

そうか！　火薬はこれに使うんだ！

TNTってのがなんのことなのか……は、わからないけど、とにかく爆発《ばくはつ》するっていうのは確《たし》かだ！

TNTについて書かれていたのはそれだけで、それ以上はぼくも知る必要はなかった。

きみも、それからの一カ月、ぼくが地下でしたすべてを知る必要はない。それは火薬と砂《すな》からTNTを作る方法を学び、洞窟《どうくつ》内で発見した溶岩《ようがん》を水で冷やして実験するのに、ぼくが費やした期間だ。

新たな剣《けん》と防具のために採掘《さいくつ》したダイヤモンドのことも、追加の矢を作るために集めた火打石のことも、坑道《こうどう》にこっそり忍《しの》び込《こ》み、クリーパーたちを矢で狙撃《そげき》して手に入れた火薬のことも、きみが知る必要はない。どうやって機械を作ってテストし、ぼくの緻密《ちみつ》な計画に組み入れたかを、きみが聞く必要はない。きみが知らなければならないのは、これからぼくが何をするかだけだ。

ぼくはこれから地下を脱出《だっしゅつ》するが、それはすべてのモンスタースポナーを破壊《はかい》し、モンスターたちを手当たり次第始末してからのことだ。これはもはや怒《いか》りに燃《も》えた復讐《ふくしゅう》ではなかった。これは冷静に練られた計画だ。ぼくはこの島に、地上にも地下にも、完全な平和をもたらそうとしていた。そのためなら、もとの世界から平和とは正反対のものをこの世界へ持ち込《こ》むことだって辞さない。望ましくはないけれど、ときに、避《さ》けられないもの。

戦争だ。

第22章　終わり、そしてはじまり

ぼくは音を立てずに移動《いどう》した。この世界で可能《かのう》な限《かぎ》りは、だけど。防具を装備《そうび》した足はザッ、ザッ、ザッと音を立て、看板《かんばん》を設置《せっち》するたびにポンと音がした。コンパスの針《はり》に従《したが》って、ぼくは洞窟《どうくつ》グモの巣があったと思う方向へ進んだ。

「シューッ！」

「これがはじまりだ」角を曲がってぼくはささやいた。無残に敗北を喫《きっ》した場所、洞窟《どうくつ》グモのスポナーの真上へと向かう。天井《てんじょう》にあがったあとは、背後《はいご》から襲《おそ》われないよう、通路の入り口を丸石のブロックと木のドアでふさいでおいた。それから慎重《しんちょう》に進んで、ちょうどスポナーの真上に出る。

二組の赤い目がぼくを見あげて跳《と》びかかろうとした。「さあ、入浴タイムだ」ぼくはバケツに汲《く》んでおいた溶岩《ようがん》を穴《あな》から注いだ。流れる炎《ほのお》はまたたく間に二匹《にひき》のクモと、そいつらの巣、その下にあるスポナーを燃《も》やし尽《つ》くす。

ぼくは勝ち誇《ほこ》った笑みを浮《う》かべはしなかった。反応《はんのう》さえしなかった。ただ溶岩《ようがん》をふたたびバケツですくいあげ、さらなる攻撃《こうげき》に身構《みがま》えた。襲《おそ》ってくるクモはもういない。ぼくはかすり傷《きず》ひとつ負うことなく、すみやかに初戦を勝利した。

次にスケルトンのスポナーがあった部屋へ向かうと、連中の姿《すがた》が見えるよりもずっと前に、カランコロンと複数《ふくすう》の音が耳に届《とど》いた。部屋の外に四体、中にさらにいるのは確実《かくじつ》だ。連中がぼくを見て弓を持ちあげる。だが、ぼくは盾《たて》を構《かま》えなかった。ぼくのすばらしい新兵器を設置《せっち》するあいだ、矢を二、三本浴びようとどうってことはない。

それはディスペンサーと呼《よ》ばれる機械で、本では自動販売機に似《に》た仕組みだと説明されていた。中に入れたアイテムを、レッドストーンを使って外へ吐《は》きださせるのだ。労力節約を目的とした機械だろうが、兵器としても優《すぐ》れていた。

ぼくが設置《せっち》したディスペンサーの中には、大量の矢が仕込《しこ》んであった。新兵器とスケルトンたちのあいだを横切る形でクモの糸を張《は》り、壁《かべ》に取り付けたトリップワイヤーフックにつなぐ。

この仕掛《しか》けを教えてくれたレッドストーンの本に感謝《かんしゃ》だ！　それからぼくはうしろへさがり、スケルトンたちが押《お》し寄《よ》せるのを眺《なが》めた。

「こっちへ来てみろ！」ぼくの挑発《ちょうはつ》にのって連中が近づくと、クモの糸に脚《あし》が触《ふ》れて、矢が次々と発射《はっしゃ》された。弓の連射《れんしゃ》でもスケルトンたちは即死《そくし》しなかったけれど、その必要はない。ぼくの意図《いと》は足止めだ。敵《てき》が矢を浴びているあいだに、ぼくは壁《かべ》に通路を掘《ほ》ってスポナーの裏《うら》手《て》にまわった。

薄暗《うすぐら》い部屋に出ると、檻《おり》の中の火から骸骨野郎《がいこつやろう》がちょうど一体生まれでた。

「短い一生だったな」ぼくはにやりと笑い、ダイヤモンドの刃《やいば》をひらめかせた。

スポナーを破壊《はかい》したあと、部屋の入り口をのぞいて、最後のスケルトンが新兵器の前に倒《たお》れるところを確認《かくにん》する。

遠回りにはなるが、ぼくは自分で掘《ほ》った通路をとおってディスペンサーまで戻《もど》った。火と同じで、仕掛《しか》け罠《わな》は襲《おそ》う相手を選ばないからだ。そしてこの仕掛《しか》けをばらして回収《かいしゅう》した。戦争ははじまったばかりだ、矢にもディスペンサーにもまだまだ働いてもらうぞ。

次の仕掛《しか》けには、ディスペンサーと、まだ使ったことのない〝火打石と打ち金〟と呼《よ》ばれるアイテムを使用した。これはCの形をした鉄と火打石で、打ち合わせると、ポンと火がつく。以前たまたまこれで着火したことがあったが、使い道を思いつかなかった。

いまは違《ちが》う。

ディスペンサーの中に入れて感圧板《かんあつばん》とつなげると、これは自動の火炎放射器《かえんほうしゃき》になるのだ。地下にはスポナー以外にも、ときおりモンスターが発生する暗がりがあったのを覚えているだろう。

ちょうどひとつ目の罠《わな》を仕掛《しか》けていると、通路にゾンビのうめき声が響《ひび》き渡《わた》った。ぼくは顔をあげ、生ける屍《しかばね》が闇《やみ》の中からよろよろと出てくるのに目をやった。それからディスペンサーのうしろへさがる。ゾンビは危険《きけん》になどまったく気づかずに、体を揺《ゆ》らしてのろのろと近づいてきた。

「そうそう、あんよが上手」ぼくはそいつを応援《おうえん》してやった。「あともうちょっとだぞ」

ゾンビの足が感圧板《かんあつばん》を踏《ふ》み、ディスペンサーが作動する。火打石と打ち金が放った火が飛びだし、緑色の体にぶち当たった。ゾンビは火の玉と化し、苦しげにうなってぼくのほうへ向かってきた。

「燃《も》えろや、燃《も》えろ！」ぼくは歌いながらそいつの手が届《とど》かないところへ少しずつさがった。しばらくすると、ゾンビはその火だけでは殺せないとわかった。けれども弱くはなるようだ。倒すには一発強打するだけでよかった。

これならまずまずだ。そう考え、ぼくは通路に火炎放射器《かえんほうしゃき》をさらにたくさん仕掛《しか》けた。この罠《わな》の効果《こうか》は絶大《ぜつだい》だった。炎《ほのお》に包まれたゾンビの絶叫《ぜっきょう》が次々と壁《かべ》に反響《はんきょう》する。「ぼくの剣《けん》ですぐに楽にしてやるから待っててくれ」そう言って、次の罠《わな》の設置《せっち》に取りかかった。

それは単純《たんじゅん》な構造《こうぞう》ながら、必殺の罠《わな》だった。感圧板《かんあつばん》が一枚《いちまい》、トラップドアがひとつ、溶岩《ようがん》を流し込《こ》んだ穴《あな》。

「よう、爆発《ばくはつ》野郎」ぼくはそばで見つけたクリーパーに呼《よ》びかけた。「こっちへ来い！」歩く爆弾《ばくだん》は、なぜかあさっての方向へ体を向けた。「おい、どっちを見てるんだ！」ぼくは叫《さけ》んで弓を構《かま》えた。「こっちだってば！」

殺しはしないよう願いつつ、そんなことを願う日が来るとは思ってもみなかったけれど、クリーパーの背中《せなか》に矢を突《つ》きたてる。緑色の無口なモンスターは向き直ってぼくの姿《すがた》を認《みと》めると、ゆっくり前進してきた。

「よし！」ぼくは爆発《ばくはつ》の被害圏外《ひがいけんがい》へとさがった。「そこがおまえの墓場だ！」

クリーパーが感圧板《かんあつばん》の上を通過《つうか》すると、トラップドアが開き、そいつは溶岩《ようがん》入りの落とし穴《あな》に落下した。炎《ほのお》に包まれてしばらく浮《う》いたり沈《しず》んだりを繰《く》り返《かえ》したあと、無言のまま自分の運命に屈《くっ》した。

「ちょっともったいなかったな」クリーパーが燃《も》え尽《つ》きるのを眺《なが》めて、ぼくはつぶやいた。「この方法だと、こいつが持ってる火薬は手に入らないや」

大洞窟《だいどうくつ》まで戻《もど》る道を見つけ、それから溶岩湖《ようがんこ》の上に突《つ》きでた崖《がけ》へと向かった。そこに新たな恐怖《きょうふ》の仕掛《しか》けを設置《せっち》していると、近づく笑い声が聞こえてきた。ウィッチがふたり、何が入っているのだかわからないガラス瓶《びん》をそれぞれの手に持ち、角を曲がってくる。

「完璧《かんぺき》だ！」ぼくはこっちにやって来る魔女《まじょ》たちに向かって言った。「あまたのモンスターの中でも、この仕掛《しか》けはおまえたちにこそふさわしい」

レバーを倒《たお》し、トロッコをパワードレールから発進させる。棒《ぼう》、金の延《の》べ棒《ぼう》、そして言うまでもなくレッドストーンを組み合わせてできるこのレールは、トロッコを自動ミサイルのように送りだし、接近《せっきん》するウィッチたちに激突《げきとつ》させた。

魔女《まじょ》たちは、ヒステリックな笑い声とともに、崖《がけ》から転がり、溶岩《ようがん》に落ちた。「これで最後に笑うのは誰《だれ》かわかっただろう?」大声で言ったそのすぐあと、ふたりがまだ笑っているのに気がついた。「ええと……でも、勝ったのはぼくだぞ」

ぼくはトロッコに乗り込《こ》み、レールの束を腕《うで》に抱《かか》えた。前方に新たなレールを敷《し》きながら、少しずつ進む。やがてもとからあったレールに合流し、そこからは坑道内《こうどうない》を高速で移動《いどう》した。

これが戦争でなければ、楽しいひとときだっただろう。

いずれ、と果てしなく続くトンネル内を駆《か》け抜《ぬ》けながらぼくは思った。迷路《めいろ》のような地下道からモンスターたちを一掃《いっそう》した暁《あかつき》には、ここにジェットコースターを作ろう。きっとすごいぞ!

ぼくは坑道《こうどう》をめぐり、自分がつかんだ勝利のリストにチェックを入れた。クモ――全滅《ぜんめつ》。スケルトン――全滅《ぜんめつ》。点在《てんざい》する暗がり――松明《たいまつ》を設置済《せっちず》み。あちこちにある通路――罠《わな》を設置済《せっちず》み。

あともうひとつだ。ぼくは胸《むね》を高鳴らせた。あともうひとつスポナーを破壊《はかい》したら、ぼくの勝ちだ!

ゾンビのスポナーがある部屋の前でトロッコから飛びおり、入り口めがけてまっしぐらに走る。

「グゥゥ」ゾンビがうなり声をあげて迎《むか》えでた。

「待て！」ぼくは犬に命じるように言って、盾《たて》でそいつを押《お》し戻《もど》した。始末するのが目的ではなく、閉《と》じ込《こ》めたいだけだ。敵《てき》がふたたび襲《おそ》ってくる前に、ガラスのブロックふたつを入り口に置いた。

そう、ガラスのブロックだ。それで入り口を封《ふう》じただけでなく、丸石でできていた壁《かべ》全部をこの透明《とうめい》なブロックに入れ替《か》えた。最後を飾《かざ》るため、ぼくはとっておきの仕掛《しか》けを用意していた。

ガラスの壁《かべ》を作り終えると、一ブロック空《あ》けて、透明《とうめい》な壁《かべ》をもう一枚設置《いちまいせっち》する。そしてそのあいだの空間を水で満たした。

どうして水なのかって？　なぜなら水はＴＮＴ爆弾《ばくだん》の爆発《ばくはつ》エネルギーを吸収《きゅうしゅう》するからだ。

これを思いつくきっかけとなったのは、あの最初のクリーパーとの遭遇《そうぐう》だ。あのとき入り江《ラグーン》の岸辺に穴《あな》が開いたのを覚えているかな？　あの爆発《ばくはつ》では岸辺にはダメージがあったけれど、水中にはなんの影響《えいきょう》もなかったんだ。

ぼくは細心の注意を払《はら》ったつもりだ。別の洞窟《どうくつ》で水の壁《かべ》を作って実験までやって、そこではうまくいった。

水の防壁《ぼうへき》を築《きず》いたあとは、石の階段《かいだん》を作って天井《てんじょう》へあがり、そこからスポナーがある部屋の真上まで穴《あな》を掘《ほ》って、爆弾《ばくだん》を仕掛《しか》けた。

もう一度言う、ぼくは細心の注意を払《はら》ったつもりだ。

爆弾《ばくだん》がある場所からレッドストーンダストを撒《ま》き、階段《かいだん》の一番下まで赤い線をつなげる。そして最後に木のボタンを置いた。ぼくがこの世界で最初に作った木のボタンを、ここで使うことになるとは、なんというめぐりあわせだろう。ぼくは運命が一巡《いちじゅん》したのを感じた。

「おまえたちは、ぼくがこの世界で出くわした最初の脅威《きょうい》だった」ぼくはゾンビたちに不敵《ふてき》な笑みを向けた。「そしていま、ぼくがこの世界で出くわす最後の脅威《きょうい》となる」

身を乗りだしてボタンを押《お》そうとしたとき、頭の片隅《かたすみ》に潜《ひそ》んでいたぼんやりとした記憶《きおく》が形を作った。同じようなボタン、同じような大爆発《だいばくはつ》。それになぜかキノコ雲のイメージが脳裏《のうり》に張《は》りついた。

「これでドカンだ！」ぼくは木製《もくせい》の小さなボタンを押《お》した。

そして世界は終わった。

まあ、耳をつんざく衝撃音《しょうげきおん》とともに、ゾンビとスポナーが部屋ごと吹《ふ》き飛《と》ばされたときに、少なくともぼくはそう感じたんだ。

「いよっしゃあああ！」ぼくが歓声《かんせい》をあげると同時に、上からいきなり大量の水が落ちてきた。ガラスの壁《かべ》が壊《こわ》れたのか。そう思い、ぼくはあとずさって通路へ逃《に》げようとした。だが、うしろへさがれない。何かが背後《はいご》をふさいでいた。振《ふ》り返《かえ》ると、天井《てんじょう》から崩《くず》れ落《お》ちた砂利《じゃり》で、通路は完全に埋没《まいぼつ》してしまっていた。

ぼくはガラスの防壁《ぼうへき》を見あげ、水が流れ込《こ》んでくる本当の原因《げんいん》を理解し、心臓《しんぞう》を凍《こお》りつかせた。ぼくは致命的な失敗を犯《おか》していた。これほど海底に近いとは、思いもしなかったのだ。上は岩場が続いているのだと思い込《こ》んでいた。

思い込《こ》みは禁物《きんもつ》。

爆発《ばくはつ》は海底にぽっかり穴《あな》を開けただけでなく、土砂崩《どしゃくず》れを引き起こし、ぼくの逃《に》げ道を砂利《じゃり》で埋《う》めてしまっている。完全に閉《と》じ込《こ》められていた。

このままでは溺死《できし》だ。ぼくは残された逃《に》げ道、上に向かって必死に水をかいた！
なんて遠いんだ。
なんて動きがのろいんだ。
寒い。暗い。
パシッ！
酸欠《さんけつ》におちいった筋肉《きんにく》に激痛《げきつう》が走る。
地下からは脱出《だっしゅつ》したが、それでもまだ海の底だ。全身が痛《いた》み、肺《はい》が焼けつく。
泳げ！
パシッ！
開いた口から声にならない叫《さけ》び声がほとばしる。
この世界で目覚めたときと同じように。あれがはじまりで、これは終わりだ。
パシッ！
ぼくは光があるほうへ手を伸《の》ばした。空気を、生《い》き延《の》びることを求めて。
パシッ！

終わりははじまりだ！

パシッ！

いまはそれがわかる。ぼくはようやく理解《りかい》した！

エピローグ

「ぼくはようやく理解《りかい》したよ」ぼくが咳《せ》き込《こ》みながらモーに発した言葉はそれだ。半死半生の体で水から上がり、岸で待つ忠実《ちゅうじつ》な友のもとへと体を引きずる。「何もかも理解《りかい》したんだ」

〝遅《おそ》すぎるぐらいだね〟と言わんばかりのモーの声にそう言い返した。ぜいぜいと息を吸《す》って、モーのそばへゆっくりと歩み寄《よ》る。

「やっとわかったんだ」そう言って、ぼくはモーと並《なら》んで森へと歩いた。「海の底でおぼれたとき、すべてが一巡《いちじゅん》したんだって思いが頭から離《はな》れなかった。終わりのこと、はじまりのこと、そしてそのふたつはひとつで同じだということが」

ヒツジの一家が草をはんでいるところへたどり着く。「みんな、集まってくれ」ぼくは呼《よ》びかけた。「大事な話があるんだ」もちろん誰《だれ》も聞いちゃいなかったんだけれど、そんなことはどうでもよかった。

「〝進み続けろ〟」ぼくは話を始めた。「これは、ぼくがこの世界で学んだ最初の教訓であり、最後の教訓となる」少し間を置いて、言葉が浸透《しんとう》するのを待った。「ひとつの冒険《ぼうけん》の終わりと次の冒険《ぼうけん》のはじまりにたどり着いたことを、ぼくは受け入れなくちゃならない。ぼくは進み続ける。この島とはお別れだ」

みんなが何か言う前に、みんなが何も気にしていないふりをして尻《しり》を向ける前に、ぼくは続けた。「聞いてくれ。さっきも言ったように、いまのぼくは理解《りかい》している。本当はかなり前からわかっていた。二軒目の家を完成させたときから、胸《むね》にわだかまっていた思いはそれだったんだ。口実を探《さが》して、必要のないことをしていたのは、真実と向き合うのが怖《こわ》かったからだ」

〝真実って？〟モーの声が問いかける。

「気がついたんだ」ぼくは答えた。「どうやってここへ来たのか、どうすればもとの世界に戻《もど》れるのか、そんな大きな問題に取り組むために、あれほど頑張《がんば》ってこの島を安全にしたのに、その問題の答えはここでは見つからないと」

水平線を指し示《しめ》す。「答えはいまだ知らない海のかなたにあるんだって」

「メー」レイニーが声をあげ、ヒツジの一家全員がぼくを見あげる。

「いい質問《しつもん》だね。うまくいけば、新たな土地、新たな人たちが見つかるだろう。うまくいけば、わが家へ戻《もど》れるかもしれない」

モーは悲しげに鳴き、ぼくの頬《ほほ》に涙《なみだ》がこぼれ落ちる。

「うん、きみの言うとおりだ」喉《のど》の塊《かたまり》をのみ込《こ》んで言った。「ここだってぼくの家さ。この島の思い出は、絶対《ぜったい》、ぜったい、忘《わす》れないよ。たとえぼくが探《さが》し求めている答えを見つけられなくても、本当に大事なのは「探《さが》し続ける」ってことなんだ」

そう、それがこの世界でぼくが得た一番の教訓だ。

「ぼくはゴールを探《さが》して懸命《けんめい》に努力してた、努力すること自体がゴールだったのにね。そうして努力したからぼくは強くなり、知恵を得て、前進できたんだ。居心地《いごこち》のよい場所に安住していても、そこに成長はない。さらに成長するために、ぼくはここをでていくんだ」

一週間後、ぼくは長旅に必要なものすべてを積み終えた。食料、道具、コンパス、それにまだまっさらの地図。畑はきちんと手入れし、家は新たな来訪者《らいほうしゃ》をいつでも迎《むか》えられるようにしておいた。

来訪者《らいほうしゃ》とは、そう、きみのことだ。ぼくの家を気に入ってもらえるといいけど。地下に音楽スタジオを作りたいなら、〝音楽の書〟はぼくの寝室《しんしつ》に残しておいた。ほかのすべての説明書も一緒《いっしょ》だ。きみが読んでいるこの本は、ぼくが最後に見つけた本の、最後に記されていたアイテムだ。サトウキビから作った紙に、クリーパーに殺されたウシの革《かわ》、羽、そしてずっと前に手に入れていたけど使い道がわからなかったイカスミを組み合わせると、本と羽ペンができあがる。

これを書き終えたら、ぼくは丘《おか》をくだってボートへ行き、愛する友たちにさよならを告げる。これはぼくからのお願いだ。みんなのことは大事にしてやってくれ。友は心のよりどころになるのだから。

水平線の向こうに何が待っているのかはわからないけど、いまのぼくにはもっと大きな世界と向き合う心の準備《じゅんび》ができている。もしかすると、ここで発見した本の作者たちに会えるかもしれない。もしかすると、彼《かれ》らもぼくと同じ漂流者《ひょうりゅうしゃ》で、のちの旅人たちの力になるために本を残していったのかもしれない。ぼくがこの本をきみに残していくように。

ぼくが学んだことが、きみの役に立つよう祈《いの》っている。そしてきみにも学んでほしい。この採掘《マイン》と作製《クラフト》の世界で、きみが作ることのできる最もすばらしい作品は、きみ自身なのだと。

〈おわり〉

ぼくがマインクラフトの世界で学んだこと

1　進み続けろ、絶対《ぜったい》にあきらめるな。
2　パニックになると思考は停止する。
3　思い込《こ》みは禁物《きんもつ》。
4　行動する前に考えろ。
5　細かな違《ちが》いがものをいう。
6　たとえ自分には理解不可能《りかいふかのう》でも、ルールはルールだ。
7　ルールを解明《かいめい》すれば敵《てき》を味方にすることができる。
8　持てるものに感謝《かんしゃ》しよう。
9　大事なのはただの分別ではなく、窮《きゅう》したときの分別だ。
10　自信がありすぎるのは、まったくないのと同じくらい危険《きけん》だ。
11　一歩ずつ進め。

12 友は心のよりどころ。

13 資源《しげん》を大切にしよう。

14 癇癪《かんしゃく》を起こしてもなんの助けにもならない。

15 眠《ねむ》りは頭をすっきりさせる。

16 自分を殴《なぐ》っても何も解決《かいけつ》しない。

17 失敗に囚《とら》われずにそこから学べ。

18 大きな報酬《ほうしゅう》には大きな危険《きけん》がつきものだ。

19 恐怖《きょうふ》は克服《こくふく》できる。不安は耐《た》えなければならない。

20 勇気の炎《ほのお》を消すな。

21 世界が変化したら、自分も一緒《いっしょ》に変われ。

22 自分のまわりを常《つね》に警戒《けいかい》しろ。

23 用心を怠《おこた》らなければ、好奇心《こうきしん》を持つのは悪いことじゃない。

24 自然の恩恵《おんけい》を求めるなら環境《かんきょう》を守れ。

25 見た目が自分に似《に》ていても、相手が友好的だとは限《かぎ》らない。

26 見た目が自分と違《ちが》っても、相手が敵《てき》だとは限《かぎ》らない。

27 すべてのものに値段《ねだん》はある。そしてお金の代わりに自分の良心で支払《しはら》わなければならないときもある。

28 大切なのは失敗しないことではなく、それをどう乗り越《こ》えるか。

29 自分の心の声には耳を傾《かたむ》けろ。

30 問題を放置して逃《に》げ去《さ》ることはできない。

31 面倒《めんどう》でも、大切な仕事は先延《さきの》ばしにするな。

32 理想を守るために、ときには譲歩《じょうほ》が必要だ。

33 本は世界を広くしてくれる。

34 復讐《ふくしゅう》で傷《きず》つくのは自分だけ。

35 知識《ちしき》は種と同じで、花開くのにそれなりの時間がかかる。

36 成長は居心地《いごこち》のよい場所にあるのではなく、そこから抜《ぬ》けだすときにもたらされる。

謝辞

以下の方々へ感謝《かんしゃ》の意を表したい。

ブルックス一家に初めてマインクラフトを紹介《しょうかい》してくれたジャック・スワーツへ。

彼《かれ》らのサンドボックスで遊ばせてくれたMo・jang《モヤン》のみんな、それにリディアとジャンクへ。

わたしに変わらぬ信頼《しんらい》を寄《よ》せてくれたエド・ヴィクターへ。

カーク船長役を務《つと》めるわたしにとってのミスター・スポック、サラ・ピードへは大きな感謝《かんしゃ》を。

わたしの妻《つま》、わたしの灯台《とうだい》、ミシェルへ。

そして最後に、幼《おさな》かったわたしに『ロビンソン・クルーソー』を読むことを思いついてくれたわたしの母へ。

訳者あとがき

二〇〇九年にNotch《ノッチ》ことマルクス・ペルソンが開発・公開し、その後パソコン版、ゲーム機版、スマートフォン版と、さまざまなエディションが出され、二〇一七年には世界中での販売数が一億本を超えた超人気ゲーム、マインクラフト。ネットではさまざまな動画や解説《かいせつ》がアップされ、書籍は子ども向けのものだけでも、ごくベーシックな入門書からプログラミングの教科書まで、幅広《はばひろ》い展開《てんかい》を見せています。

そして今回初めて、マインクラフトが小説化されました。小説版は七巻シリーズになる予定で、本書はその第一弾となります。巻ごとに異なる作者がガラリと違う作品を執筆するという、ユニークなシリーズだそうですので、来年の第二弾の刊行が今から楽しみですね。

ゲームのマインクラフトをご存じでない方も、ターコイズブルーのTシャツを着て、矢印のような道具（ツルハシ）を手に持つ、カクカクした男性《だんせい》キャラクターなら目にしたことがあるのではないでしょうか。ストーリー進行や、やるべきタスクのない、砂場遊び《サンドボックス》と呼《よ》ばれるこのタイプのゲームでは、プレイヤーは基本的《きほんてき》なアイテムを与えられているだけで、あとは舞台となるワールドで探索《たんさく》をしたり、建築《けんちく》に励《はげ》んだりと、自由に行動することができます。けれど、その分、ゲームの世界に入ったばかりのときは、一体何をすればいいのかと途方《とほう》に暮《く》れ、まさに本書の主人公のような気持ちを味わいます。

著者のマックス・ブルックスは世界的なベストセラーとなった『ゾンビサバイバルガイド』、ブラッド・ピット主演《しゅえん》で映画《えいが》化された『ワールド・ウォー・Z』と、ゾンビもので有名な作家です。マインクラフトはもともと息子さんとやっていて、〝このゲームには辛抱《しんぼう》や計画、失敗からの立ち直り方と、親が子どもに教えたいことがすべて詰《つ》まっている〟と深く感心していました。ですから、小説化のオファーが来たときには心底驚《おどろ》き、〝人生のガイド〟として本作品を書きあげたそうです。

〝デジタル世代の『ロビンソン・クルーソー』〟とも称《しょう》される本書では、海の中で目覚めた

〝ぼく〟が、何もわからないまま、すべてがブロックで構成《こうせい》された不思議な島にたどり着き、手探《てさぐ》りで生きるすべを学びます。自分が何者か思い出せず、もとの世界についても曖昧《あいまい》な記憶《きおく》しかなく、この新たな世界が独特《どくとく》のルールに従《したが》っていることを〝ぼく〟はすぐに思い知らされます。日が暮《く》れるとゾンビたちモンスターが発生して襲《おそ》ってきますし、せっかく種を手に入れても、土の上に置くだけでは植えたことになりません。クワの使い方から水のやり方、収穫後《しゅうかくご》の食べ方まで、〝ぼく〟は失敗を繰《く》り返《かえ》しながら、まさしくロビンソン・クルーソーのように、自分の力で根気よく学んでいきます。

ロビンソン・クルーソーと言えば、蛮人から救ってやったフライデーが、クルーソーの心の慰めとなりますね。本作品ではウシの〝モー〟がその役目を果たし、〝ぼく〟の友となって、最後まで彼《かれ》を支《ささ》えます。また、〝ぼく〟が丘《おか》に登って島全体を見渡《みわた》し、完全なる無人島だと知ったあと、丘《おか》に〝絶望《ぜつぼう》の丘《おか》〟と名前をつけるのは、クルーソーが漂着《ひょうちゃく》した島に〝絶望《ぜつぼう》の島〟と名付けたところからきているのでしょう。

マインクラフトの開発者Ｎｏｔｃｈは、このゲームは単なるゲームの枠組《わくぐ》みを超えたゲームコミュニティだと語っています。動画にブログと、このコミュニティに含《ふく》まれるさまざまなコンテンツに、今回、小説という新たな形態《けいたい》が加わりました。物語の中には〝マインクラフトあるある〟がたくさん盛《も》り込《こ》まれており、すでにゲームをされている方にも楽しんでいただけると思います。ゲームをされたことのない方も、パソコン版、スマホ版などは手軽にはじめることができますので、これを機会に新たな世界をのぞいてみてはいかがでしょうか。

二〇一八年四月　北川由子

マインクラフト　はじまりの島

2018年7月19日　初版第一刷発行
2025年3月25日　初版第十八刷発行

著
マックス・ブルックス
訳
北川由子
デザイン
5gas Design Studio

発行所
株式会社 竹書房
〒102-0075
東京都千代田区三番町8-1 三番町東急ビル6F
email: info@takeshobo.co.jp
https://www.takeshobo.co.jp
印刷所
中央精版印刷株式会社

定価はカバーに表示してあります。
落丁・乱丁があった場合はfuryo@takeshobo.co.jpまでメールにてお問い合わせください。

ISBN978-4-8019-1534-3　C8097